とんとん拍子
めおと相談屋奮闘記

野口　卓

集英社文庫

目次

とんとん拍子

めおと相談屋奮闘記

主な登場人物

信吾　黒船町で将棋会所「駒形」と「めおと相談屋」を営む
波乃　楽器商「春秋堂」の次女　信吾の妻
甚兵衛　向島の商家・豊島屋のご隠居「駒形」の家主
常吉　「駒形」の小僧
ハツ　「駒形」の客で天才的将棋少女
権六　「マムシ」の異名を持つ岡っ引
源八　「駒形」の常連　髪結の亭主
正右衛門　信吾の父　浅草東仲町の老舗料理屋「宮戸屋」主人
繁　信吾の母
正吾　信吾の弟
咲江　信吾の祖母

見える女

一

波乃《なみの》といっしょになって「めおと相談屋」に改めるまえの、「よろず相談屋」時代のことだ。

「あ、あの。女の人が」

今からは信じられぬほど要領の悪かった常吉《つねきち》にそう言われ、信吾《しんご》は格子戸を開けて外に出た。緊張した顔の若い女が立っていた。

祖母の咲江《さきえ》は、初対面の人の齢《とし》を見事に言い当てることができた。長いあいだ料理屋の女将《おかみ》をやってきて、今も大女将として采配を振るっているからこそできるのだろう。

男は貫禄《かんろく》を付けるために老けて見せるし、女は若く見せようとするが、いかに化けたとて咲江は簡単に見破ってしまう。ちがっていても誤差は一歳で、二歳も読みちがえることはまずなかった。

ところが信吾は苦手で、特に女性の齢となるとよくわからない。相談客らしい女性は十代の半ばだと思ったが、表情や仕種《しぐさ》からは二十歳《はたち》以上に見えぬこともなかった。

「こちら、よろず相談屋さんですよね」

　相手は念を押した。

「はい、そうです。将棋会所もやっていますので、落ち着いて話していただけないかもしれませんね。ここではなんですから、どこか近くでお話を伺うようにいたしましょうか。大川《おおかわ》沿いに少し上流《うわて》に行けば駒形堂《こまんどう》がありますので、その裏手は、……ちとまずいかな」

「なぜでしょう」

「石に腰かけて大川を見ながら話しているところをだれかに見られたら、逢引《あいびき》していると勘違いされるかもしれません。わたしなんかが相手と思われては、若い娘さんには気の毒です」

　強張《こわば》っている気持をいくらかでも解《ほぐ》そうとしたのだが、効果はなかったようである。むしろ人の相談を受けるにしては軽薄すぎないだろうかとか、こんな頼りなさそうな人に相談して大丈夫かしらと、不安を与えたかもしれないという気がした。

「わたしは信吾と申しますが、お名前はなんと。いや、むりにおっしゃらなくてもけっこうですよ。相談が終わっても、名前のわからないままのお客さまだって、いらっしゃいますから」

　相談客の名がわからないこともあると言ったので、若い女は信じられないという顔になったが、少したためらってからサチだと名を告げた。

「相談にお見えの方は、どなたも人に知られたくないようでしてね。奥に六畳がありますので、静かに話せば将棋会所のお客さんに聞かれることはないと思いますが」と持ち掛けたが、サチは迷ったような顔になった。「でしたら正覚寺《しょうがくじ》にしましょうか。榧寺《かやでら》の名前のほうが有名なのでご存じでしょう。聞いたところでは、境内は千四百坪（約四六〇〇平方メートル）ほどあるそうです。木立も多いので、人に気付かれずに話せると思いますから」

サチがうなずいたのは、どうせ相談しなければならないのだから、であれば早く解決させたいと思い直したのかもしれない。

黒船町《くろふねちょう》の借家を出て西に行くと、すぐ日光《にっこう》街道に出る。地元の人は日光街道とは呼ばず、蔵前通りと称していた。

左折して南に進めば、街道の西側もおなじ黒船町で、途中に設けられた参道を西に進めばその先に榧寺がある。境内は縦長で、南北より東西が三倍あまりも長い。

秋の終わりの空は雲ひとつなく、明るい青一色であった。木の葉はかなり散ってはいるが、境内の処《ところどころ》々に楓《かえで》や銀杏《いちょう》が植わっている。散り残った紅葉と黄葉のためもあるのだろう、空が際立って青く明るく感じられた。

信吾は手ごろな石に並んで坐《すわ》ることにした。向きあうよりも、そのほうがサチが話しやすいと思ったからである。

気持を整理していたのか、それとも考えを纏《まと》めてでもいたのだろう、しばらくしてからサチは話し始めた。信吾は言葉を挟まず、相鎚《あいづち》を打つこともなく、微《かす》かにうなずきながらひたすらサチの話に耳を傾けた。

表情を変えないように努力しながら聞いていたが、その内容は驚くべきものであった。あまりにも信吾の体験に似ていたからである。

単に起きた事実だけでなく、感じたことや思ったことを交えながら、サチは正直に打ち明けたようだ。そのため信吾は、相手の気持の流れすら感じることができた。

サチは三歳のある日、三日三晩も高熱に苦しめられたとのことだ。医者が頭を抱えてしまったほどだが、奇跡的に命を取り留めたのであった。

「お子さんは稀《まれ》に見る強い運の持ち主ですね。でなければとても考えられることではありませんと、父と母はお医者さまに言われたそうです」

両親は心配していたが、その後のサチは病気することもなく、すくすくと育った。

まるで写し絵ではないか。信吾もほとんどおなじ経験をしていた。それればかりか医者がサチの両親に話した言葉は、掛かり付けの源庵《げんあん》先生が信吾の両親に話したこととほとんど変わらない。

となると次が聞きたくなる。

サチがそれに気付いたのは、五歳か六歳になったころであったそうだ。それまでにもなんとなく感じてはいたが、どういうことかがようやくわかったのである。亡くなる人は次第に透けて姿や色が薄くなり、反比例するように背景が明瞭になってゆく。やがて本人は搔《か》き消えて背後しか見えなくなるが、サチにとってはそれが人が死ぬということであった。

生きていて動きもすれば話しもするのに、人の姿が少しずつ薄れてゆく。最初は錯覚か、目の調子が悪いのだろうと思ったが、そうではないとわかった。

人が透けてゆく。人が無数の微細な粒子でできているとすれば、それが徐々に剝がれてゆくという感覚である。少しずつ失われるので、次第に背景が見えるようになるのだろう。随分と透け透けになったなと思うと、程なくその人が亡くなったと知らされるのであった。

透けてゆく速度は速い人もあれば緩やかな人もいた。遅速《ちそく》に関わりなく、背景がくっきりと見えるようになると、その人はかならず死ぬ。

なんとも奇妙なことに、死にゆく本人ばかりか、周りのだれもがそれに気付かないらしい。消えてゆくのにどうしてわからないのだろうと訝《いぶか》ったが、やがてそれがわかるのはサチだけらしいと気付いたのである。

つまりサチは、人の死が見える女であったのだ。少女から女に成長しても、見える女であることに変わりはない。

そのことにサチが気付き始めたのは、大病から快復して二年か三年してであった。だれもが自分とおなじように見えていると思っていたが、そうではないことも理解した。

サチはそれを明かさずにいた。身近な人が亡くなればだれもが嘆き哀《かな》しむので、迂闊《うかつ》に触れてはならないと思ったからだ。自分が人とちがうことは秘密にしなければならないと、漠然とではあるが感じていたのである。

もう一つ気付いたことがあった。次第に透けて消えてゆくのがわかるのは、身内とかおなじ町内の人、あるいは見世に出入りする人のように、サチに親《ちか》しい人にかぎられていた。理由はわからないが、無関係な人に変化が現れることはなかった。

初詣、墨堤《ぼくてい》の花見、両国《りょうごく》の花火、品川鮫洲海晏寺《しながわさめずかいあんじ》の紅葉狩り、大川の雪見船と、四季を楽しむ人たちだけでなく、湯屋の客や通行人の中にも、程なく死んでゆく人はいるはずである。

透け始めたばかりの人とほとんど透けてしまった人がいるのであれば、濃淡というか、透け具合の異なるさまざまな人たちがいてふしぎはない。ところが知らない人たちに関しては、なんの変化も見られなかった。

なぜそうなのかサチには理解できない。

それにしてもふしぎだ。

人はだれもが病気や怪我《けが》、あるいは事故で死んでゆくのに、なぜそれがわかる人とわからない人がいるのだろうか。死を察知できるのがどうして自分だけなのかということとおなじくらい、サチにとってはおおきな謎であった。

家業は卸売りも見世売りもする薪炭業で、屋号を「キラク屋」と言う。兄と姉がいるので、サチは三人目で次女であった。

薪炭に向いている樹種はコナラ、クヌギ、カシ、サクラ、エノキなどの広葉樹である。中でもクヌギは優れているが、櫟、椚、橡、櫪などと多くの字で記されるのはそれだけ親しまれ、薪や炭の材料として重宝されているからだろう。

「キラク屋」の先祖は櫟をキとラクの二文字に分けて、それを屋号としたとのことだ。

「仕事となりますと楽なものはありません、というのが父の口癖でしてね。炭にまみれて真っ黒になって働いても、生きていくのが精一杯です。ご先祖さんを恨む訳じゃありませんが、それにしても気楽な屋号を付けてくれたものですよ。父が折あるごとにそう繰り返すものですから、小僧さんがすっかり覚えてしまいました」

サチが滑稽な話を挟んだのは信吾を笑わそうとしてではなく、辛《つら》い話に入らなければならないので、少しでも自分の気持を楽にしたかったからではないだろうか。

二

本堂まえの広場では、何羽ものキジバトやカワラバトが入り混じって、あわただしく地面を突《つつ》いている。小坊主か寺男が餌を撒《ま》いたらしい。

しばらくそれを見ていたが、やがてサチは口を開いた。

「カズエ婆《ばあ》さまが霞《かす》み始めたときほど驚き、哀しかったことはありません。婆さまと言ってもあたしの祖母ではなくて、近所のお年寄りです。あたしをまるでご自分の孫のように可愛《かわい》がってくれましてね。いえ、まるで孫そのものでした」

ある日、どうしてそんなに可愛がってくれるのかと、訊《き》いたことがあったそうだ。

「サチは孫の生まれ変わりだもの」

カズエ婆さまはそう言うと、サチを抱き寄せて繰り返し頭を撫《な》でた。

そのカズエ婆さまが透け始めたということは、遠からず死ぬことを意味していた。本人は気付いているのだろうかと思ったが、見ているかぎりこれまでと変わるところはなかった。かといって人には、ましてやカズエ婆さまに話す訳にはいかない。

自分にはなにもできないのか。婆さまが次第に薄れ霞んで消えてゆくのがわかっていながら、ただ黙って見ているしかないのかとサチは身をよじって悶《もだ》えた。

近所ということもあってしょっちゅう顔をあわせるが、婆さまは変わることなく可愛がってくれた。それが段々と負担になってゆくのがわかっても、サチにはどうすることもできないのである。

人には言えずに一人で悩み、サチは次第に元気をなくしていった。母親や齢《とし》の離れた姉が気付かない訳がなかったが、理由がわからないこともあってか慎重にようすを見ていたようである。

ある日、さり気なく母が言った。

「カズエさんは、まるで孫のようにサチを可愛がってくれるわね」

「孫の生まれ変わりだって言われたわ」

母がしばらくのあいだ黙ったままサチを見ていたのは、思い当たることがあったからだとわかった。

「あの人、お気の毒にまだ幼かったお孫さんを亡くされたの。孫がサチに生まれ変わったと言っていたけれど、そう思いこんでいるらしいわ。サチの病気が治ると、カズエさんもすっかり元気になられた。それまでは早く死にたい、死んで孫の所へ行きたいと言っていたのに」

「そうだったの。だったらカズエ婆さま、もうしばらくの辛抱ね。あとひと月、かな。

少しだけ待てばお孫さんと会えるのだもの」

母はあんぐりと口を開けて見ていたが、しばらくしてちいさな声で訊いた。

「サチ、どうしてそんなことが言えるの」

「だって見ていたら、なんとなくわかるわ。あと十日だなとか、半年で亡くなるのだわって。カズエ婆さまはひと月よ」

さすがに次第に透けていって、消えて見えなくなるとまでは言えなかった。

母は驚いたようだが、人が程なく死ぬことが子供にわかるはずがないと、本気で受け止めはしなかったようだ。ところがカズエ婆さまはサチの予言どおり、ほぼ一ヶ月後の二十七日目に息を引き取った。

近所の住人で、薪炭を買ってくれているというだけでなく、孫と等しいくらいに可愛がってくれたのである。サチは母に連れられて通夜に出て焼香したが、そのまえに、亡くなる人のことがわかるなどとは、決して言わないようにと母に強《きつ》く釘《くぎ》を刺されていた。言われるまでもなく、サチは自分だけの秘密を人に洩《も》らす気はなかった。

それにしても、これまで何人の死に接してきたことだろう。特に親しかった人の葬儀では、周りの者が心配するほどサチは嘆き哀しんだ。だがその哀しみは親しい人を喪《うしな》ったことだけでなく、胸を占める虚《むな》しさのためでもあったのだ。

人はなぜ生きているのだろう、とサチは思わざるを得なかった。

生きるとは死に向かってただ突き進むことで、日一日、刻一刻、死に近付くことでしかないのか。死との距離を拡《ひろ》げたり引き返したりすることは、絶対にできないのか。できないのである。

人はだれも死ぬ。死を避けることはできない。それは何十年後かのこともあれば、明日かもしれなかった。

ところがだれもが平然と生きていられるのは、いつ死ぬかわからないからなのだ。知らないから苦しまずにすむのである。

明日、いや三日後や十日後だとしても、一度《ひとたび》知ってしまえば、とても心穏やかではいられないだろう。自分のことなら当然だが、親しい人だとしても苦しまずにいられる訳がない。

とするとサチが人の死を知ることができるのは、一体どういうことなのだろうか。普通の人は事実を知らなくてすむのに、それを知ることのできるサチ一人が苦しまなければならないのは、あまりにも理不尽ではないか。

いくら考えても答は見付けられず、胸の裡《うち》に煩悶《はんもん》と蟠《わだかま》りを秘めたままサチは成長した。そして十六歳になったサチに、嫁入り話が持ちこまれたのである。

サチが表情や仕種、話し方やその言葉から二十歳かそれ以上に見えなくもなかったのは、その特異さのためだったのだと信吾は納得した。五歳や六歳から人の死と向きあわなければならなかったのだから、同年配の娘たちには考えられぬような思いをしたことだろう。自問自答を繰り返したであろうサチは、自然と冷静さと落ち着きを身に纏うようになったにちがいない。

縁談話が持ちこまれ、なるべく考えまいとして心の奥深くに閉じこめておいた思いが、一気に噴出して悩むことになったと、サチは切なそうに打ち明けた。

気に入らない相手、鼻持ちならぬ男ならなにも苦しむことはない。断ればいいだけだ。しかし、そうではなかった。いっしょになるならこの人しかいない、とまで思い詰めていた若者との縁談である。それだけにいざいっしょにと思うと、悩ましい問題が立ちはだかったのであった。

その人に嫁いだとしよう。子供を授かることになるかもしれないが、夫婦と子供との幸せな生活にはいつか終わりが来る。

それはだれにとってもおなじことのはずだ。ただ一点、かぎりなくおおきな問題がサチの思いを拒んでいる。夫か自分かそれとも子供か、いずれか一人とかぎらないこともあるだろう。早いか遅いかのちがいはあっても、まちがいなく透け始める日が来る。体が霞み、掠《かす》れて儚《はかな》くなるのだ。

それはサチ自身であるかもしれない。夫や子供だけとはかぎらないのである。

サチはそれまで自分の死を深く考えたことはなかったが、透けて霞み始めることを自分自身に当《あ》て嵌《は》めなければならなくなった。すると新たな不安、いや恐怖が湧きあがるのをどうすることもできない。

それはいつか、かならずやって来る。

料理をしているとき、あるいは花を活《い》けているとき、でなければ夫や子供と語りあっているときかもしれない。透け始めたら当然気付くはずだが、いつそうなるかは見当も付かないのである。サチは自分の体が透け始めたことに、いつの日か不意に気付かされることになるのだ。

サチは、その日のことを考えずにいられなくなってしまった、と打ち明けた。

透けるのが一度始まったとなると容赦はなく、確実に進行する。日とともに透ける具合が明らかになり、目のまえで両手を開くと、掌《たなごころ》を透かして背後の物が見えるようになることだろう。日ごとに背景の形がはっきりし、色が濃くなってゆくのだ。

家族のために作っている料理が、いろいろと配置を変えて魅力を最大に活かそうと鉢に飾る草花が、あるいはなにかを手渡そうとしたとき、夫や子供が自分の手の向こうに透けて見えるのである。それに気付くであろう日のことを考えると、サチはどうしようもなくなってしまった。

それが見えるのは自分だけで、迫り来る死と、サチはたった一人で向きあわねばならない。思いがそこに行くと、サチはとても縁談を受けられなかった。受けたいとの思いを、もっと強い力が打ち消してしまうのである。

カズエ婆さまのことがあったので、サチの母はある程度は事情を知っているが、だとしてもほんの表面的なことにかぎられているはずだ。父はまるで知らないが、縁談を断るとなると理由を話さなければならない。なんと言えばいいのだろう。それより父は理解できないはずだ。

最初に相談すべき両親にできないくらいだから、親しい友人に話せる訳がなかった。いやそれ以前に、相談できる事柄ではないのである。十六歳のサチは、自分一人で問題と向きあうしかなかった。

そんなある日、サチは「よろず相談屋」の看板に気付いたのである。

ここならもしかすればと淡い期待を抱いた。いや、ここしかないのではないだろうかとの思いが一気に強くなった。

無意識のままに自分を救ってくれるなにかを探し求めていて、ついにそれを見付けたのである。天啓のごとく閃《ひらめ》くと、サチは躊躇《ちゅうちょ》なく格子戸の前に立った。

相談屋のあるじが若く、自分より何歳か上にしか見えなくてサチは驚いたそうだ。人生経験の豊富な初老、でなければなにもかも弁《わきま》えた中年だろうと思っていたとすれば、意外な思いがして当然である。

だがこういうことなら、むしろ年寄りよりも若い人のほうがいいかもしれないと、一瞬にして気持を切り替えた、とサチは言った。

椢寺の境内に移って信吾と並んで石に坐ると、サチはおおきく息を吸ってから話し始めた。意気込んで話したのは、信じてもらえないかもしれないとの気持が強かったからにちがいない。

信吾はほとんど無言のまま、じっと聞き入っていた。

最初のうちは気持を正直に伝え、信吾にわかってもらうことしか考えていなかったので、サチはときに横目で見るだけであった。何度見ても信吾はわずかにうなずきながら、話をひたすら聞いていた。

ところがほとんど話し終えても、信吾にはまったく変化がない。自分は石か木に向かって話し続けていたのか、とサチは錯覚したほどである。

ちゃんと聞いてくれていたのか。聞いていたとしても、わかってくれているのか。本当に自分の悩みを解決してくれるのか、いやできるのか。サチは後悔せずにいられなかった。

不意に話を打ち切り、サチは深いため息を吐《つ》いた。

「やはり信じてはもらえませんわね、こんなとんでもない話」

三

サチが凝視する目の迫力に、信吾はたじたじとなった。かなりの人の相談に応じてきたが、なにか言わなければと思いながら、そのときばかりは言葉が出なかったのである。張り詰めていたサチの表情から、拭ったように一瞬にしてすべての感情が消えて、まるで能面のようになった。能楽師が顔を覆って演じるとき、面は生身の人間以上に濃《こま》やかに心の襞《ひだ》を描き出す。ところが外した途端に、ただの作り物にもどってしまうのだ。

サチの顔は、それとおなじくらい急な変化を見せた。

「可哀相《かわいそう》に、気が触れたのだなとお思いでしょうね」

「信じられません」

「出鱈目《でたらめ》な話だとお思いでしょうから、信じろというほうがむりですもの。それなのに聞いていただいて、本当にすみませんでした。お仕事とはいえ、へんてこな話を聞かなければならないのだから、相談屋さんもたいへんですね。ところで相談料ですが、おいくらお支払いすればいいのかしら」

「サチさんのおっしゃったことが、信じられないのではないのです」

きっとなって見たサチの鋭い目には不信が満ちて、「さあ、どうごまかすつもりですか、相談屋さん。篤《とく》とお聞かせ願いましょう」との辛辣な皮肉が籠められているのが感じられた。

「こういうことって本当にあるのだなと、とてものこと信じられなかったのです」

「どういうことかしら」

信吾の話し方になにか微妙なものを感じたのか、サチがなんとなくではあるとしても興味を示したのがわかった。だが凝視する視線の鋭さは、微塵《みじん》も弱まりはしない。

「わたし一人が特別なのだと思っていましたが、おなじような、いえ、瓜二《うりふた》つと言っていいほどの人がいたことに、信じられぬ思いをしています」

瓜二つと言ったとき、サチの眉毛がわずかではあるが動いた。

「どういうことかしら」

サチがおなじ言葉を繰り返したのは、信吾の言ったことに、二人に相通じるものがあると感じたからかもしれない。だからと言って、距離が縮まったとは思えなかった。

「サチさんは三歳のある日、三日三晩も高熱に苦しめられて、お医者さんに見放されながら、奇跡的に命を取り留めました。それからというもの、人には見えないものが、それも程なく亡くなる人が変化してゆくのが、見えるようになったのですね」

まだ疑わしさを残した目でじっと見ながら、サチは微かにうなずいた。

「おなじ三歳で、やはり三日三晩、高熱に苦しんで医者に匙《さじ》を投げられながら、わたしは生き返ることができました。サチさんとちがうところは、他人《ひと》に見えないものはわたしにも見えませんが、聞こえないことが聞けるようになったことです」

目をおおきく見開いたサチに、信吾はゆっくりとうなずいて見せた。

「わたしもサチさんとおなじでした。初めのうちはだれもがそうだと思っていましたが、すぐに自分だけに聞こえるのだとわかったのです。すると同時に、人に話してはならないと子供心に感じました。話しても信じてもらえないと思いましたし、冗談だと笑われるくらいならともかく気味悪がられると思ったからです。ですから人には話していませんが、サチさんの場合はわたしよりも遥《はる》かに切実ですね」

なぜなら人の生死に関わることだからである。それによって生じる苦しみが解消できれば、たとえむりだとしてもせめて軽減できればと、サチは相談に来たにちがいない。

だから信吾はすべてとは言えなくても、自分がサチの悩みを理解できない訳ではないことを、最初に伝えなければならなかった。それをわかってもらえなければ、相談事の悩みの解消には進めないからである。

信吾は親しくなった人に、なぜ二十歳という若さで相談屋を始めたのかと聞かれると、子供時分に大病を患いながら幸いにも生還できた体験を話す。そして、自分にはなにか成さねばならないことがあるので、神さまか仏さまかはわからないが、おおきな力によって生かされたと思ったと続ける。

だからと言ってなにをすればいいかわからないので、少しでも困った人や悩んでいる人の役に立てればいいと考えて相談屋を開いたこと。それだけでは食べていけないので、日銭を稼ぐために将棋会所を併設したことを付け加えるのを忘れない。

相談に来た客を説得するときにも、必要だと思えばその体験を持ち出すことがあった。

それだけではサチの悩みを、解消どころか軽減すらできないのはわかっている。だから信吾はなるべく具体的に語ることにした。

「わたしはね、サチさん。生き物の声を聞くことができるのです。牛とか馬のようなおおきな獣だけでなく、犬猫や鼠《ねずみ》、いやもっとちいさな生き物、鳩《はと》や烏《からす》、鶏や雀《すずめ》のような身近な鳥や、梟《ふくろう》のようなまず見られない珍しい鳥、蝶《ちよう》々《ちよう》や蜻蛉《とんぼ》、蛙《かえる》や蠅《はえ》、それに魚たちですが、生き物の声を聞くことができるようになったのです。なぜだとお思いですか」

「なぜでしょう」

「わたしは大病を患ったにもかかわらず死なずにすみましたし、サチさんもそうだということでしたが、以来ほとんど病気をしなくなりました。ただ」

「……ただ」

「ほんのときたまですが、自分のしたことや喋《しやべ》ったことが抜け落ちることがあるのです。人に言われてもまるで憶《おぼ》えていないのですよ。大病を患っただけでなく、高い熱が続いたからかもしれませんが、なにかがぽかりと抜け落ちてしまうことがあります。いくらなんでもそれでは可哀相だと、おおきな力は思われたのでしょうね。声が聞こえ、生き物と話すことができるようにしてくれたのだと思います。ご褒美、ではないですね。神さまか仏さまが、ちょっとやりすぎたかなと感じて、穴埋めしてくれたという気がしてならないのです」

「穴埋めって、一体どのような」

「その男には下心があるぞと、やもりが報《しら》せてくれました。辻斬《つじぎ》りが待ち伏せしているぞと蝙蝠《こうもり》が教えてくれましたし、泥棒が忍びこもうとしているが懐に九寸五分《くすんごぶ》を忍ばせているから気を付けろ、と野良猫が忠告してくれたこともありました。これまで何度危険から逃れられたかしれません。大病のあとの抜け落ちもあって、自分は神さまにも仏さまにも見放されたのだと思っておりましたが、今では逆に見守られているような気がするのです」

サチの身にもおなじことが起きたのではないだろうかと伝えたかったのだが、果たして通じたかどうかはわからない。

「わたしは生き物の声を聞けるだけでなく、話すこともできるのです。もっとも必要なときには、ですけれど。普段は犬はワンワンと吠《ほ》え、猫はニャーニャーと鳴くだけです」

「生き物と話せると楽しいでしょうね」

「楽しいですよ、生き物には邪気がありませんから。お蔭《かげ》で豆狸《まめだ》、今では若狸ですが、それから川獺《かわうそ》の一家や若猿、梟なんかとすっかり仲良くなれました」

完全に信じたかどうかはわからないが、人には見えないものが自分だけに見える体験を話したばかりということもあって、サチは生き物との会話におおいに興味を示したようである。

「サチさんとおなじでしてね、最初のころは自分だけでなく、だれもが生き物と話せると思っていたのです。ところがすぐに、どうもそうではないらしいと気付きました。わたしと話していて、そういう話題になるとだれもが変な顔をするし、話が嚙《か》みあわなくなりますからね。そうか、ほかの人には生き物の声は、吠え声や唸《うな》り、あるいはさえずりとしか聞こえないのだとわかりました。良いことや悪いことを教えてくれているのがわからないのだから、生き物と話せる訳がないと気付いたのです」

「一度か二度で、すぐに変だとわかりますものね」

「生き物の声が聞こえるだけでなくて、なにかを言われたのに周りに獣や鳥がいないことがありました」

わずかな戸惑いののちに、サチは自信なさそうに言った。

「天の声、のようなものでしょうか」

「かもしれません。もっとも迷ったときとか困ったことが起きそうなときに、教えてくれるだけです。その渡し舟に乗るのはやめて、次を待ちなさいとかね。でも知りたい、わかるといいのになと思っても、知らんぷりされました」

「例えばどのようなことですか」

「今度の谷中感応寺《やなかかんのうじ》、あるいは湯島《ゆしま》天神の富籤《とみくじ》は何組の何番を買いなさい。それが千両の当たり番号です、などと言ってくれたことは残念ながらありません」

硬かったサチの表情は少しずつ柔らかさを増していたが、そこに至って控え目な笑いに変化した。信吾はサチが自分と同類だと認めて、受け容《うい》れてくれたのだとわかった。

「それでよかったと思います」

「でしょうね。千両富に当たったりすれば、人生が狂ってしまうかもしれませんから」

と言ってから、信吾は真顔になった。「わたしの場合は笑ってすませられますが、サチさんはそうもいかないので悩まれて当然だと思います」

サチはなにか言い掛けたが、思い直したらしく口を噤《つぐ》んだ。

四

「ところでわたしは相談屋のあるじとして、サチさんの相談事を解決しなければなりません」

「いかに難しいかということは、あたしにもよくわかっております。信吾さんに聞いていただいて、思っていたより遥かに難しいとわかりました」

「長いあいだ苦しんで来られたから当然かもしれませんが、サチさんはあまりにもすべてを悪く考えておいでです」

なるべく顔に出すまいとしているのだろうが、それでもわずかに曇るのがわかった。

信吾はまず一般論から話し始めた。

夫婦は特別な場合を除き、通常はどちらかが先に死ぬことになる。残された夫か妻が、それぞれの伴侶《つれあい》を看取《みと》るのが宿命だ。ただどちらが先に亡くなるかわからない。そして死なれたときには、その事実を受け容れるしかないのである。

サチが普通とちがうのは、それが目に見える形としてはっきりわかることであった。それも次第に透けて行くのを、自分の目で見続けなければならないのだ。

「ですが、それがわかるかわからないかを、どのように受け止めるかという問題だと思うのです。なにもわからぬまま突然死なれるのと、死が近付いていることがわかることの、どちらがいいかということですが」

「知らないでいられるほうが、いくらかではあるでしょうが幸せだと思いますけど」

「わたしは死の苦しみを味わったので、生き物の声が聞こえたり話したりできるようになりました」と、言葉を切ってから信吾は続けた。「サチさんもおなじ苦しみを味わわされましたが、その代わりとしてかどうか、人の死が見えるようになりました。おおきな力が補ってくれたのだとすれば、そのことを苦しみの原因とはせず、むしろ良いことと捉えるべきではないでしょうか」

「信吾さんは、本当の辛さを味わっていないから」

「気楽に言えるのだと思います」と認めてから、信吾は背筋を伸ばした。「サチさん、縁談を断ってはなりません。いっしょになるならこの人しかいないと、思い詰めていた相手ですよ。夫婦にならずにどうします」

急に調子を変えて、しかも一方的な言い方をしたからだろう、サチは恨めしそうに信吾を見た。

「それができないから、悩んでいるのではありませんか」

「いっしょになったら苦しまなければならないかもしれませんが、いっしょにならなくても苦しまなければならないのですよ。どうせ苦しまねばならないなら、この人と決めた相手といっしょになったほうが、未《ま》だしも、……ではないでしょうか」

「それは言葉の上の詐術《ごまかし》だと思いますけど。相談屋さんは口八丁で、言葉が巧みだから」

「いいですか、サチさん」と、信吾は臍下丹田《せいかたんでん》に力を籠《こ》めた。「透けて見え始めた人を、あなたは死ぬこととしか結び付けられないのです」

「だって透け始めた人は、かならず死ぬのですもの」

「はい。でもそれに関係なく人は死にます。それと、こういうことも考えてください。人はなぜ、透けて見えるようになるのだと思われますか」

そんなことを訊かれるとは、サチは思ってもいなかったようだ。しばらく考えてから、自信なさそうに答えた。

「病気、でしょうか」

「だと思います。透けてゆく人がやがて死ぬことに気付かれたのが五歳か六歳のころで、今たしかサチさんは十六歳だから、もう十年以上もそういう人を見てきたことになります。色が透けて次第に薄くなりながら、盛り返したとか元にもどった人はいませんでしたか」

サチは目を伏せてしばらく記憶を辿《たど》っていたようだが、横にいる信吾に目をもどして首を横に振った。

「だとすると、本人も周りの人も気が付かないままに、病気が進んでしまったのでしょうね」

「あッ」と、サチがちいさな声を出した。「松五郎《まつごろう》さんは途中から元のように濃くなりましたけど、でもやはり亡くなりました」

「一度、元気になられながら、再び悪くなったということですね」

「ええ」

「おわかりでしょう、サチさん。松五郎さんはお医者さんに診てもらうとか、薬を飲んだためによくなりかけたのです。ところがそれが間にあわないくらい病が進んでいたから、負けてしまわれたのですよ」

　サチには信吾の言いたいことがわかったようだ。なぜなら顔に、ほのかに紅が差したからである。

「サチさんが嫁いだ相手が少しでも透けて見え始めたら、すぐにお医者さんに診てもらうようにすればいいのです。透けて見えるようになるのは、身近な親しい人だけだとおっしゃいましたね。これまでサチさんは、ただハラハラしながら見ていることしかできませんでした」

「どこか具合が悪くないか訊いて、お医者さまに診てもらうよう勧めるべきだったのです。そうすれば救えたかもしれません。いえ、早ければ早いほど救えたはずです。その人は苦しまなくてよかったかもしれないのに、あたしってなんて鈍いんでしょう」

「すんだことは仕方がありません。だってわからなかったのですから。でもこれからはちがいます。透けて見え始めた人を、サチさんの力で救えるかもしれませんからね」

「信吾さんに相談してよかった」と、サチは胸に手を当てた。「重くてどうにもならなかった気持が、すっかり軽くなりました」

「親しい人が透けて見え始めたからといって、まごつかないでください。というより、まごついている場合ではないのです。すぐにお医者さんに診てもらうよう、その方を説得しなくてはなりませんからね。ご自分が透けて見え始めたときも、おなじことです」

「病気を治せますから。治せなくても、悪くならないようにできますものね」

「随分明るくなられましたよ、サチさん」

「だって悩みが晴れて、世の中がつい最前までとは、まるでちがって見えるようになりましたから」

「だとすれば、多少の辛いことでも平らかな気持で聞けますね」

「あら、怖いわ」とお道化《どけ》たように言ってから、サチは真顔にもどった。「信吾さんのおっしゃることなら聞けると思います。いえ、あたし真剣に聞きますから、どんなことでもかまいません。話してください」

「まだ所帯を持ってもいないサチさんに、こんなことを言ってもピンと来ないかもしれません。だけど聞いてください。サチさんが旦那さまの病気に早い段階で気付いて、それなりの処置をしてもらっても、救えないことがあるかもしれないのです」

なにを言い出すのだろうとの不安のためか、微かな翳《かげ》りがサチの顔を薄膜のように覆った。

「医者の見立てちがいが、ないとはかぎりません。生薬問屋の番頭さんに教えてもらったのですが、使い方と量をまちがえると、薬は毒になるそうです。ですからおなじ病気であっても、人によって微妙に量や与え方を変えなければならないとのことでした。ご亭主が透け始めたことにサチさんがごく早く気付いたとしても、かならずしも救えるとはかぎりませんから、そのことを常に心に留めておいてください」

「次第に透けて薄れてゆくのを、黙って見ていなければならないのですか」

「そこがサチさんの悪いところだ」

「えッ、だって仕方ないではありませんか」

「いいですか。人はかならず死ぬのですよ」

「わかっています」

頭ごなしに決め付けられたように感じたのだろう、サチは気分を悪くしたようだ。

「わかっていません。サチさんには透け始めた人がいつ亡くなるか、おおよそのことはわかります。だけど普通の人にはわからないのですよ。ですからただおろおろと、死ぬのを待つことしかできないのです。だけどサチさんはちがいます」

「…………」

「思い残すことがなく、満足のうちに死を迎えられる人なんてほとんどいないでしょう。大抵の人は、あれをやり残した、これもやれなかった、あの人に謝って仲直りしたかったと、未練を残しながら死んでゆくのです。ところがサチさんは、親しい人がいつまで生きられるかほぼわかりますね。自分がいつまで生きられるかわかれば、ご亭主はやりたいこと、やらねばならないことを順位付けられます。すべてをできるとはかぎりませんが、かなりのことができれば死ぬに際して悔いは少なくなるのではないでしょうか」

サチはかなり長いあいだ黙っていたが、何度もうなずいた。

「ものは考えようということですね」

「残された時間がかぎられているとなると、人はそれをむだなく使えます。夫婦、親子に孫、兄弟姉妹、祖父と祖母、伯父に叔母、甥《おい》に姪《めい》、親しい友などと最期の別れができますからね。普通はなにもわからないままに死んでゆかねばならないことを考えれば、遥かに幸せだと思いますよ。サチさんは悪い面ばかりに目を向け、良いことを見ようとしなかった。いや、それに気付けなかった。悪いことばかり見ていたサチさんは、良いこともあるとわかりました。差し引きすれば、良いほうに軍配があがると思いますがいかがでしょう」

「たしかに、信吾さんのおっしゃるとおりかもしれませんね。あたしは人の死が見えること、死にゆく人がわかることは、とても厭《いや》なこと、忌むべきことだとばかり思って苦しんでいました」

「透けて見える人が死んでゆくのを繰り返し見ていれば、だれだって暗い思いに囚《とら》われるのはむりありません。ですが決して忌むべきことではなくて、むしろ祝うべきありがたいことなのですよ。であればうしろめたく感じることはありませんからね。むしろ胸を張って堂々と嫁入りなさい、サチさん」

「ちょ、ちょっと待ってください。なんだか信吾さんに押し切られそうで」

「相談屋は口八丁ですから」

「そういうつもりで言ったのでは。ただ、少し考えさせてください」

「少しではなく、十分に考えてください。なぜなら一生の問題ですから。ただ、これだけは言っておきますけれど、サチさんは特別な人、それも強い人なんです。嫁入りはともかくとして、透けて見え始めた人にはかならず声を掛けてくださいね。お医者さんに診てもらい、薬をちゃんと飲めば、ずっと長生きできて、生きることを楽しめるはずですから」

「わかりました。そうします。嫁入りのことも前向きに考えるようにします。信吾さんに相談に乗ってもらって本当によかった。ところで相談料のことですけど」

「サチさんからはいただきません。いえ、いただけなくなりました」

「なぜですか。だってお仕事ではありませんか。それに、あたしはこんなに清々《すがすが》しい気持になれたのですから」

「困った人の力になりたいと相談屋を開いたわたしにすれば、サチさんは仲間、いわば同志です。同志から相談料はいただけません。いただかない代わりに、かならずしてもらいたいことがあります」

「透けて見え始めた人を、お医者さんに診てもらうよう説き伏せることですね。それは言われなくてもやります。だってあたしはとてもうしろめたく思っていたのに、むしろ誇るべきことだと、信吾さんが教えてくれたのですもの。あたしの生き甲斐《がい》となりました」

「もう一つ、約束していただきたいことがありましてね」

「相談料の代わりということでしょうから、お受けいたします。ただしどんなことでも、という訳にはまいりませんよ」

「嫁入りが決まり祝言がすんで落ち着いたら、お二人で来ていただきたいのです。楽しい話ができると思いますので」

　信吾としては精一杯考えて、一番いいと思ったことをサチに伝えたつもりである。サチはその場で結論を出すことなく、信吾の考えることを胸に収めて帰って行った。

　それが一年と五ヶ月ほどまえのことである。あれから常吉は成長を遂げて、見ちがえるほどしっかりしてきた。信吾自身は経験を積んだにしては、たいして変化していると は思えない。

それから月日が流れたが、サチは信吾を訪ねてこなかった。嫁入りがどうなったのかも気懸かりである。

果たして信吾の話したことが、サチを良い方向に導いたのか、それともさらなる悩みに追いこんだのか、まるでわからなかった。

サチに相談されたとき信吾は独身《ひとりみ》であったが、その後波乃と結ばれている。もしも今、サチにおなじ相談を持ち掛けられたら、どのように答えるだろうか。

まったくおなじことを言うだろうか、それともちがうことを話すだろうか。信吾にもそれはわからない。

サチのことを忘れた訳ではないが、音沙汰ないこともあって少しずつ心の片隅に追いやっていたようである。なぜなら信吾は、やらなければならない問題を抱えることになったからであった。それに対する比重が、日々重さを増していた。

五

こういうことだったのかと、必要に迫られて自分がやるようになって初めて、信吾は納得できた。

対局中や雑談しているときに「ちょっと失礼」と言って、新しく将棋会所の客になった狂歌の宗匠柳風《りゆうふう》が、手控えになにかを書きこむことがあった。柳風は手控帳と矢立の入った頭陀袋《ずだぶくろ》を、かならず体の横に置いていた。柳風に紹介されてやって来た、日本橋本町《ほんちよう》三丁目の書肆《しよし》「耕人堂《こうじんどう》」の番頭志吾郎《しごろう》も、やはりそうであった。

まったく頭陀袋に手を出さないこともあれば、けっこう頻繁に手控えと矢立を取り出すこともある。気になった信吾は、ついというふうに訊いたことがあった。

「なにをなさっているのですか、柳風さん」

「いえ、なに。忘れっぽいもので、思い付いたときに書いておかないとね」

そんなふうな言い方をされると、いつもの信吾ならそれ以上は訊かない。だが、そのときは訊かずにいられなかった。

「言葉のようですが」

「ほほう、なぜそう思われたのですかな」

「短く簡単なので。文と言うほど長くないようですし、柳風さんは狂歌をやってらっしゃるとのことですから」

「さすが相談屋さんだけあって読みが鋭い、と言えば皮肉になりますね。おっしゃるとおりです。言葉を控えるのが習慣でしてね。覚え書きというやつです。くどいですが、なにしろ忘れっぽいものですから」

「三十一文字《みそひともじ》をそっくりということではないのですか」

「ありますが、大抵は核になる一語を控えておけば十分です。あとで見直せば、自然と出てきますから」

「とおっしゃられても」

「例えば大抵の人が知っている狂歌に、『世の中に寝るほど楽はなかりけり浮世の馬鹿は起きて働く』がありますね。これは詠み人知らず、つまりだれの作か不明ですが、これを席亭さんが思い付いたとしましょう。いつ、どこで思い付くかわかりません。道を歩いていて、人と話していて、あるいは本を読んでいて、芝居を観《み》ていて、長屋のおかみさんたちが井戸端で喋っているのを聞いていて、全部を書き留めることができるときもあれば、できない場合もあるはずです。できないときには、要になる言葉を書いておくのですよ。寝るほど楽とか、起きて働くとかですね。言葉の流れというものがありますから、あとで見れば歌が自然と出て来ます。『百人一首』の光孝《こうこう》天皇の『君がため春の野に出《いで》て若菜つむわが衣手に雪は降りつつ』を元歌に、『世わたりに春の野に出て若菜つむわが衣手の雪も恥《はず》かし』というのを思い付いた人がいました。この人もすべてを書いておけなかったなら、世わたりにとか、雪も恥ずかし、いや雪も恥と書いただけで、あとは自然に出て来るはずです。この場合は元歌もあることですしね」

「出て来るのは、柳風さんが宗匠をやってらっしゃるからではないですか。普通の人にはとてもそうは」

「簡単にゆかぬかもしれませんね。宗匠のわたしでも、あとで見直しても出てこない、思い出せないことがありますから」

「であれば、手控えの意味がないではないですか」

「それでいいのです」

「だとすれば、なんのための手控えだか」

「すんなり出て来ないのは、言葉かその組みあわせ方、言葉の流れがよくないからでしょう。控えたときはとんでもないことを思い付いた、すごい閃きだと思っても、あとになってなにをおもしろいと感じたのか、思い出せないことすらあります。そんなときは捨てていいのです」

「せっかく書き留めたのに、ですか」

「時間を置いて、いや一晩寝かせておもしろみや閃きが蘇《よみがえ》らないのは、駄作だということですから。手控えはむだになっていいんですよ。十のうち一つか二つものになれば十分ではないですか。創ったあとで推敲《すいこう》して、捨てたり付け加えたりは常ですからね。知らぬ者のない蕉翁《しょうおう》の『閑《しずか》さや岩にしみ入る蟬《せみ》の声』も、随伴した河合曾良《かわいそら》の『随行日記』では、『山寺や石にしみつく蟬の声』でした。おそらく何度も手を加えて、あの名句に落ち着いたのでしょう。要するに、良質な作品さえ残せればいいのです」

「言葉の匠《たくみ》である柳風さんがおっしゃると、説得力がありますね」

「席亭さんもなさるとよろしい」と、柳風は信吾にうなずいて見せた。「志吾郎さんに将棋上達の本を頼まれたものの、どこから手を付けていいのかわからないのではないですか。でしたら頭に浮かんだ事柄を書いてみることですよ。なんでもいいのです。諺《ことわざ》に、歩のない将棋は負け将棋がありますね。歩に関してはほかにもあるでしょう」

「手のないときは端歩《はしふ》を突け」

「そうそう。桂馬《けいま》の高飛び歩の餌食、というのもありますね」

「歩越銀《ふごしぎん》には歩で受けよ、とか、金底《きんぞこ》の歩岩より堅し」

「言葉というものはふしぎなもので、一つの言葉を書き出すと、鎖の輪のように次々と連なってゆくのです。今いくつか並べただけでも、歩兵《ふひょう》の特性が浮かびあがるではありませんか。それが手控えの効能なんですよ」

「なるほど、いいことを教えていただきました」

「耕人堂」の志吾郎に将棋上達の本の執筆を頼まれた信吾は、夕食後、茶を喫すると机のまえに坐るようになった。半刻《はんとき》（約一時間）でも四半刻《しはんとき》（約三〇分）でも、本をどのような構成にするかを反故紙《ほごがみ》の裏に書き留めることから始めた。人が訪ねて来ることもあれば、波乃と語らうこともあるが、少しでも時間が纏まれば考えることにしたのである。

ふしぎなことに次々と案が出ることもあれば、まるで浮かばないこともあった。ところが食事中とか、蒲団《ふとん》に横になってから、あるいは木刀の素振りや鎖双棍《くさりそうこん》のブン廻《まわ》しをしているとき、それとも対局中に、おもしろいことを思い付くのである。

北宋《ほくそう》の政治家で学者の欧陽脩《おうようしゅう》は、三上《さんじょう》と言って文章を考えるのにもっとも都合がいいのは、馬上、枕上《ちんじょう》、厠上《しじょう》だと言っている。馬に乗っているとき、寝床に横臥《おうが》しているとき、厠《かわや》に入っているときだということだ。つまり考えが浮かぶのは、机に向かって坐っているときだけではないということである。

どうやら真剣に思いを巡らすと、本人がほかのことをやっていても頭は密《ひそ》かに働いているらしい。だから思い付きや妙案がなにかの折に、不意に浮上してくるのだという気がした。

問題はそれに関する閃きや案が、いつどこで出て来るかわからないことであった。自分がそのような状態になって初めて、信吾に仕事を頼んだ志吾郎や、狂歌の宗匠柳風が、「ちょっと失敬」と言って矢立と手控帳を懐や頭陀袋から出し、何事かを書きこむことが何度もあったのを思い出したのである。

信吾は護身のため、常に懐に鎖双棍を忍ばせていた。ヌンチャクともヌウチクとも呼ばれている双節棍《そうせっこん》を改良した護身具だが、強力な武器としても使用できる。お蔭で命拾いしたこともあれば、鎖双棍を使って頼まれた相談事に一気にケリを付けることもできた。

それがここにきて、常に持ち歩く品が一つ増えた。矢立と手控帳の一組である。本に書く内容が次第に明確になりかけたときであった、常吉がどことなく戸惑ったような顔で信吾を呼びに来た。

六

「旦那さま、お客さまがお見えです」

格子戸の辺りで小声の遣り取《やと》りをしていた常吉がやって来て、八畳間で客たちの対局を観戦していた信吾に小声で告げた。将棋客であれば「席亭さん」と呼ぶので相談客だとわかる。そういう細かなところまで、常吉は使い分けられるようになっていた。

客は格子戸の外で待っているが、まだ若い女の人のようであった。信吾は大黒柱の紐《ひも》を二度引いて、母屋の波乃に相談客がお見えだと報せておいた。

顔を見たとき「あッ」と声が出そうになったほど、信吾にとっては思い掛けない客であった。

「サチさんではありませんか。元気におすごしでしたか」

「すっかりご無沙汰いたしております。その節は、本当にお世話になりました」

道理で格子戸の外にいたのだとわかった。あれから一年半近くが経《た》っている。波乃と所帯を持った信吾は空家だった隣家を借りてそちらに移ったが、サチが相談に来たころは今の将棋会所で小僧の常吉と寝起きしていた。

このまえサチが来た折には将棋客が多かったので、格子戸の外で応対してから榧寺の境内に移った。そのことがあったので、サチは出入口で待っていたのだろう。

波乃といっしょになって「よろず相談屋」を「めおと相談屋」と改めてからは、大抵は母屋で相談に応じている。もっとも客次第なので、柳橋《やなぎばし》の料理屋を指定されたり、大名や旗本の屋敷に呼び付けられたこともなくはなかった。

信吾はサチをうながすと、ゆっくりと母屋に向かった。小首を傾《かし》げはしたもののサチは従う。

「小僧さんが、とてもしっかりしてきましたね。あまりの変わりように驚かされました」

常吉とは前回も今回も短い遣り取りをしただけだろうに、強く印象に残ったようだ。

「あのときがひどすぎたからそう思われるのでしょうが、子供はわずかなあいだに変わることがありますからね。でも、本人が聞いたら喜ぶと思いますよ」

母屋の庭木にいた何羽かのヒヨドリが、ヒーヨヒーヨと甲高い声で啼《な》くと、浅草寺《せんそうじ》の方向に飛んで行った。

「あたし、うれしかったです」

「なにがでしょう」

「随分まえに一度会っていただいただけなのに、名前を覚えていてくれましたから」

「別嬪《べっぴん》さんや感じの良い方のお名前は、一度聞いたら忘れるものではありません」

「相談屋さんは口八丁ですからね」

前回サチが相談に来たとき、相談屋は口八丁だからと洩らしたことがあった。おもしろいと思った信吾は自分でもそう口にしたが、一年半近くまえに言ったことをサチは憶えていたらしい。

前回も十六歳とは思えぬほど大人びていたが、十八歳になったサチはすっかり成熟した女に変貌していた。

天気がいいので、表座敷は八畳間も六畳間も障子を開け放ってあった。将棋客の一人が信吾とサチを一瞥《いちべつ》したが、母屋に向かっているのがわかったからだろう、すぐ盤面に目を落とした。

小さな池のある庭を抜け、生垣に設けられた柴折戸《しおりど》を押して信吾は母屋の庭に入った。サチが怪訝《けげん》な顔をしたので、将棋客が増えたこともあって落ち着いて相談に乗れないため、隣家を借りてそちらを相談所にしていると説明した。

表の八畳間に二人が座を占めるのを待っていたように、波乃が湯呑茶碗《ゆのみぢゃわん》を載せた盆を持って現れた。

「ようこそいらっしゃいました」

サチは目を瞬《しばたた》かせて、信吾と波乃を交互に見た。

「『よろず相談屋』のころにいらしたお客さままで、サチさんとおっしゃる」と波乃に告げてから、信吾はサチに言った。「家内の波乃です」

二人の挨拶が終わるのを待ってから、信吾はサチに訊いた。

「看板が『めおと相談屋』に変わったのに、気付かれませんでしたか」

「気付いてはいました」と、サチは波乃と信吾に笑い掛けた。「こういうことだったのですね」

「いっしょになってからは、波乃が女の方や子供の相談に乗るようにしています。二人でいっしょに相談を受けることもありますが、べつべつでもいっしょでも、ともかく皆さんの悩み事がすこしでも軽くなるようにと」

「そうでしたか」と言ってから、サチは首を傾げた。「ですが、子供に悩みなんてあるのかしら」

信吾と波乃は顔を見あわせて、思わずというふうに微笑《ほほえ》んだ。

「どなたもそうおっしゃいますが、あたしが最初に受けた相談客は子供でした。しっかり者の姉と年子の男の子二人の三人連れでやって来ましてね。どのような相談かは話す訳にまいりませんけれど、その子たちは今でも、波乃姉さんと言いながらときどき遊びに来ますよ。姉さんでなくて小母《おば》さんなのにね」

波乃の話し方がおかしかったからだろう、サチはクスリと笑いを洩らした。

「サチさん、胸に手を当てて考えてごらんなさい。子供のころに、悩みはなにもありませんでしたか」

信吾に問われてサチは真剣な顔で思い起こそうとしたようだが、困惑顔になった。

「あたしは二歳ちがいの姉と二人姉妹ですけど」と、波乃は思い付くままというふうに続けた。「子供は育つのが早いでしょう。姉の着ていたものが次々とあたしにさげられて、姉はいつも新品であたしはお古ばかり。なぜあたしは新品を買ってもらえないのかって悩んだけど、そんなことで悩んでいるとは、母も姉も思いもしなかったでしょうね。あたしの場合はそんな他愛《たわい》もない悩みですが、相談を受けた子供たちにとってはたいへん深刻な悩みでした。子供にも悩みはあるのですよ」

「そうですよね。ある日突然、子供から大人に切り替わるのではなくて、子供から大人まで一続きですから。大人と子供の中間にいるあたしに悩みがあったのだから、子供にあってふしぎはないですもの」

「するとサチさんの悩みは、すっかり解決したのですね。あたしに悩みがあったのだからとおっしゃったからには、今はないということでしょう」

「はい。そのことを伝えたくて来たのに、あたしったら」

「ではごゆっくりなさってくださいませ」

お辞儀をして表座敷を出る波乃の、後ろ姿を見たままでサチは言った。

「奥さまをおもらいになっているとは、存じませんでした」

サチが相談に来たのは信吾が波乃と暮らすようになるまえの年の、秋も終わろうかというころであった。

「あれから一年と五ヶ月になりますからね。いろいろと変わってもふしぎはないでしょう。サチさんのほうも、なにかとあったのではないですか」

「今日伺ったのは、そのこともありまして。あッ、さっき言ったばかりですね」と笑ってから、サチは真顔にもどった。「あの節は中途半端と申しましょうか、いささか無礼なことをしてしまったのではないかと、ずっと気になっておりました」

「無礼だなんて、そんなことはありません」

「あたし、約束を破ってしまいましたから」

「ああ、そのことですか」

「落ち着いたら二人で来るように言われていたのに、一人で来てしまいました」

「一人のほうが話しやすいこともあれば、二人でなければならないこともあります。気にせずに気楽にいらしてください、『キラク屋』のお嬢さま」

「お嬢さまはよしてください。『キラク屋』の娘ですけど。いえ、でしたと言わなければ。お見世の名が変わることになりましたから」

余程のことがなければ、商家が先祖の決めた屋号を変えることなど有り得ない。見世の名、つまり屋号が変わるということは、サチが嫁ぐことが決まったということなのだ。頬をほんのりと赤らめたことがそれを語っていた。

だがそれにしても一年半近いとなると、信吾に相談したあとで嫁入りを決意したとしても、少し長すぎやしないかという気がしないでもない。

「今日お見えになられたのは、サチさんとしてある程度、納得のいくように収まったということでしょうか」

「相談屋のあるじさんをまえにしては、嘘《うそ》もごまかしも利きません」

「嘘とかごまかしは、いくらなんでもひどいと思いますが」

「あたし、ありのままを受け容れるのが一番だということがわかったのです。つまり、信吾さんのおっしゃったことに従うのがいい、ということですけれど」

サチにとって死にゆく人が見えることは、どうしようもない負担であった。ところが信吾がちがう方向や角度から光を当てることで、まったくそうではないことに気付かされたのだ。重荷になるどころか人のためになれる、場合によっては救えることに繋《つな》げられるとわかったのである。

七

サチは透けてゆく人に気付くと、さり気なく近付くようにした。そして徐々に話を健康のことや体調のほうに持って行き、本人に自覚がない場合でも、根気よく医者に診てもらうように持ち掛けたのである。

健康に自信のある人の中には怒り出す人もいたが、念のために診てもらったら思いもしない病気だとわかった人もいた。その人は手当と薬の服用で快癒し、サチはとても感謝されたのであった。

少しずつではあるにしても成果があがり始めたことが、サチにはそれがどれほどうれしかったことか。

信吾の話を聞いていなければ、人が透けてゆくのを見ながら、ただ狼狽《ろうばい》するだけで終わったことだろう。ところが病を治すきっかけを与えられたし、もとにもどることはむりでも、病状が進むのを抑える手助けができるようになったのだ。

「人の一生がかぎられていることは、頭では理解していたのです。ところが信吾さんのお話を伺って、人生が本当に短いものだということが、はっきりわかりました。であれば悔いのないようにすごしたいですもの。信吾さんに相談したあとで、いろいろ考えたのですけれど、やはり添い遂げる人はほかにいないと思って、嫁入りを決めました」

ところが婚礼に関する打ちあわせに入ったころ、サチの父親が急死した。事故だったということもあるが、サチはそれまでのようには、父の死の兆候を捉えることができなかったのである。

父親は無類の釣り好きで、と言うより仕事一筋で生きてきた父にとって、たった一つの楽しみが釣りであった。磯《いそ》釣《づ》りや船を出しての釣りに目がなく、仲間に誘われると、どんなにむりをしてでも出掛けた。

そのときもむりを重ねて仕事を片付け、友人たちと釣りを楽しんだが、風を喰《く》らって船が転覆してしまった。だれもが必死になって岸の岩場を目指したが、一番泳ぎが得意なはずの父だけが辿り着けなかった。むりが祟《たた》って疲れ切っていたからだろう。

見世は兄がほぼ引き継いでいたので、その点では心配は無用であった。ただ縁談に関しては父親の死ということもあるので、一年の喪に服してからということになったのである。

「まえの年の暮れで喪が明けましたが、待っていたように婚礼というのもなんですから、春の終わりに式を挙げることになりました」

「そうでしたか。それはおめでとうございます。ですがそのまえに、お父さまが亡くなられたこと、心よりお悔やみ申しあげます」

「ご丁寧にありがとうございます。そのような事情ですので、落ち着きましてから二人で寄せていただこうと思っていたのですが」

「ぜひそうしてください。こちらも波乃と二人でお迎えいたします」

「ところが、それができなくなってしまいまして」

「でも、さまざまな困難を乗り越えて、挙式に漕《こ》ぎ着けることになったのでしょう」

「あたしいろいろと考えたのですけれど、最初は夫となる人に、なにもかも打ち明けようと思っていました。大病から治ったあとで、あたしが人の亡くなることが見えるようになったことを包み隠さずに。生涯を共にする人に秘密は持ちたくなかったですから。ですが考え直してそれを隠す、ではないですね」

　サチが思いを巡らせてから柔らかな表情になったのは、ふさわしい言い方を見付けたからだろう。

「明らかにしないことに決めたのです」

　そう前置きしてから、サチは揺れ動いた心の裡を打ち明けた。

　ある意味でサチは相当に異常な資質ではあるが、だからと言って相手が縁談を断るとは考えられなかった。ただその事実を知ると知らないでは、以後の生活になにかと影響しそうな気がしたのである。

　仕事や双方の肉親が絡むことがあるだろうし、それ以外のこともあって、生活が日々平穏であるとはかぎらない。ちょっとした波風が立つこともあれば、困難な問題に直面する場合もあるはずだ。ある程度までであればなんともないだろうが、深刻極まりない状態に陥ることがないとはかぎらない。

いくらなんでもそれをサチの特異性が招いたなどとは思わないだろうが、立て続けに起きるとか、八方塞がりでどうにもならなくなったとき、その思いが心を過《よぎ》りかねない。一度そのようなことがあると、以後は事あるたびに心の裡で反復しかねないのだ。

信吾は悪い面より良い面を取りあげ、良さが悪さを凌駕《りょうが》していると言ってくれたが、世間の人にそれが通じるとは考えにくい。特殊さを異様と思う人のほうが、遥かに多いのではないだろうか。

サチは人の死が見える女であることを打ち明けたが、もしかすると明かしていない秘密があるかもしれない、と相手が考えるかもしれないのである。さすがにそれは妄想だと苦笑するしかなかったが、サチが夫となる人に打ち明けさえしなければ、そのような煩わしさは感じずにすむ。

透けてゆく人に気付いたら、医者に診てもらうよう説得するだけに専念しよう、とサチは決めたのであった。

「ですから二人で寄せてもらうことが、できなくなってしまいました」

「であれば、サチさんとわたしが黙っていれば問題はないのではないですか。波乃は知りませんから、サチさんが見える女であることに触れなければ、なんの問題もないと思いますけど」

「相談屋さんと知りあいだとわかったら、どんな悩みがあったのだろうかと思うかもしれないでしょう」

サチは信吾が考えているより遥かに神経質に、慎重になっているようだ。

「でしたら波乃と親しいことにしたら、いいじゃないですか。さっきは短い遣り取りでしたが、二人は初対面とは思えぬほど気があっていましたよ」

「だって、ここは『めおと相談屋』ですよ。女のあたしは信吾さんより、女先生の波乃さんに相談するほうが自然でしょう」

「こういうのはどうだろう。わたしといっしょになるまえから、波乃とは仲のいい幼《おさな》馴染《なじみ》だった」

サチは思わず笑いを洩らしてしまった。

「さすが相談屋さんだけあって、ああ言えばこう言うですね。だけどこのようなことは、ちょっとしたことで洩れるものです。一度変だなと思えば、その後はなにもかもを疑いかねませんもの」

「うーん、慎重なんですね、サチさんは」

「慎重すぎるとお思いでしょうが、子供のころからずっとそうやって来ましたから」

「わかりました。これ以上は申しません。もしも事情が変わるようなことがありましたら、ぜひお二人でいらしてください」

「事情が変わると申しますと」

「婚礼が終わったあとで二人きりになったときに、打ち明けられるかもしれません」

信吾がそこで間を取ったので、サチは好奇心を掻き立てられたようだ。信吾はにやりと笑った。

「実はサチさんに、話しておかなければならないことがあります」

「なんでしょう、信吾さん」

「あ、わたしではなくて相手の方、お婿さんが、サチさんにそう打ち明けるかもしれないということです」

「ごめんなさい。勘違いしてしまって」

「いや、謝らなければならないのはわたしです。意味ありげに言いましたから。その人がこんなふうに打ち明けるかもしれません。実はサチさん、わたしは子供のときに大病を患い」

そこまで聞いて、サチは我慢ならずに噴き出してしまった。そして笑いを堪《こら》えながら言ったのである。

「病が癒えてから、亡くなる人が見えるようになりました。わたしは人の死が見える男なのですよ」

「そう打ち明けられることが、ないとは言えませんからね。そうなれば、大手を振ってやって来られるでしょう」

「もちろん、そのときはそうします」

「それは冗談としても、いつどうなるかわかりません。毎日おなじ屋根の下で暮らしていれば、打ち明けても大丈夫だなとわかるかもしれないですからね。また相手がサチさんの秘密に気付いて、仕方なく打ち明けねばならない場合もあるでしょう。それは素晴らしいね。だったら病気の人を治してあげられるじゃないか、と手放しで喜んでくれるかもしれません。そのときは連れてらっしゃい。わたしが生き物と話せることは波乃も知っていますから、取って置きの話をしてあげますよ。四人で楽しいひと時がすごせるはずです」

「信吾さんのお話を伺っていると、世の中なにも心配することはないという気になるからふしぎです」

「だといいですね。なにも悩むことないじゃないか、悩んでいると馬鹿を見るよって、笑い飛ばせたら楽しいですからね」

「それでも悩むことがあったら、黒船町にある『めおと相談屋』に行けばいい、ということですね」

「それそれ、それですよ、サチさん。悩むことがあったら黒船町の『めおと相談屋』に行けばいいと書いた貼紙を、浅草界隈《あさくさかいわい》のあちこちに貼り出しておこうかな」

「できれば二人で来たいですが、一人で来てもいいですか」

「もちろん。だってサチさんはわが同志ですから、いつだって大歓迎ですよ」

サチが腰を浮かせかけたので、信吾は波乃を呼んで日光街道まで送るようにと言った。女同士でなにかと話すことがあるだろうと思ったからだ。

惚れちゃったんだもん

一

女髪結《おんなかみゆい》のスミは、源八《げんぱち》が十七歳のころからずっと面倒を見ている。将棋会所「駒《こま》形《がた》」の客たちには、なぜスミがそこまで尽くすのかが謎で、多くの者が理由を見付けられずに首を傾《かし》げるのであった。

なぜなら源八は、役者にしたいようないい男ではないので、スミが容姿に惚《ほ》れたとは考えられないのだ。中肉中背だが顎が張って頬骨が出てぎょろ目のため、粗野と言うほどではないとしても武骨で取っ付きにくく、道を歩いていてもまえから来た人に避《よ》けられるくらいである。

ちいさな商家の三男坊だが家の仕事をしていないのだから、金に不自由せずに若い連中の面倒見がいい、などというはずがない。もっとも人にたかったりはしないが、そんなみっともないことをしてスミに知られたら黙っていないだろう。

喧嘩《けんか》が滅法強くて周りから一目置かれ、若い連中に兄貴と奉られているというのでもなかった。ただし、口だけは達者である。

子供たちに慕われている訳ではなく、年寄りから頼りにされてもいない。関わりあいにならず横から見ているのが無難だ、くらいに見られているようだ。

唄《うた》えば調子っぱずれだし、物真似《ものまね》や声色ができるほど器用でなく、特技もなければ芸とも無縁であった。

見事と言っていいほどの、ないない尽くしである。

源八にいいところがないとすれば、スミに問題か欠陥あるいは弱みがと考えたくなるが、そんなことはなかった。思わず目を背けたくなるほどなのかというと、人並み以上の顔と体付きをしている。

仕事柄多くの人に接することもあり、スミは常に身綺麗《みぎれい》にしていた。ほどほどに色っぽいし、愛嬌《あいきょう》があって笑顔が魅力的であった。声はやや低いが、落ち着いていて温かみが感じられた。

兄が手の付けられぬほどの破落戸《ごろつき》であるとか、弟がよくない連中の仲間ということもない。であれば、ないない尽くしの源八にこだわらなくても、いくらでもいい男を選べるだろうにと、だれだって思う。

信吾が「駒形」を開くと源八はすぐに客となったが、そのとき二十八歳であった。スミは三十三歳で、さすがに二人のことが話題に上ることは頻繁ではなくなっていたが、二人が若いときにはなにかと騒がれたそうだ。

騒ぎの元は、なぜスミはこれといって取り柄のない源八のような男に、そこまで入れ揚げるのかの一点である。

信吾が相談屋と将棋会所を開いて、ひと月かひと月半ほど経《た》ったころのことであった。

「今朝は源八さんが見えませんね」

毎朝五ツ（八時）にはやって来るのに、四ツ（十時）になっても姿を見せないのは珍しいことだと信吾がつぶやくと、常連の一人が言った。

「たまたまスミさんの手が空いたんだろう。となりゃ源八を離す道理がないもの」

信吾がよくわからないという顔をすると、べつの常連が理由を話してくれた。

江戸の女は毎日欠かすことなく髪を結う。水油を使って自分で結う髪は、櫛目《くしめ》がそろわずすっきりした仕上がりにならない。そのため十日に一度ぐらい、人によっては五日ごとに女髪結に整えてもらっていた。

芝居や祭り、また招かれて出掛けるときには、臨時で結いに来てもらう。水油ではなく鬢《びん》付け油で、びしっと決めてもらうのだ。

大店《おおだな》の女将《おかみ》などは、その日の早いうちに身だしなみを整えておく。そのため腕のいいスミは、朝の早い時刻から何軒もを掛け持ちで廻《まわ》って忙しかった。

ところがごく稀《まれ》に予定の入っていない日があって、そうなるとスミは源八にくっついたまま傍《そば》を離れようとしない。二人だけで家に籠ってしまうのだ。刺身を出前で取り寄せ、「あーんして」などと箸を使って相手の口に運んでやっているうちはいいが、やがて口移しで食べさせるようになる。

　体を密着させ、「だめでしょう、こんな明るいうちから」とか「女髪結の髪が乱れては、みっともないわ」などと言っているうちはいい。やがてくぐもった声や吐息ばかりとなり、言葉らしい言葉は聞こえなくなってしまう。

「だから源八さんは来られないの」

　その常連客はまるで見て来たように言った。

　そのときだれかが、源八が二十歳でスミが二十五歳のころ、若い連中のあいだで交わされた会話を思い出した。これといって取り柄のない源八に、どうしてスミがあそこまで入れ揚げるのかについての、取り留めのない遣《や》り取《と》りである。

「となると、やはりあれしかないだろうな」

「あれっつうと」

「あれはあれよ」

「ああ、あれか」

「あれしか考えられんもの」

「やはり、あれだろうな」

「そうとも。あれのほかになにがある」

わかったようでわからぬ遣り取りだが、その場にいる連中には「あれ」だけでなにもかもわかっていたということだ。

するとべつの将棋客が、こんなことがあったと言った。

「湯屋にいっしょに行って、おれはぶっ魂消《たまげ》た。やつのあれを見て、思わず自分のあれを手拭で隠してしまったよ」

まさに魂消たと言うしかない顔で、打ち明けられたそうだ。

「ほう、おまえのあれだってどうしてたいしたあれなのに、やつのあれはそれ以上に立派だったのか」

「垂れさがっていても、おれのあれがいきり立っているときよりでかいんだ。あいつのあれがいきり立ったら、どれほどになるかと思うと、おれは自分のあれを洗うのもそこそこに、湯屋を逃げ出さずにいられなかったぜ」

するとべつの男が言った。

「湯屋の流し場の椅子にあいつが坐《すわ》っているのを見て、おれは足が三本あると思ったな」

「針を棒にってやつじゃないのか。いくらなんでも言いすぎだろう」

「いや、そうじゃねえ。湯屋の腰掛はちいさくて低いもんだ」

「流し場に、汚《きたね》え毛むくじゃらの尻で坐らねえようにってだけのもんだから、ちっちゃくていいのよ」

「だからって、あれが流しの板に届くなんてことは考えられない。ところが源八のあれの先っぽが、腰掛に坐ったままで流しを舐《な》めてやがんの」

「てことは、垂れていたのか。いきり立ってちゃ、流しは舐められんぞ」

「スミさんはまだ若かった源八をうまく蒲団《ふとん》に誘いこんで、流し舐めだがただの流し舐めではないと、身を以《もっ》て知ったのだな。ほんでほかの女に取られてなるものかと抱えこんで、一切の世話をしてるってことか」

「じゃねえかなあ」

とは言ったものの、それしか考えられぬという顔である。しかもその場にいた連中は、まちがいないと得心したらしかった。

そんな会話が遣り取りされ、だれもがうなずくほど、若いころの源八とスミは取り沙汰されていたのである。

もっともそんなあれこれを聞いたころの信吾は、まだ独身《ひとりみ》であった。

常連客が若い席亭を楽しませようとして、おもしろおかしく語ったところはあったかもしれない。ただその後に耳に入ったことから判断して、いくらか大袈裟《おおげさ》な言い方はしたかもしれないが、案外そのときの会話どおりだという気もしたのである。

だからといって、おもしろがったり羨ましがったりする者だけではなかった。源八の行く末を案じて、心を痛める者もいなかった訳ではない。源八のことを親身になって思うあまり、スミに説教した者もいたそうだ。

「それじゃ源八がダメになってしまうから、一人前の男らしく働かせたらどうだね。そうでなくても怠け者が、どうにもならなくなってしまうから」

「だってあたし、仕事が嫌いだって人をむりに働かせたくないもの」

「そうは言うが、仕事が楽しくてたまらないなんて者は稀でね。だれだって厭《いや》だろうが辛《つら》かろうが、生きていくために働かなくちゃならんのさ」

「あたしは並の男の人に負けないくらい稼いでいますから、源八さんの面倒を見ても、とやかく言われることはないと思うんですよ」

大抵の者は鼻白《はなじろ》んで、それ以上言う気をなくしてしまう。それでも説得しようとすると、スミは居直るのであった。

「そうはおっしゃいますが、人さまに迷惑を掛けている訳じゃないし、しょうがないでしょう、あたしは源八さんに惚れちゃったんだもん」

そこまで言われると馬鹿馬鹿しくなって、だれもなにも言わなくなる。

スミを説得しようとしたのは、一人や二人ではなかった。長兄の宗一《むねかず》などは、スミだけでなく源八と二人をまえに滔々《とうとう》と弁じ立てたそうだ。しかしスミは、大事な源八を働かせたくないと言い張ったのである。

それは仕方がないとして、宗一を呆《あき》れ返らせたのは源八であった。言うに事欠いてこうほざいたのだ。

「親父《おやじ》と兄貴に口うるさく言われて、小僧みたいにこき使われただろ。働いてわかったのは、おれは商人《あきんど》って柄じゃない、商売に向いていないってことだよ。スミが働かなくていい、面倒を見てあげるって言ってるんだから、であればしんどい思いまでして働きたくないね」

その揚句、スミに「だって、源八さんに惚れちゃったんだもん」と言われては、兄の宗一もお手あげであった。病人が一人いると思えば、なんとか我慢できぬこともない。勘当しなくていいだけでも善《よ》しとすべきかと、諦めてしまったとのことだ。

そのかわり、家に迷惑を掛けることだけはしないでくれ。親兄弟に恥を掻《か》かせるなよ。髪結の亭主というだけでもみっともないのだから、みっともなさの上塗りはするなと、念を押されたそうである。

それをいいことにしてという訳でもないだろうが、仕事のないときのスミは源八にべったりくっついて離れようとしない。スミはずっとそうしていたいのだろうが、腕がいいので頼まれて、次々と女客たちのところを廻る日々となった。

二

藍の格子縞《こうしじま》の着物に襷《たすき》を掛け、前垂れ姿で「びんだらい」を提《さ》げたスミの姿は、なかなかさまになっている。前垂れは仕事になると外し、髪の毛が落ちたときや着物が髪油で汚れない用心のため裏返して客の肩に掛けた。

「びんだらい」には引き出しがいくつもあって、櫛や笄《こうがい》、剃刀《かみそり》、手拭、髱を張り出すための鯨のひげ、鉄線に紙を巻いて漆を掛けた髱さしなどが、整理して収められていた。「びんだらい」の横手には、油を入れるちいさな箱が付いている。

見た目が颯爽《さっそう》としている上に腕がたしかなので、女髪結スミの人気は高まるばかりであった。実入りは良くなったが、源八といる時間が少なくなるのが、スミの不満となり始めていたのである。

スミがなにかあれば「あたしの源八さんが」と惚気《のろけ》るのは仕方がないとして、源八までもが「スミのやつがね」と鼻の下を伸ばしていると、さすがにおもしろくないと思う者も現れる。そんな連中が、「だったら、ちょっと驚かせてやろうじゃないか」ということになった。

源八が「駒形」に来ないことは滅多にない。滅多にないだけに、姿が見えないと信吾は気懸かりでならなかった。ところが源八がいないのをいいことに、客のだれかが他愛《たわい》もない話をしてくれることがある。

「ちょっと驚かせてやろう」と相談を始めた連中は、すぐに「徹底的に痛めつけてやろうじゃないか」と、考えが変わったそうだ。なにしろ男にとって、スミの「源八さんに惚れちゃったんだもん」は癇《かん》に障る。どうせやるなら、最大の弱点を攻めようということで考えがまとまった。

弱点、それも最大のとなると、火を見るよりも明らかである。二人の齢《とし》の差と姉さん女房スミの年齢だ。男の盛りは比較的長く続くが、女の盛りは長くないというより、花の盛りは極めて短い。

源八が二十五歳でスミが三十歳だったから、ちょうど五年まえであった。そのころ十七歳だった信吾は、両親が東仲町《ひがしなかちょう》で営む会席と即席料理の「宮戸屋《みやとや》」を手伝っていた。おなじ浅草の住人なので、見掛けたり擦れちがったりしたことはあるが、源八ともスミとも声を交わしたことはない。もちろん名前も知らなかった。

源八の二十五歳はこれから男盛りを迎えようという年齢だが、スミは三十歳で、オバさんと呼ばれる域に突入している。ひどい言い方をすれば、坂道を転がり落ち始めたところであった。

連中は偶然ではあろうが、残酷なときを選んだことになる。

「となるとアカネだな」

〈徹底的に痛めつけよう〉と言った男がこれしかないと確信に満ちた顔で言うと、〈ちょっと驚かせて〉と持ち掛けた男が訊《き》いた。

「なんだ、アカネってのは」

「スミさんが二度と、だって惚れちゃったんだもんと言えなくするための切り札だ。アカネはスミさんがついこのまえ弟子にしたばかりで、十五歳だから十分すぎるくらい若い。源八とアカネがどうやらできているらしいと思わせるだけで、スミさんは頭に血が昇ることまちがいなし。血の雨が降るぞ」

「なるほど、五歳上だという負い目はおおきいもんな。源八がいつか自分を捨てて若い女に走るのではないかと、気を揉《も》んでいるにちがいない」

アカネは手先が器用なのと、スミへの憧れもあって、髪結になりたいと願っているとのことだ。弟子にしてもらえないだろうかと、得意客が知りあいから頼まれたらしい。

スミはアカネに会って、外から見ていると気楽に見えるかもしれないが、実際はそうでもないことを力説した。

細かなことをやたらと憶《おぼ》えなければならないが、一番たいへんなのは客の扱いだと言った。大抵の客はちょっとしたことで癇癪《かんしやく》を起こすし、なんでもないことでも臍《へそ》を曲げてしまう。縮れっ毛やどうしようもない癖毛の客にかぎって、自分の髪のことを棚にあげ文句ばかり言う、などと並べたが、それでもやりたいとのことであった。となれば得意客絡みということでもあり、弟子にするしかない。

アカネは通いなので、朝はスミの支度ができたころを見計らってやって来る。スミとアカネが「びんだらい」を提げて仕事に出ると、源八は自由の身となるが、好き勝手なことができる訳ではなかった。看板娘や錦絵に描かれるような美人のいる茶屋は当然として、女っ気のある所にはスミのてまえもあって出入りできない。

自分が五歳年上ということもあるからだろうが、スミは猛烈な焼餅焼きである。ともに二十代のころはそれほどでもなかったが、スミが三十歳を迎えたころから、齢の差を強く意識せずにはいられなくなったらしい。

当時三十歳のスミは見た目より遥《はる》かに若かった。さすがに二十代初めは苦しいとしても、半ばには見えたのだから、自惚《うぬぼ》れていいほどだ。ところがスミ本人には、当然ながら自分の齢がわかっている。今はまだなんとかなっているが、あと二、三年もすれば、と常に思いはそこへ行き着くのだろう。

男の楽しみと言えば「飲む、打つ、買う」だが、まず飲むはスミといっしょでなければダメと釘《くぎ》を刺されている。源八は酒は好きでも、昼間から飲みたいというほどではない。

もともと博奕《ばくち》はやらなかったが、ここにきてスミから厳禁されていた。もっとも小遣いが少ないので、賭場に行く気にもならない。

賭場に通えば、最初はぼろ儲《もう》けさせてもらえるそうだ。やがておおきく賭けさせてふんだくり、それを取り返そうとしているうちに借金でどうにもならなくなる。賭場に行かないのだから、源八はそんな破目に陥る訳がなかった。

最後の買うは、女っ気のある所への出入りができないくらいだから問題外だ。万が一隠れて買ったことが発覚すれば、刃傷沙汰《にんじょうざた》になりかねない。

三つを封じられては、手足をもぎ取られたも同然で、やることはかぎられてしまう。大川で釣り糸を垂れるか、暇な仲間と縁台将棋を指すか、仲見世をひやかすくらいしか楽しみはなかった。おなじひやかしでも、吉原《よしわら》の昼見世の素見《ひやかし》となると論外だ。

そんな源八にとって新しくできた将棋会所「駒形」は、わずかな金で楽しめて時間も潰せる絶好の場だったのである。

スミとアカネが、仕事を終えてもどる時刻は決まっていない。七ツ（四時）ごろが多いが、八ツ（二時）まえに終わることもあれば六ツ（六時）すぎまで掛かることもあった。

もどるとスミは夕餉《ゆうげ》の支度を始め、アカネは家に帰る。源八はスミにその日廻るのが何箇所か聞いているので、見当を付けて長屋にもどるようにしていた。

「源八とアカネが顔をあわせるのは朝だけで、夕べは日によってまちまちだが、アカネはすぐに家に帰る。スミさんは湯屋に行っているか厠《かわや》に入っているとき以外は、源八かアカネのどちらかといっしょなんだ。スミさんに知られることなく二人を会わせることなど、とてもできない」と、〈ちょっと驚かせて〉が〈徹底的に痛めつけよう〉に言った。

「それにアカネと源八ができているというのは、スミさんには最高に堪《こた》えるだろうが、そんな嘘《うそ》はすぐに見破られてしまう。スミさんに問い詰められたら、アカネも源八も正直に打ち明けるだろうから、なにもないことはすぐにわかる。スミさんを信じさせるためには、よほどうまく考えんとな」

「スミさんのまったく知らない女か、せいぜい顔と名前を知っているくらいの女と源八が、というほうがいいだろう」

そこで二人は、鳩《はと》のように頭を寄せて考えに考えた。

源八の実家は「清水屋《しみずや》」が屋号の笠《かさ》の見世である。開いて差す傘ではなく、頭に直接被《かぶ》って顎で紐《ひも》を結ぶ笠を商っていた。同時に合羽《カッパ》も扱っているのは、被り笠と合羽を併せて買う客がけっこういるからだ。

笠は加賀《かが》、近江《おうみ》、薩摩《さつま》などの産地、菅《すげ》、檜《ひのき》、筍皮《たけのこがわ》、藺草《いぐさ》という材料、網代《あじろ》、編《あ》み、塗りなどの製法、一文字、貝尻《ばいじり》、八ツ折といった形状がある。それらを客の註文《ちゅうもん》に応じてすぐ出せるように、分類した上で値段別にそろえてあった。

源八の実家は将棋会所のある黒船町から少し南の元旅籠町《もとはたごちょう》の、二丁目に近い一丁目の北端近くにある。日光街道に面していることもあって通行人、それも旅人が多いので、手堅く商売が成り立っていた。

ただ、笠の分類法を憶えてしまえば、客のほとんどは通り掛かりなので親しくなることもないため、若い男にとっては退屈でたまらないのだろう。だから源八は家業を手伝うのを止め、迷わず髪結の亭主《や》となったのだ。

〈ちょっと驚かせて〉と〈徹底的に痛めつけよう〉は、相手を傘屋の娘で名は「もみじ」と決めた。

傘には差し掛け傘、青傘、爪折傘《つまおりがさ》、紅葉傘《もみじがさ》、奴傘《やっこがさ》、番傘などがある。

紅葉傘は中節から上が青紙、下が白紙で張られ、白紙に三筋の線を入れたものだ。開くと外縁寄りに、三つの輪が等間隔で並んで映える。青と白の紙の貼り分けと、白紙に三本並んだ輪で、見た目もすっきりしていた。骨は細く糸かがりがしてあって、柄は籐《とう》巻《ま》きで華奢《きやしや》な作りである。

悪戯《いたずら》を企んだ二人は、両親が娘の名を紅葉傘から取ったことにした。

笠屋と傘屋は狭い意味では商売敵と言えなくもないが、視野を拡《ひろ》げれば同業と見ることもできる。その微妙さゆえに、傘屋の一人娘が笠屋の三男坊に恋焦がれてもふしぎはない。源八の見てくれがかなり落ちるので、恋焦がれるにはむりがあるが、同業でちいさいときから知っていたとなると話はべつだ。

その源八が髪結の亭主になりさがっていては、もみじとしては黙っていられない。スミが仕事に出ているあいだに、せっせと足を運んで源八を掻き口説いている段階だ、との話を組み立てた。

もみじを十六歳としたのは、二十五歳の源八とは九歳差だが、スミにとってはほぼ半分に近いからだ。そんなもみじが源八を口説いていると知ったら、スミの胸は焼け焦げるに決まっている。

そして夜になるのを待って、二人は一升徳利《どくり》を提げて長屋を訪れたのである。源八とスミが食事を終え、いちゃつきを始めるまえの微妙な時刻をねらったのだから質《たち》が悪い。

スミが燗《かん》を付けながら、煮物や漬物を用意しているあいだに、二人は源八に傘屋の一人娘もみじとのことを話した。聞こえるように聞こえないように、肝腎なところはスミの耳にちゃんと届くよう、実に巧妙に内緒話を打ち明けたのである。

源八は混乱してしまった。仲のいい友人が酒持参でやって来たのはうれしいが、言っていることがまるで理解できない。もみじなんて娘は、いもしないのだから当然だろう。

スミがいるところで、知りもしない傘屋の一人娘もみじの話を持ち出され、しかも惚れられたことになっている。源八はしどろもどろになってしまったが、却《かえ》ってそれがもみじとのことを、スミに事実と取られたらしいと気付いて恐慌をきたしてしまった。

燗酒と簡単なおつまみを盆に載せて座敷にもどったスミは、平静を装っているが、それでも表情が硬いのがわかる。するとわざとらしく、それまでとはまるでちがう話題に切り替えた。そのため傘屋の一人娘もみじと源八のあれこれが、知られてはならない話であったことが強調された格好となった。

酒を飲み終えたので、頃よしと友人たちは引き揚げた。もっともそれは見せ掛けで、長屋を出てからほどなく忍び足で引き返したのである。

そっと近づくと、低く罵る声と押し殺してしきりと弁解する声が、交互に聞こえた。作戦が大成功したので、二人は顔を見あわせると声を殺して笑った。

しばらくすると声が次第におおきくなり、物を投げる音やなにかが壊れる音などが混じり始めた。だが長屋の住人に聞かれてはまずいからだろう、話の内容までは聞き取れない。

なんとか聞こうとさらに近付いたとき、縺《もつ》れるような人影が障子に映った。二人は腰を抜かさんばかりに驚いた。

「まずい。刃物を振りあげているぞ」

言うなり、障子戸を引き開けて土間に踏み入った。目に飛びこんだのは源八が右手を畳に突いて、曲げた左腕で顔を庇《かば》っている姿である。

「悪い。すまなんだ。あの話は全部でっちあげだ。作り……」

作り話だと言い掛けてあとが続かない。スミが振りあげていたのが出刃包丁や刺身包丁ではなくて、裁縫に使う物差しだと気付いたからであった。二人が動き廻っているのと、障子にぼんやりと映った影から、刃物、それも出刃包丁と早とちりしてしまったのだ。

しかしそうなると、もはやどうしようもない。スミの「源八さんに惚れちゃったんだもん」が癪に障るので、二人を困らせてやろうと考え、芝居を打ったと白状するしかなかったのである。

スミが激怒すると思ったがそうはならなかったので、源八をはじめ男たちは意外な思いがした。

「していい冗談と、してはならない冗談がありますよ。今回のような冗談は冗談ですまずに、ときと場合によっては、とんでもないことを引き起こしかねませんからね」

そんなふうにおだやかに言われて、男たちは胸を撫《な》でおろした。

「傍に物差しがあったので手にしましたが、包丁があれば迷わず摑《つか》んでいたでしょうよ」

静かな声でスミにそう言われ、源八の友人たちは畏れ入ったが、直後に総毛立った。淡々と語ったスミが、真顔だったからである。

かれらが帰ったあとで、スミと源八にどのようなことが起きたかをかれらは知らない。

しかし徹底的に困らせ、深い溝を入れてやろうとの思惑は、間の抜けた失敗で完全に外れてしまった。

源八が若い娘とてっきりと思いこんでいたのに、濡《ぬ》れ衣《ぎぬ》とわかったのである。しかもスミと源八の仲が良すぎるのがおもしろくないとの妬み心で、悪戯半分に仕掛けられたとわかったのだ。となると「流し舐め」がいつもに増して活躍しただろうことは、想像するまでもない。

二人の親密度はいやが上にも増し、スミはだれ憚《はばか》ることなく「だって源八さんに惚れちゃったんだもん」を口にするようになったのである。

三

会所に顔を見せた源八のようすが、どことなく変であった。ぼんやりしているのだが、対局が始まるとそれがさらにはっきりした。いつもは苦もなく負かしている相手に苦戦したが、苦戦しただけでなく負けてしまったのである。

「どうも今日の源八つぁんは変だねえ」

対戦相手が首を傾げたくらいだから、源八らしからぬさまが極限に達していたのだろう。天敵と言っていい平吉《へいきち》が、そんな好機を逃すはずがない。

「だったらまともだよ。源八つぁんは変で当たりまえなんだから。源八つぁんがまともになってみろ、それこそ変だろう」

「それもそうだな」

「どうしたね、源八つぁん。スミさんと派手な喧嘩でもしたかね。評判の鴛鴦《おしどり》夫婦が喧嘩したとなると、江戸は大雨、いや雪に見舞われかねませんな」

担ぎの小間物屋で少しずつ金を貯《たくわ》えた平吉は、五十歳まえになってちいさいながら念願の見世を持つことができた。跡を息子に任せて隠居になった今も、髪結の亭主の源八を目の敵《かたき》にしている。働かないで遊んでいる男を、どうしても許すことができないらしい。

なにかあれば、源八が一番言われたくない言葉を投げ付けるのだが、案の定、決まり文句が飛び出した。

「夫婦喧嘩はなかろうね。なんたって、惚れちゃったんだもん、だから」

いつもなら遣り返さずにおかない源八が薄く笑っているだけなので、やはり変だと思った者が多かったようだ。

昼になって、だれかが源八に「蕎麦《そば》でも手繰《たぐ》りに行こうか」と誘った。なにかあったらしいので、その話が聞けると思ったのかもしれない。ところが源八は、「いや、よしとくよ」と八畳の表座敷で大の字に寝て、ぼんやりと天井を見あげている。

常連客なので、常吉もかなり気にしているようであった。

「源八さん、なにか店屋物でもお取りしましょうか」

「ありがとよ、常吉。だが、ほしくないんだ」

「体の具合が良くないようですね」

「べつに悪かねえ」

「でもいつもは昼前になると、今日はなにを食べようかとか、どこへ食べに行こうかと、だれかれとなく話し掛けるでしょう。真っ先にてまえに、常吉、今日は長寿庵《ちようじゆあん》の鴨南蛮《かもなんばん》だ、などと」

「喰《く》う気にならねえんだよ」

どうしていいかわからず困惑している常吉に、信吾は助け舟を出した。

「いいから、常吉。先に食べて来なさい」

「へい。それじゃ旦那さま、お先に」

信吾がなにか言ってくれるのを待っていたように、常吉は母屋へ昼食を食べに行った。

信吾は少し迷ったが、話し掛けないことにした。源八が鬱《ふさ》いでいるとなるとスミとのことしか考えられないが、なにがあったのか見当も付かない。

悩ましいことがあって、どうすればいいか途方に暮れているのか。スミに、あるいはスミと源八を巡って困った問題が起きて、思い迷っているのか。二人の家族や親族のことを信吾はほとんど知らないが、それに関する事柄かもしれなかった。

いつもは深く考えることなく思ったことをそのまま口にする源八が、むっつり黙っているとどうにも気になって仕方がない。なにも言うまいと思っていたのに、信吾はたまらずに声を掛けてしまった。

「源八さん。元気がないようですが、スミさんの体の具合が良くないのですか」

「いえ、いつもどおり仕事に出掛けました」

それ以上は訊けなくなってしまった。

その日、源八は昼飯を抜いたが、「駒形」に通うようになって初めてのことである。となると信吾が感じている以上に、深刻な悩みということのようだ。「源八さん、わたしは相談屋ですから、どんな困りごとでも相談に乗りますよ」と、冗談っぽく言えたらどんなに楽だろうと信吾は思った。

午後、源八は二局を指したが、相変わらず心ここにあらずというふうで簡単に負けた。勝った相手が首を傾げるほどの、源八らしからぬ負けっ振りであった。

夕刻の七ツをすぎると客たちは帰途に就いたが、甚兵衛《じんべえ》と源八だけは残った。

「ちょっと失礼しますね」

信吾はそう断って、いつものように常吉と二人で駒と将棋盤の手入れを始めた。客の使ったそれらを、ていねいに拭き浄《きよ》めるのが日課である。

甚兵衛も手伝ったが、源八は三人をぼんやりと見ているだけで、手伝おうという気にもならぬらしい。そういうときは体を動かしているほうが楽なのだが、こちらから押し付けては逆効果だろう。

「源八さん、お話があるのではないですか」

甚兵衛の誘い水にも反応を示さない。

「常吉、今日はあっちでやりなさい」

常吉がいるので話しにくいのだろうと思った信吾は、夕食まえの棒術の稽古を母屋の庭でやるように言った。

「はい、わかりました」

答えた常吉は、手入れを終えた盤の上に駒入れを載せて壁際に積み重ねると、六尺棒を手に母屋の庭へと柴折戸《しおりど》を押した。

「むりにとは申しませんが」

信吾がそれとなく話を向けると、かなりためらってから源八が言った。

「実はおれ、じゃなかった、てまえは働こうと思うのですが、こんないい齢をして働き口なんかありますかね」

言葉だけでなく喋《しゃべ》り方まで、つい先刻までとは別人であった。信吾と甚兵衛は顔を見あわせた。まさか髪結の亭主の源八が働こうと思っているとは、予想もしていなかったからである。

「それはまた、どうして」

言い掛けた甚兵衛を目顔で制して、信吾は正面から源八を見据えて言った。

「ちがっていたら謝りますが、もしかしたらスミさんがおめでたではないですか」

「えッ」と声を挙げたのは甚兵衛で、源八は声にすらならない。ぎょろ目を見開き、口を開けたまま固まってしまった。

「席亭さん、それはまたどういうことで」

信じられぬという顔で訊いたのは甚兵衛であった。源八は打ち消さずに、おおきな溜《ため》息《いき》を吐《つ》いた。そして喘《あえ》ぐように言った。

「ど、どうしてわかりましたんで」

「やはりそうでしたか。それは、おめでとうございます」

「いや、よかったですね、源八さん。おめでとうございます」と言ってから、甚兵衛は信吾に訊いた。「なぜわかったのですか。てまえには、考えることもできませんでしたが」

「源八さんは十七歳でスミさんといっしょになられたとのことですので、十三年目となりますね。わたしもまさかとは思いましたが、八年目に子宝に恵まれた人もいるそうですから、絶対にないとは言い切れません」

「理屈ではそうかもしれませんが」

「源八さんのようすが変なので、てっきりスミさんの具合が悪いのかと思ったのですが、そうではないとすぐに思い直しました」

「それはまた、どうしてでしょう」

「スミさんが病気になったら、源八さんのことですから付きっ切りで看病されるはずで、将棋どころではないと思います。それにスミさんが頼まれている髪結の仕事を、断らなくてはなりません。相手の方は結ってもらうつもりで待っているでしょうから、先に延ばしてもらうか、ほかの髪結さんに頼むしかありませんからね。スミさんが病気なら、源八さんが断りに行くしかないでしょう。念のために聞いたら、スミさんは仕事に出掛けたとのことでした。そこへ働きたいとのお話です。スミさんが病気でないのに源八さんが働くとのことですので、赤さんができたのではないだろうかと」

「ということなんですか、源八さん」

信吾の言葉に首を捻《ひね》りながら、甚兵衛は源八に訊いた。

「席亭さんのおっしゃるとおりです。まさにそのとおりなんで、驚いたというより、なんでわかったのかと呆れてしまいましたよ」

「相談屋のあるじさんだけのことはありますね。それにしてもわずかなことを繋《つな》ぎあわせて、よくもそこまで読み切ったものです」

信吾は源八に微笑《ほほえ》み掛けた。

「スミさんはお喜びでしょう」

「そりゃ、もう。まさか三十五歳にもなって子供を授かるなんて、思いもしなかったというか、あたしは子供のできない体だと諦めていたのよ、と涙ぐんでいました」

「それで源八さんは、働こうと決心なさったのですね」

信吾に続いて甚兵衛が訊いた。

「源八さんが働くと聞いて、スミさんはとてもよろこばれたんじゃないですか」

「それがそうじゃありませんでね。腹が目立つようになるまでは髪結を続けられるし、しばらくは働かなくてもいいだけの金はあると言うんですよ。あっし……」と、そこで源八は言い直した。「てまえの面倒は自分が見ると周りに言ったものですから、スミにはスミなりの意地があるんでしょう。だけど十年以上もてまえの面倒を見て来て、女の身でどれだけの金が残せますか。それに子供が生まれたとなれば、乳離れするまで髪結にもどれません。もどれたとしても、親や女姉妹《きょうだい》のいないスミは子守を雇うしかないのです」

スミが髪結に復帰すれば、今までどおり頼んでくれる人もいるだろうが、それは当てにできない。髪は毎日伸びるのでそのままにしておけず、新しい髪結に頼むことになる。スミがもどったからと新しい髪結を断ることは、人の情からしても簡単ではないからだ。

「スミに十年以上も面倒を見てもらったんだから、今度はてまえがスミと子供のために働くと言いましたが」

「働き口があるかどうかということですね」

若いころ実家の商売を厭々ながら手伝いはしたが、奉公の経験もなければ特技もない。算盤《そろばん》は習ったものの十何年も触っていないのだ。しかも三十歳という高齢である。

「見習いの小僧とおなじ、いや、それ以下だってことはわかっています。だからなんだってやるつもりですが」

そうは言ったが鵜呑《うの》みにはできない。要領のいい人や器用な人もいるから一概には言えないが、こと源八に関してはあまり期待できそうになかった。

働くとなると商人だろうと職人だろうと、まずは仕事を教えてもらわねばならない。人に頭をさげなければならないが、果たしてそれが源八にできるかどうかだ。ある程度は我慢したとしても限度がある。「てやんでえ」とか「ふざけんじゃねえよ」と、爆発してしまわないともかぎらない。

いや、そのような決め付けは、源八に対して失礼だろう。それに三十歳になって、思いもしなかった子供を授かることになったのだ。その子のことを思えば、なんだって我慢できるのではないだろうかと思いたい。

「子供が乳離れすればスミさんは髪結にもどる気でいるようですが、そうなったら源八さんは仕事を止められるのですか」

「とんでもない。子供ができたんですから、一人前になるまで父親として面倒を見なきゃなりませんもの」

「となると、これから十五年くらいは、子供とスミさんのために働くおつもりですね」

「やりますよ、わたしは。子供ができると知って、生まれ変わりました。いや、これを潮に生まれ変わらなくては人と言えません」

「源八さんがそこまでおっしゃるなら、知りあいに当たってみましょう。もしも、それだけの覚悟があるならと言ってくれる見世があれば、どういう条件であろうと働きますね」

「働きます。子供のためですから、石に齧《かじ》りついてでも」

「わかりました。かなり厳しいとは思いますが、心当たりに問いあわせてみますよ」

「どうかよろしくお願いいたします」

甚兵衛に頭をさげた源八に信吾は訊いた。

「源八さんとしては、スミさんのおめでたとあなたが仕事を探していることは、なるべく人に知られたくないのではないですか」

悶々《もんもん》としながらかどうかはともかく、客たちが帰って甚兵衛と信吾だけになるのを待っていたのは、将棋客には知られたくなかったからだ。信吾はわかってはいたが念を押したのである。

「自慢できることではないですからね」

「いえ、できますよ」

「子供ができるというのに、父親《てておや》が髪結の亭主のままでは」

「となるとおおっぴらにするのは、源八さんの仕事が決まり、産婆さんにもう安心ですよと言われてからにしたいですね」

「そういうことでしたら、小出しにしながら話を進めにゃなりませんな」と、甚兵衛が言った。「仕事を探している人がいるのですがと持ち掛けます。相手が関心を示したら、やる気は十分ですが奉公の経験がないのですと続けるのです」

「働いたことがなくてもやる気さえあればと先方が言えば、実は三十歳になるのですが体は丈夫ですよと」

信吾がそう言うと甚兵衛はうなずいた。

「子供が生まれるので張り切っていると伝え、だったら会ってみましょうとなったら、そこで源八さんの名前を出すということですね」

「それくらい慎重に運んだほうが」

信吾と甚兵衛が話しているうちに、次第に源八の顔が曇ってゆくのがわかった。簡単にいきそうにないことを実感したからだろう。

「話が順調に進んだとしても、わたしの名前を出したところで断られそうですね。なに、源八だって。髪結の亭主の源八なら駄目だよって」

「それはなんとも言えませんよ。こういうことは縁ですからね。相手の事情もありますので、すんなり決まることもないとは言えないでしょう」

甚兵衛がそう言うと、気休めだとわかったからだろう、源八は弱々しい笑いを浮かべ、それからあわてて頭をさげた。

「源八さん、焦らないでくださいね」と、信吾は言わずにいられなかった。「先の長いことですし、スミさんも当分は働けますから、腰を据えてじっくり探すようにしてください」

時刻が時刻ということもあって、甚兵衛と源八は帰って行った。

信吾は鎖双棍《くさりそうこん》を休んで木刀の素振りだけにし、汗をぬぐうと夕餉の席に向かった。

四

夜の食事を終えると、常吉は番犬の餌を入れた皿を持って将棋会所にもどった。信吾は波乃と話したかったので、表の八畳座敷に移って茶を飲んだ。

「世の中は、まさかと思うようなことが起きるから驚かされるよ」

そう前置きして信吾は波乃に、スミのおめでたと源八が働く気になったことを話した。

女髪結のスミが五歳下の源八の世話をするようになったことは、浅草阿部川町《あべかわちょう》で生まれ育った波乃は町の噂《うわさ》で知っていた。十何年も経ってスミが懐妊したことには、さすがに驚いたようだ。三十歳になるまでまともに働いた経験のない源八が、子供ができて発奮したことには感動すら覚えたようである。

「子供ができると、人はそれほどまでに変わるものなのですね。子供の力がいかにおおきいかが、よくわかりました」

「まだ生まれた訳ではないけれど、あの二人にとっての喜びは格別だろうね。スミさんは三十五歳だから、子供が生まれるときには三十六歳になっているかもしれない」

「三十六歳だと、お孫さんのいる人だっていますものね」

「源八さんは働くと張り切っているけれど、相当に厳しいのではないかな。力になってあげたいとは思っているけどね」

笠屋である実家「清水屋」の仕事を手伝わされたことはあるが、源八は仕入れの折衝とか商売的なことはなに一つとして学んでいない。商家の二、三男坊は「他人の飯を喰ってこい」と、修業のため奉公に出されることもあるが、源八にはその経験もなかった。読み書きはできて算盤も習いはしたが、もう十何年も触れていないのである。

「十七歳という若さで髪結の亭主になったものだから、親兄弟から縁こそ切られなかったものの、見放されてしまっているからね。そんな状態で、しかも三十歳だから、雇ってくれるところが果たしてあるだろうか」

「だけど死ぬ気になって働けば、できないことはないと思いますけど」

「雇ってさえくれたら、なんとかなるかもしれないけれどね。雇ってくれなければ、いくら本人がその気になってもどうにもならないじゃないか」

「多少のことには目を瞑《つむ》って雇いましょう、というところはないかしら」

信吾は源八の打ち明け話を聞いていたので、想像以上に困難だろうと感じていた。しかし波乃はスミの懐妊や、源八が父親として自覚したことを聞いただけなので、あまり深刻に受け止めていないのかもしれない。

だが信吾は木刀の素振りをしながら、あれこれと考えずにはいられなかったのである。

木刀の素振りに無心に打ちこめば、雑念や邪念などはいつの間にか消えてしまう。それらを消すために、ひたすら素振りに励むこともあるほどだ。

ところがその日の夕食まえの素振りでは、いくら振ってもそれが消えなかった。消えるどころか、際限なく湧き出てきたのだ。

それとは、わずかな可能性でもあればと探し求める、源八の働き口に関するあれこれであった。

一番身近なところとして両親が営み、近い将来弟の正吾《しょうご》が継ぐことになっている会席と即席料理の「宮戸屋」がある。まずむりなことはわかっているが、真っ先に思い浮かべてしまった。

料理屋は板前と呼ばれる料理人と、女将や仲居たちの世界であると断定していい。番頭や手代、小僧などもいるが、なんの経験も持たぬ三十男の這《は》い入る余地など、寸毫《すんごう》もないのが信吾にはわかっている。

次に浮かんだのは波乃の実家で阿部川町の楽器商「春秋堂《しゅんじゅうどう》」だが、宮戸屋よりもさらに難しいことに気付いた。尺八、篠笛《しのぶえ》、太鼓、琵琶《びわ》、三味線などなに一つとして奏することのできない源八に、奏楽や楽器の基礎的な知識すらある訳がない。となると見世での客の対応を始め、楽器職人への註文や指示など、なにを取ってもお手あげであった。

竹馬の友ならぬ竹輪の友の三人、完太《かんた》と寿三郎《じゅさぶろう》、そして鶴吉《つるきち》に期待したいところだが、こちらも思い浮かべただけで除外せねばならない候補だとわかる。

鶴吉の家は雷門《かみなりもん》まえの茶屋町《ちゃやまち》で、茶屋「いかずち」をやっているし、完太の親は森田町《もりたちょう》で料理とお茶漬けの見世を出している。だが両方とも宮戸屋より遥かに小規模で、家族とわずかな奉公人でやっていた。

奉公人の多さから言えば福富町《ふくとみちょう》で仏壇と仏具を商っている寿三郎の家だが、こちらも仕事が特殊なだけに、専門的な知識がなければどうしようもないことは明白であった。

知識や経験がないという点では小僧とおなじだが、源八の場合は雇ってもらえないだろうもっとおおきな理由がある。小僧は住まわせて食べさせ、お仕着せの着物から履物までを与え、仕事を教え商いを仕込んでもらうという理由で、十年間はただ働きであった。さらにその後、一年間のお礼奉公をしなければならない。

ところが源八は仕事については初心者なのに、給銀をもらわねばならないのである。せいぜい見習いの一ヶ月から長くて三ヶ月は無給で我慢しても、以後はそれなりの手当てがなければならない。なにしろ源八は、父親として子供を育てると決心したのだから。

業種がちがっていても奉公の経験があれば、短期間でもある程度までは仕事の要領を呑みこめるだろうが、源八にそれは期待できなかった。

考えれば考えるほど厳しいことがわかる。

家族にむりを言って弟の正吾に宮戸屋をまかせることにし、家を出て相談屋と将棋会所を開いた信吾は、商売らしい商売をやった訳ではない。そのため商家とほとんど関わりを持っていなかった。

将棋会所「駒形」には商家の隠居客が多いが、客となるとどうしても遠慮してしまう。それよりもそれぞれの商売の実態を知らないので、そこに頼みこんで源八を送りこめるかどうかの判断さえできないのである。

ひたすら木刀の素振りに励みながら、信吾は思いを浮かべては打ち消すことを繰り返していたが、ほとんど絶望的であった。だからと言って、今日の源八の必死な姿を思い出すと、とてもそのままにはできなかった。

波乃にもようやく難しさがわかったようで、畳に目を落としたまま懸命に考えていた。やがて顔をあげると、こう言ったのである。

「商家とか商売に囚《とら》われないで、まったくちがう方向から考えられないかしら」

そう切り出したが、信吾には真意が摑めなかった。源八は仕事に就きたいと願っているのに、商家とか商売に囚われないとはどういうことなのか。

「中にいる人より外にいる人のほうが、場合によってはよく見えることもあるでしょう」

「例えば」

「巌哲《がんてつ》和尚さんとか権六《ごんろく》親分さん」

「たしかに中ではなくて外にいるね。でありながら、商家や商売に励む人たちに深く関わっている」

「事情のある人でも働ける仕事を、ご存じかもしれないと思ったの」

「真正面から攻め切れなくても、横や背後から攻めたらなんとかなることもあるからね。巌哲和尚に権六親分か。二人とも人の世の奥の奥、裏の裏まで知り尽くしているからな。お年寄りには知恵があるので、わたしなんかが思いもしないようなことをご存じかもしれない」

源八は将棋客たちが帰るのを待って甚兵衛と信吾に事情を打ち明けたが、本当は甚兵衛に相談したかったのかもしれなかった。

信吾が相談屋をやっている関係で、人の秘密を洩《も》らすことがないのを源八は知っている。であれば聞かれてもかまわないし、もしかしていい考えがあればもうけものだ、くらいに思っていたのではないだろうか。

「父に頼んでも源八さんを宮戸屋で使ってもらえないのはわかっているけど、それとなく話してみようと思う。知りあいが多いから、だったら打って付けのがあるよ、なんてことにはならないだろうけどね」

「信吾さん、焦らないことですよ。あわてる乞食はもらいが少ないと言うでしょう」

信吾は思わず噴き出してしまった。

「あら、そんなに変なこと言ったかしら、あたし」

「まともすぎることを言ったから笑ったのさ。源八さんが帰るときに、わたしはこう言ったんだよ。源八さん、焦らないでくださいねって。さすがに、あわてる乞食はもらいが少ないから、とは言えなかったけれどね。おそらく、打ち明けられたばかりだから、そのことで頭が一杯になってしまっていたんだろう」

波乃の言うとおりなのだ。

考え事には時間か距離、あるいはその双方を置いたほうがいいことがけっこうある。

それを強く感じるようになったのは、日本橋本町三丁目の書肆《しょし》「耕人堂」の番頭志吾郎に、将棋上達法に関する本を書くよう頼まれてからであった。

なんとか考えを纏《まと》めようと奮闘しても、混乱して訳がわからなくなることが往々にしてあった。そんなときはひとまず横に置いてべつのことをするか、一晩か二晩寝かせるといいとわかってきた。

そうしておくと、なにかの折にその考えがきちんと整理されて浮上することがある。あるいはずっといい案が浮かぶこともあった。

「わたしが源八さんに言ったことを、そっくり波乃に言われたということは、焦ってはならないというのが、人が生きていく上でとても大事だってことなんじゃないかな」

「それに甚兵衛さんは源八さんと信吾さんには黙っていたけれど、素晴らしい考えがあるかもしれないでしょう」

「源八さんが駄目だと思いながら知りあいに話したら、水臭いやつだなあ、だったらうちで働きなよ、なんてとんとん拍子で決まるってことはある訳ないだろうな。それは笑い話としても、もう少し余裕を持っていないと、折角の好機を見逃したり、気付かなかったりするかもしれないからね」

「焦らず、余裕を持って、ときと場合によっては、巌哲和尚さんや権六親分さん、甚兵衛さん、信吾さんのお父さまなどのお知恵を、借りることにしましょう」

「一番大事なのはなにかを、常に忘れないようにしていさえすれば、きっとうまく運ぶと思うよ」

五

次の日の朝、甚兵衛が姿を見せないので、信吾は体調が良くないのかと気遣った。古希にはなっていないが、還暦はとっくにすぎているはずだ。

源八はいつもどおり五ツに姿を見せたが、一晩置いたためか落ち着きを取りもどし、普段とそれほど変わりはなかった。目で客たちを見廻したのは、甚兵衛の姿を探していたのかもしれない。

信吾とも目があったが、なにも進展していない、いや、まだなんらの働き掛けをしていないことは、ひと目見ただけでわかったようである。

将棋客たちから「元気が良くなったね」とか「スミさんと仲直りしたのかい」などとからかい気味に言われても、さり気なく対応していた。甚兵衛と信吾に打ち明けたことで、源八なりに心の整理ができたのかもしれない。

甚兵衛は昼をすぎてから、冴《さ》えない顔でやって来た。それも信吾が常吉と入れ替わって食事をし、表座敷で波乃と茶を飲んでいるときに、母屋に姿を見せたのである。

「厳しいとは思っていましたが」

そう言って甚兵衛は、ちらりと波乃に目をやった。

「波乃は大体のことは知っています。相談屋を二人でやると決めたとき、なにもかも話すことにしたんです。どちらかしかいないときに急用で相談客がいらしても、話が通じるようにしておかないとなりませんので。源八さんのことは相談屋の仕事ではありませんが、将棋会所のお客さまですからおなじ扱いに」

そういうことであればと言うふうに、改めて甚兵衛は信吾と波乃に話し掛けた。

「思っていた以上に厳しいですね。昨日、話す手順を段階別にしましたでしょう」

「はい。さすが甚兵衛さんらしいと、感心しましたが」

源八の働き口について打診する場合の、話し方についての手順であった。三十歳という年齢や奉公経験のないこともあって、うまく運ばないと話の途中で打ち切られる恐れがある。甚兵衛は次のように、慎重に進めることを考えた。

一、まず、仕事を探している人がいると持ち掛ける。
　相手が関心を示したら、
二、やる気は十分だが、奉公の経験がないと続ける。
　経験がなくてもやる気さえあればとのことなら、

三、実は体は丈夫だが三十歳だと明かす。
それでも駄目と言われなければ、もう一歩踏みこむ。
四、子供が生まれるので張り切っていると。
一度会ってみようかと言われたら、
五、そこで源八の名前を出し、いつ連れて来ようかと相手の都合を聞く。

実に神経が行き届いている。最初に五番目の源八の名前を出せば断る人がほとんどだろうが、順を踏んで最後にすれば、考慮してくれる人がいるかもしれないという気がした。

「昨夜あれから一人、今朝も三人にそれとなく声を掛けたのですが、四までなんてとてもとても。二で難色を示し、三まで行けばいいですが、そこで打ち切られました」

「経験なしでしょうか。それとも三十歳ですかね」

「それぞれに難点があるのに、それが重なるのですから。奉公したことのない三十男となると、一瞬にしてどういう人かわかりますからね、商家のあるじさんには」

「商家は難しいですかね、商人になるのは」

「難しさでは職人もおなじでしょう。べつの意味でたいへんだと思いますよ。腕、つまり技術が基準になりますからね。六十の手習いと申しますが、学問や習い事、趣味ならともかく、職人は生きるために金を得なければなりません。技で金を稼ぐ職人を、三十になって一から始めるとなりますとね。職人の親方、棟梁《とうりよう》は商人のように口は達者じゃありません」

「駄目だ、のひと言ですね」

「お店《たな》勤めの商人やお職人でなければ、駄目なんでしょうか」

波乃が控え目に言った。

「と言うと」

甚兵衛と信吾が同時に訊いた。

「担ぎ売りの人たちがいるでしょう。大根や南瓜《なんきん》、蜆《しじみ》に泥鰌《どじよう》、お豆腐、納豆、茹卵《うでたまご》なんか毎日次から次へと売りに来ますよ。食べ物だけでなく、冬だと凧《たこ》売りが来るし、夏は七夕の笹竹《ささたけ》売り、元結《もとゆい》、糸と針、手拭、刻み莨《タバコ》、本当にいろんな物売りが来ます。それに日銭が入るからいいと思いますけど」

「波乃には話していなかったけれど、源八さんはお兄さんに釘を刺されているんだ。それも特別に太くて長いのをね」

「担ぎ売り、棒手振《ぼてふ》りのようなことはしないように、ですか」

「源八さんがスミさんの世話になる、つまり髪結の亭主になると言ったとき、どうしてもと言うのであれば仕方がないが、家に迷惑は掛けるな、親兄弟に恥を掻かせるな、髪結の亭主というだけでもみっともないのだから、みっともなさの上塗りはするな。そう言われたらしい」

「それに」と、甚兵衛が波乃に言った。「スミさんはなかなか勝気な人のようですから、源八さんが担ぎ売りをしているなどと知ったら、ただじゃすまないと思いますよ。あたしが面倒を見ているのに、なんで赤っ恥を掻かせるようなみっともない真似をするのさ、と火を噴くにちがいありません」

「みっともないと言われても、源八さんは生まれて来る子供のために、死に物狂いで、石に齧り付いても、とさえ言っているのでしょう。だったら」

「世間は厳しくて冷たいものなんですよ、波乃さん」と、甚兵衛が言った。「源八さんは家の仕事を手伝わず、父親や兄の反対を無視して髪結の亭主になったのですからね。となると本人としても、とても家や父兄にそれ以上の迷惑は掛けられないでしょう」

「だけど働き口がないなら、そんなことは言っていられないと思いますけど」

「てまえも昨夜、今朝と始めたばかりですからね。最初が思った以上に厳しかったものだから、弱気になったんだと思います。最初から簡単に行くとは思っていませんでしたが、腰を落ち着けてじっくりと取り組みますよ。なんとしても源八さんの働き口は見付けるつもりです。ところで席亭さん」

甚兵衛がなにを言いたいのか、信吾にはすぐにわかった。

「源八さんはお見えですが、改めて考え直したからでしょうか、ほとんど普段にもどっていましたね」

「ほとんど、ですか。お客さんがいる所では話せませんから、終わってからか、帰り道ということになるでしょう。ああまで無邪気に頼られたら、てまえとしても放っておけませんからね」

苦笑しながら沓脱石《くつぬぎいし》の下駄《げた》を突っ掛けた甚兵衛は、柴折戸を押して将棋会所の庭に入った。

「父さんに会ってくるよ」

午後は対局などの予定はなかった。

なんとなく落ち着かない信吾は波乃にそう言うと、将棋会所に顔を出して甚兵衛と常吉に、「ちょっと出ますが、一刻《いっとき》（約二時間）も掛からないでしょう」と断ってから宮戸屋に向かった。

宮戸屋の客入れは、昼間が朝の四ツから午後の八ツ、夜間が夕刻の七ツから夜の五ツとなっている。今なら昼の部後半の終わり近くで、女将や仲居は多忙を極めているだろう。だがあるじの正右衛門《しょうえもん》は、同業の集まりなどがなければ都合は付けられるはずである。

坪庭に面した離れ座敷なら落ち着けるのだが、客が使用しているので正右衛門の居室にした。帳場は人の出入りが多くて、じっくり話せないと思ったからだ。

信吾は慎重に、甚兵衛の考えた手順に沿って話を進めた。目を閉じて腕を組んだ正右衛門は、一切口を挟まず黙って聞いていた。一から二に進み、三に至ったとき正右衛門は目を開けた。

「そんな男は使えんな。使いもんになる訳がない。願いさげだ」

「宮戸屋で使ってもらいたい、というのではないのですが」

「どこかに働き口はないかというのなら、なおさら話にならん。そんな屑《くず》を紹介しては相手方に迷惑を掛けるだけでなく、わたしの信用が地に落ちることくらいわかるだろうに」

「やはり駄目でしょうね」

「やはりということは、駄目とわかっていながら持って来た話か。呆れてものも言えん」

駄目なことはわかっていたが、四に進むことにした。

「三十歳になって初めて子供を授かったので、本人はすごく張り切っています。であれば、なんとしてもと」

キュッと音がしたかと思ったほど、正右衛門が目を細めた。そのまま微動もしなかったが、やがておおきく見開いた。

「待てよ。将棋会所の客か」

「はい、実は」

「その男なら、なおさらのこと駄目だ」

「その男って、一体だれか父さんにはおわかりなんですか」

「そこまで言われてわからぬほど、わたしは鈍くはない。そいつは源八ではないのか、髪結の亭主の」

踏ん張りどころだと思った信吾は、臍下三寸《せいか》に力を籠めた。

「ですが、父さんがご存じの源八さんではありません。スミさん、奥さんのスミさんが身籠ったことで、すっかり変わりました。父さんもお会いになれば驚かれますよ。生まれ変わったかと思うほどです」

「変わるはずがない。いいか信吾。人には容易に変われる場合と、なにがあろうと、いかに努力しようと変われない場合がある。根性の曲がった、いや腐ったやつは、金輪際変わることなどできやしないのだ」

「なにも、そこまで決め付けなくても」

「髪結の亭主に納まって平然としていたやつが、心を入れ替えたなどと言っても、上っ面だけのことだ。苦しくなったら前言を翻し、理由を作って楽なほうへと逃げるに決まっている。いいか信吾、人の蝿《はえ》を追うより我が頭の蝿を追え。将棋会所の客であれば出入止めにはできんだろうから、席亭と客の関係だけに留《とど》めろ。個人的なことで深入りすれば、かならず痛い目に遭うに決まっているのだ。信吾の欠点は人が良いこと、いや、人が良いことは一概に欠点とは言えんが、信吾の場合は良すぎる。そして安易に人を信じることだ。すぎたるは猶《なお》及ばざるが如《ごと》しと言う。すぎたるは足らぬよりおぞましい。宮戸屋は信吾が断ったので正吾が継ぐことになったが、今にして思えば実に幸運であったな。信吾が継げば、遠からぬうちに潰してしまうだろう」

そこまで徹底して言われると、わずかな曖昧さもないため、腹が立つどころか感心してしまった。そういうところが人が良くて甘いということなのだろう。笑えば父が激昂《げっこう》するのがわかっているので、信吾はなんとか笑うことだけは我慢した。

「いくらなんでも、親子のあいだでそこまでおっしゃることは」

「親子だからこそ言うのだ。わたしが言わなければ、だれが底抜けにお人好《ひとよ》しな馬鹿息子を諌《いさ》めてくれますか」

中途半端でないだけに、信吾は却って爽快になったほどである。

「わかりました。これからは席亭と客の距離を、きちんと保つようにいたします」

甚兵衛は思った以上に厳しいと言っていたが、あるいは父が極端なのではなくて、世間の男の縮図なのかもしれなかった。ちゃんと働いている男には、どうしても髪結の亭主を受け容《うい》れることが、認めることができないのだろう。

源八が髪結の亭主であることに露骨に嫌悪を示したのは、将棋会所では平吉だけであった。だが言葉や表情に出さないだけで、ほかの客たちも本心は大差がないのかもしれない。

黒船町の借家に帰りながら、信吾は父の言うことももっともだと思わずにいられなかった。かといって源八を切り捨てることなど、とてものことできない。

そうなると、もう少し多くの人に意見を聞いてみたいと思う。その足で、檀那寺《だんなでら》の巌哲和尚を訪ねようかと思ったが考え直した。信吾の名付け親でもある巌哲は、波乃を連れて行くと機嫌がいいからである。

六

どうせなら早いほうがいいだろうと、信吾は波乃と連れ立って、宮戸屋が朝の客入れを始める四ツより四半刻《しはんとき》（約三〇分）ほど早く訪れた。巌哲和尚に会うときは母の繁《しげ》に、上等の下り酒を一升徳利に詰めてもらうのが恒例になっていたからだ。

信吾が前日、源八の仕事の件で正右衛門に相談したことは知っているはずだが、繁はそれには触れなかった。

「和尚さまによろしくね。あッ、ちょっと待って」と言って中暖簾《なかのれん》を潜った繁は、すぐに菓子折りを持ってもどった。「これは小坊主さんへのお土産」

見れば両国屋清左衛門《りょうごくやせいざえもん》の大仏餅《だいぶつもち》であった。

「いつもお心遣いありがとうございます、義母《おかあ》さま」と、折を受け取りながら波乃が礼を言った。「学哲《がくてつ》さん、喜びますよ。大好物だそうですから」

学哲は厳哲の下で修行している、見習いの小坊主であった。

源八の働き口探しが厳しいことは覚悟していたが、信吾は前日父の正右衛門に会って、予想以上だと感じた。

将棋会所にもどると、信吾はほかの客との対局を終えた源八を庭に誘い出した。生垣に設けられた柴折戸を押して母屋側の庭に移ったのは、好天で風もないので会所の障子を開け放してあったからだ。

先日のまるで別人のような源八を見ているので、だれもが気にしていると思ったからである。話を聞かれては、源八はあまりいい気がしないだろう。

「源八さん。両国横山町《よこやまちょう》三丁目の、松屋忠七《まつやちゅうしち》さんを訪ねられてはどうでしょう」

「松屋さんとは」

「口入屋ですが」

「口入屋ってえと慶庵《けいあん》でやんすね。なら、駄目だわ」

このまえ甚兵衛と信吾に打ち明けたときには、商人らしく喋っていたが、すっかり元にもどっていた。やはり父が言っていたとおりで、人は簡単には変われるものではないのかもしれない。

「駄目だと申されますと」

「一度で懲りやしたよ」

「すると慶庵に行かれたのですか」

「働き口を探すとなりゃあね。いくら髪結の亭主だからって、慶庵ぐらい知ってまさあ」

冗談だか皮肉だか判断できなかったので、信吾はなにも言わず次を待った。

「ありゃ、駄目だ。なんせ、どこも住みこみだからな」

「住みこみじゃ、スミさんが許してくれませんものね」

源八がにやりと笑ったのは、信吾にはそんなつもりはなかったが、「住みこみ」と「スミさん」を駄洒落《だじゃれ》と取られたのだろう。

仕事との兼ねあいもあるので、奉公人は住みこみとなる。商人も番頭になれば通いも許されるし、職人も一人前と認められると通っても、自分の長屋で仕事をしてもいいのが一般的だ。だとしても、見世や親方の家の近くに長屋を借りねばならない。

源八に惚れていっしょになったスミが、かまわないと言う訳がなかった。しかも子供も生まれるとなると、源八が住みこむことなど、とんでもないとなるのは当然だろう。

「人をほしがっているのは半分、いや六、七割が二十歳《はたち》以下でね。でなきゃ、明日からすぐ仕事を熟《こな》せる者でないと雇ってもらえない」

辞めた人がいたり病人が出たりの事情で雇うのだから、即戦力を求めるのはわかりきったことだ。

「慶庵は、どこの町でなにを商っている見世で、屋号はなになに、給銀はこれだけ、奉公しようって人はいますかねと訊くんだな。何人かが手を挙げりゃ、順にどこで何年くらい奉公したかなどを聞いて決めてゆくんだがね。こっちは手を挙げることができゃしない。終《しま》いにあっし一人が残ったんだが、こう言われやしたよ。なんの仕事がやりたいのかって。なんでもいいと答えると、今までどこで奉公していたかを訊いたね。奉公したことはないが、働きたいんで仕事を探していると言うと、齢を訊いてきた。三十だと答えると、だったら江戸にはないなあ、おそらく京大坂《きょうおおざか》にもないでしょうと言いやがったよ。帰ろうとしたら、日雇いの力仕事とか頭数だけ揃《そろ》えりゃいいって口入屋もどっかにあるはずだから、そこを探すことですね、だとさ」

父に厳しいことを言われ、将棋会所にもどって源八にそう言われた信吾は、すっかり気が重くなった。

だから今日の巌哲和尚訪問は、源八のことは横に置いて波乃と三人で談笑してすごすつもりでいたのである。そして思いどおりに運んでいたが、和尚にさり気なく訊かれた。

「ところで信吾、いつになく顔色が冴えないが、なんぞ厄介な問題とか悩みが生じたのではないのか」

胸の裡《うち》を見透かされたように言われ、信吾はつい源八のことを洩らしてしまった。

父にはむりやりにではあったが、三十歳になって初めて子供を授かったので、本人がすごく張り切っていることまで話した。つまり四である。だが巌哲は三の、体は丈夫だが三十歳にと言い掛けたところで断言した。

「そやつは髪結の亭主の源八であろうが」

看破され、信吾は絶句してしまった。寺の住持が、源八が髪結の亭主だと知っているなどとは、考えもしなかったからである。

「なぜに、鳩が豆鉄砲を喰ったような顔をしておる。まえにも言うたであろう、寺の坊主は井の中の蛙《かわず》ではないと。じっとしておっても、檀家やなんかが次々とやって来るのだ。町の出来事や噂話なんぞをあれこれと教えてくれるし、町でなにかあればおなじ瓦版が何枚も集まることすらあるからな」

「でしたらお話しいたしますが」

和尚は源八に関してある程度、場合によっては信吾たちより詳しく知っていそうであった。だから三十五歳のスミが身籠ったので、三十歳の源八が働こうと決心したことと、働き口がないことを話した。

「仕事はいくらでもあるし、世間は働き手を求めておる。だが、源八を雇おうという者はおらぬであろう」

「たしかに源八さんは奉公したことはありませんが、スミさんが懐妊したのを好機と捉えて、なんとしても働きたいと願っているのです。源八さんは別人に生まれ変わったと思います」

「それはなかろう」

おだやかではあったが、巌哲はきっぱりと打ち消した。

「なぜでしょう」

「ここに至って生まれ変われる男なら、初めから髪結の亭主なんぞにはならんよ」

「むぐッ」と、音とも声とも知れぬものが咽喉《のど》を衝《つ》いて出た。

「どうした」

「失礼しました。和尚さんが父とおなじことを申されたので、驚きのあまり、つい」

「正右衛門どのが、拙僧とおなじことをか。正右衛門どのなら言いかねんな」

「わたしよりずっと永いあいだ、人と世の中を見て来られた和尚さんが申され、父も言ったことですので重みがあります。ですがわたしには、わたしなりに感じたこともありますので」

「それは一体、どういうことであるか」

「わたしは黒船町に相談屋を開きましたが、それだけでは生活できませんので将棋会所を併設しました。源八さんは会所の最初のお客さんで、しかもほとんど毎日通って来られます。休まれるのは月に一度か、二ヶ月に一度ぐらいですね」

スミに髪結の仕事のない日であったが、そこまで巌哲和尚に言うことはないだろう。いや和尚のことだから、案外と知っているかもしれないのである。「流し舐め」の噂すら耳にしていてふしぎはない。

「二年と二ヶ月ばかり、わたしは源八さんを見てまいりましたので、ここにきての激変がただ事でないと感じられるのです」

「なるほど。毎日のように源八に接しておればこそ、感じられることもあろうな。では源八に接しておる信吾を、日々身近に見ておる波乃どのはどう思われた」

急に問われて戸惑いはしたようだが、波乃はおたおたするような女ではなかった。

「スミさんに面倒を見てもらって十三年、まさか子供ができるなどとは、源八さんは露ほども思っていなかったと思います。二年や三年ではないですからね。十三年も面倒を見てもらって暢気《のんき》に生きていた人です。あたしは魅力を感じないと言うより、そんな男の人は認めません。ですが新しい命が芽生えたことで、なんとしてもそれを守り育てたいと願う気持は、信じずにはいられないのです。あたしは信じたいですから、機会を与えてあげたいと思います」

　ウホッと、巌哲はうれしくてならないという顔になった。

「なるほど、浅草一の似たもの夫婦と言われておるだけのことはあるわい。それにしても二人とも人が良い。いや良すぎる。底抜けに人が良いとなると、正右衛門どのも繁さんも、さぞや気懸かりなことだろう」

「これは一体、どういうことでしょう」

「なにがだな」

「そのことも父に呆れられたのです。信吾は人が良すぎる上に、安易に人を信じる。『すぎたるは猶及ばざるが如し』と言うが、すぎたるは足らぬよりおぞましい、と」

「ほほう、さすがは父親だけのことはある。息子のことだけによくわかっておるな。拙僧は感心いたした」

「和尚さま」

「なんだな、波乃どの」

「底抜けにお人好しということは、信吾さんが手の施しようのない間抜け者も同然、ということになるのではないでしょうか」

「うん、そうなるかな。わしは褒めたつもりだったのだが」

「わたしは底抜けにお人好しな馬鹿息子なのだそうだ」

「えッ、急にどうなさったの」

「昨日、父にそう決め付けられたけれど、それにつけても父は上手《うま》いことを言うと感心したよ」

「そんな、笑いごとではないでしょうに」

「おなじことを言われたけれど、父からは徹底的にけなされた気がした。ところが今、和尚さんに言われたとき、わたしは褒められたと思ったんだ」

「それ見ろ。わかる者にはわかるのだ」

「ま、呆れた。信吾さんだけならともかく、和尚さままで」と言って、波乃はわざとらしく眉を上下させた。「でもお二人がそうおっしゃるなら、褒めていただいたことにしておきましょう」

信吾は源八の働き口には触れず、巌哲和尚と波乃の三人で談笑してすごそうと思っていた。ところが巌哲にさり気なく訊かれたことで、源八とスミの話をすることになった。

話がどうしようもなく重くなったとき、波乃の絶妙な機転により、笑いの裡に終えることができたのである。

七

物事はちょっとしたことで、流れがおおきく変わることがある。

なんとか源八とスミの力になりたいと思いながら、甚兵衛や父正右衛門、そして本人の源八から聞いた話で、信吾はすっかり気が滅入《めい》ってしまった。ところが巌哲や波乃と話して、重い気分は消し飛んだとまでは言えないが、かなり軽減したのである。

それは信吾が問題に囚われすぎて、余裕がなかったことに原因していると気付いた。適度な距離を保ち、全体を冷静に捉えることができていなかったのだ。和尚と話すことで信吾にはそれがよくわかった。

源八の働き口を探すにしても、甚兵衛はすでに心当たりに聞いて廻っているようだが、信吾の場合は事情がちがっている。話を持ちこめる人がいないのだ。

あるいはと思って父に話してみたが、結果は予想したとおりであった。であれば、巌哲和尚との場合は進展しなかったが、おなじ方法をもう少し試みてもいいのではないか。談笑していてなにか手応えがあれば、そこから具体的な方向を探るようにすべきだという気がしたのだ。

それも波乃といっしょのほうが、話題の幅も広くなるはずである。信吾はまずは波乃との仮祝言で仲人を務めてくれた武蔵屋《むさしや》彦三郎《ひこさぶろう》夫妻、続いて戯作者《げさくしゃ》の寸瑕亭押夢《すんかていおしむ》と会うことにした。

彦三郎夫妻とは、祝言から一年が過ぎたので経過報告を兼ねてを理由に、両親が自分たちの営む宮戸屋に一席設けてくれた。

「あたしと父さんは、挨拶だけにするから」と、母の繁が言った。「そのほうが気楽に話せるでしょう」

経過報告は名目なので、どうか堅苦しく考えず気楽にお越しくださいと伝えておいた。相談屋での客の相談事に関しては、個人的な秘密なので話すことができない。だから失敗談が中心となった。

さらには将棋会所のあれこれも、夫妻にとってはおもしろい話題であったようだ。とりわけ子供の席料の値下げ交渉や、子供たちが働かせた知恵には腹を抱えて笑った。一刻ほど談笑を楽しんだが、源八とスミに関しての話題には繋がらなかったのである。寸瑕亭押夢に関しては、信吾は住まいも商売も知らない。もっとも押夢は家業を息子に任して、戯作に打ちこんでいる。

屋号が銀竹屋《ぎんちくや》でなかったかと甚兵衛が言ったが、具体的なことはわからないままだ。銀竹とは太陽に照らされ、光り輝いて降る雨だそうである。強い雨脚に雲間から射《さ》す陽《ひ》の光が当たって輝くさまが、銀色の竹のように見えるからそう呼ばれるようになったらしい。

甚兵衛は李白《りはく》かだれか唐土《もろこし》の人の詩に、銀竹を詠んだものがあるらしいと言っていた。知識をひけらかすようでいやらしいので、ぼかしたのだろう。

いつもそうしているように、柳橋の料理屋の女将に押夢との連絡を取ってもらった。二人は特別な関係にあるのだろうと信吾は思っている。

押夢も子供たちの席料値下げ交渉を、おもしろがっていた。また兄の留吉《とめきち》に勝ちたい一心の紋《もん》や、兄正太《しょうた》を負かしたい直太《なおた》の話、初めて「駒形」に来て信吾と対局し、負けて涙を流したハツが、めきめきと力を付けたことを熱心に聞いてきた。もしかすると、将棋会所を舞台にした子供たちの物語が、近いうちに戯作になるのではないだろうか、と信吾はそんな気がした。

信吾の苦し紛れと言っていい作り話をもとに、押夢は『花江戸《はなのおえど》後日《のちは》同舟《のりあい》』を書いて、戯作者として世に出ている。

その後、インチキ医者占野傘庵《せんのさんあん》が、宮戸屋で会食した若い連中が食中《しょくあた》りになり、ひどい下痢《くだし》と嘔吐《もどし》で苦しんだとの噂を流した。それが瓦版に書かれたため宮戸屋は休業に追いやられ、このままでは廃業かとの憂き目を見たことがあった。

岡っ引の権六が、占野傘庵と浅草の料理屋が仕組んで、評判の宮戸屋を蹴落とそうと罠《わな》に嵌《は》めたことを暴いたのである。お蔭《かげ》で宮戸屋は廃業を免《まぬか》れたばかりか、同業がやっかむほどの味だと評判になって、以後は満席が続いている。

押夢はそれを『江都《こうと》震撼《しんかん》　呪二穴《のろいのにけつ》』として戯作にしたが、瓦版が何枚も出て話題になった事件を元にしただけに随分と売れ、いまだに売れ続けているとのことだ。三匹目の泥鰌を押夢がねらっても、なんのふしぎはない。

その押夢とも、源八とスミの話にまでは発展しなかったのである。

話の持って行きようでは、なんらかのきっかけを摑めるかもしれないと信吾が期待したのは、岡っ引の権六親分であった。下積みで苦労した時期が長く、場合によっては嫌がらせをしてでも金を包ませるような、町の鼻摘《はなつ》まみ者として敬遠されていた。

ところが信吾が相談屋と将棋会所を開いたので、頻繁に顔を見せるようになった。ある日、駒形堂の裏手で石に腰を下ろして信吾と取り留めない話をしていたときのことだ。

権六はちょっとしたことから、手掛けていた事件解決の閃《ひらめ》きを得たらしい。

それで大手柄を立てたことがきっかけとなって、次々と事件の解決に腕を揮《ふる》うようになった。ここに来て、下積み時代の苦労が結実し、町々の商家などから頼りにされるようになっていた。

信吾は雑談しただけなのに、権六は自分が一本立ちできたのは信吾のお蔭だと思っているらしい。だからと言うのではないが、話の持って行きようでは源八の悩み解消の糸口が見付けられるのではないかと期待していた。ところが手掛けている事件の多忙のせいか、ここしばらく顔を見せていない。

信吾は甚兵衛から、ときどき報告を受けていた。やはり厳しいようだが、「五まで話を運びながら詰めが甘くて魚を逃がしましたよ」などと、口惜《くや》しそうに言われたこともある。

　信吾もあるいはと思う人には会って話したが、はかばかしい結果は得られなかった。と言うより、話を源八とスミにまで持って行けないほうが多かったのである。


　事態が一変したのは、スミに懐妊したことを告げられた源八が将棋会所に来てから、七日目のことであった。昼になって客たちが家に食事に帰り、あるいは蕎麦屋や飯屋に行って腹を満たして、将棋会所「駒形」にもどったころのことである。

「源八つぁん、隠し立てするなんて水くさいじゃないか。『駒形』《ここ》の客同士は、血を分けた兄弟とまでは言わないが、特別な仲間だろう。そんなめでたい話を、なんで黙っていたんだよ」

　いつもより遅くもどった島造《しまぞう》がそう言ったが、その背後には常連客が五、六人ほど続いていた。あとでわかったことだが、かれらはいっしょに蕎麦屋に入って、あることを話しあっていたのである。

　常連客は近所の人が多いので普段は家に食べに帰る。ところが話すことがあって誘いあい、いっしょに食事したということだ。

　話すこととは源八のことだが、だれもがなんとなくおかしいと感じていたらしい。先日のぼんやりしていた日以降、二人だけになったとき源八から、仕事とか働き口などについてそれとなく訊かれた者が何人かいた。

奉公したことがあるとか、ある程度世間のことに通じていれば、わからぬように話を持っていくだろうが、源八にはその配慮が欠けていたのである。

なんかおかしいな、源八はどうも変だな、との会話もあったようだ。そして今日、そういう連中を島造が蕎麦屋に誘ったのである。なぜなら源八の奇妙さの原因と思われる証拠を摑んで、謎が解けたと直感したからであった。

髪結の亭主が働こうと思ったり、仕事のことを口にすること自体が尋常ではない。

「だからか」

思わず声を出しそうになり、島造が自分の口を手で塞いだのは、産婆の家の裏口から人目を忍ぶように出て来たスミを見たからである。謎が一気に解けた気がした島造は、念のために源八の件で首を傾げていた連中を蕎麦屋に誘った。

しかし自分の目撃したことには触れず、島造は源八に妙なことを訊かれたとか、変だなと思ったことはなかったかと訊いたのである。

口入屋とはどういう所かと訊かれた者がいた。源八のようすが変だった日、みんなが帰っても珍しく源八が残っていたのを思い出した者がいた。甚兵衛が遅く来たり、しきりと考えたりしていたが、あれは源八に働き口について訊かれたからではないか、との意見もあった。奉公人はどれくらいの手当てをもらっているのだろう、と言われた者もいた。

　まちがいないと確信した島造は、産婆の家の裏口から出て来たスミを見たことを打ち明けた。だれもが驚いたが、いくらか慎重なところのある正次郎《しょうじろう》が言った。

「スミさんと産婆さんが、知りあいということはないですかね。幼馴染《おさななじみ》だとか、親戚ってことも考えられますよ」

「だったら正面から出入りするだろう。人目を忍ぶように裏口から、なんてことはないはずだ」

　島造は自信たっぷりに言ったが、太郎次郎《たろうじろう》は首を傾げた。

「だとしても、女の人は知られたくないのではないですか、変に勘繰られないともかぎらないから」

「だれだって産気づいたらすぐ呼べるように、一番近い産婆に診てもらうものだ。スミさんは三つも離れた町の産婆の、その裏口から人目を忍ぶように」

「しかし、スミさんは本当に孕《はら》んだのかね。だってもう三十半ばのはずだ」

　そう言ったのは、そそっかしいところのある楽隠居の三五郎《さんごろう》であった。島造も言い負かされる訳にはいかない。

「孕まなきゃ産婆のとこへは行かんだろうよ」

「そりゃそうだな」

なおもあれこれ話しあったが、スミが身籠ったので髪結の亭主の源八が働こうと思っているのだ、との結論に達した。それが島造の「隠し立てするなんて水くさい」や、「めでたい話をなぜ黙っていたのか」に繋がったということである。

言われた源八の顔が蒼白《そうはく》になり、それから見る見るうちに真っ赤になった。

甚兵衛と信吾が思わず顔を見あわせたのは、一瞬にしてどういうことか理解したからである。スミが懐妊したので源八が働こうとしていることが、客たちに知れ渡ってしまったということであった。甚兵衛が密《ひそ》かに努力していたことも、すべてむだになる。

果たして源八はどうなるのか。そして甚兵衛と信吾はいかに対処すればいいのか、それを素早く決めなければならないということでもあった。

店屋物を頼んだとか、早く食事から帰っていた連中の中には、あるいはと思った者もいたようだが、ほとんどの者には寝耳に水であったようだ。

「えッ、めでたい話だって」とか「なにがめでたいんですか」「どっか他所《よそ》の話じゃないの」「富籤《とみくじ》に当たったのかい、源八さん」と早とちりする者もいて、騒然となった。

そんな中にあって、平吉がなんとも奇妙な顔をしているのに信吾は気付いた。ほかの客たちは程度の差はあっても、だれもが一様に興奮していた。ところが平吉は一人、憮《ぶ》然《ぜん》たる面持ちでいたのだ。

「源八つぁん、こういうことは本人から言うものだぜ。なんだ、娘っ子みたいにもじもじしやがって」

髪結の亭主が赤面しているので、島造はついからかいたくなったのだろう。言葉やその調子に少し悪意が感じられた。

「恥ずかしくて言えないならこのおれが、みなさんに話してもかまわないというのだな」

意地悪な言い方をされて、源八はしどろもどろとなった。

「いや、あ、みなさん。妙なことになってしまいましたが、スミが身籠りまして」

「なにも妙なことじゃねえさ。男と女がいっしょに寝起きしていて、子供ができるのはあたりまえのことだからな。もっとも、いささか年数が掛かりはしたがね」

ドッと笑いが起きた。源八の顔がさらに赤みを増し、どことなくどす黒く見えるほどになった。

「しかし子供ができたとなると、髪結の亭主は返上せんといかんな」

「ええ。働こうと思っていますが、働いたことがない上に三十という齢ですし、難しいと思いましてね。どなたかお知りあいに、こんな男でも使ってみようという方がおられましたら、ぜひ声を掛けてくださいますように」

先日の、慶庵に行ったことを話したときとは別人のような、源八らしからぬ低姿勢に、信吾は呆れると同時に驚かされた。

「なに、働く気さえありゃなんとでもなる。大船に乗ったつもりで、任しておきな」

だれかの安請けあいにも、源八は深々と頭をさげた。世間とか人をよくは知らない源八は、このあと辛い思いをしなければならないだろうな、と信吾は他人事《ひとごと》ながら心配せずにいられなかった。

その後も「どんな仕事に就きたいんだ」とか、「働き始めたら、よそ見をするんじゃないぞ。ほかはよく見えるもんだが、どこもおなじだからな」、あるいは「奉公先が決まったら、旦那より奥さんに可愛《かわい》がられるようにならなきゃ駄目だ。可愛がられると言っても、あっちのほうじゃないよ」などと、忠告だかからかいだかわからぬ意見が入り乱れた。

奥の六畳間や板の間で指す者も何組かあったが、その日は源八や仕事、またスミのこと、それに髪結の亭主などと雑多な話題で七ツころまで騒々しかったのである。

八

しかし翌日になると、スミの懐妊や源八の仕事探しの件などはなかったかのように、話題に上らなかった。となると源八にしても安請けあいした連中に、「いかがでしたでしょう」と問う訳にはいかない。対局すればなにかと訊かれると思ったのか、対局相手も決まらなかったのである。

二日、三日と経ったが、源八を巡る話題が出ることはなかった。対局の話もないが、事情がわかっているだけに源八から申しこむこともしない。いや、とてもできる雰囲気ではなかった。

将棋会所に来た客をなにもせずに帰す訳にいかないので、席亭の信吾や会所で一、二の実力の甚兵衛、桝屋良作《ますやりょうさく》が相手をした。源八は上級の下かせいぜい中なので、この三人が相手では勝負にならない。そこで駒落ち戦で対局したのである。スミや仕事探しのこともあってだろう、源八はまるで冴えなかった。

将棋仲間たちは、口では調子のいいことを言っておきながら無視した、という訳ではない。それぞれ知りあいなどに、声を掛けてくれはしたのである。

ところが甚兵衛が体《てい》よく断られ、信吾が父正右衛門に頭ごなしに遣りこめられたのと、おなじことになったのだ。

「働いたことのない三十男が、子供ができたので仕事を探してなさる。殊勝だねえ。ほんじゃ、うちで働いてもらおうか」

そんな話がある訳がないのだ。

将棋会所「駒形」に来ても対局相手がいないので、ほかの者の対局を観戦するしかないが、それすら迷惑そうな顔をされてしまう。本当はそうでなくても、僻《ひが》みっぽくなっている源八はそう感じたのかもしれない。

やがて源八は会所に来なくなった。自分の居場所が居場所でなくなって、行くところがないのである。どうやら無気力も手伝って、長屋でごろ寝をしているらしい。

やがて将棋仲間があちこちに声を掛けてくれていたことが、証明されることになった。

「あんた。源さん、子供ができたことを話したんだね。お蔭であたしゃ、大恥を掻いちまったよ」

髪結の仕事から帰るなり、スミが源八に喰って掛かった。その剣幕に驚いて、弟子のアカネは逃げるようにして帰ってしまう。

こういうことなのだ。

スミが得意客のところに行くと、えらく機嫌がいい。しかも仕事のまえに茶菓子を出してくれたのである。

そんなことは初めてだったので、スミはどことなく落ち着かなかった。客はにこにこ顔で菓子を摘まみ、茶を飲みながら、スミの腹の辺りに目を遣るような気がした。それが気のせいでないことはすぐにわかった。

「でも、よかったわね。スミさん」

「え、なにがでしょう」

「子は宝、って言いますから」

「ですから……」

「隠さなくてもいいのよ」

なにを言われたのかはすぐにわかったが、スミは懸命に訳がわからぬ振りをした。

「だから源八さんは、働き口を探しているんでしょ」

「だれかがおもしろがって流している、噂じゃないですかね」

「一人だけだったらそうかもしれないけど、何人もが仕事を探しているって言われたそうだから」

源八が将棋会所で話したにちがいなかった。

スミは齢のこともあるし、腹が膨れて隠しきれなくなるまでは内緒にしていようと思っていたのである。思っていただけでなく、源八にも念を押しておいた。それなのにと、笑顔を浮かべながら内心では憤慨せずにいられなかった。

「だって素晴らしいじゃないの。いっしょになって七年目、八年目に身籠ったって話は聞かないこともないけど、スミさんと源八さんは十三年なんでしょ。だれもが驚いてるわ。だからむりをしないように、体を大切にして元気な赤さんを産んでくださいね」

「でも本人のあたしが、そうじゃないと言ってるのですから」

「わかりますって。三十五歳になって初子《はつご》じゃ、どことなく恥ずかしいというのはあたりまえよね。だけどすなおに祝ってもらいなさいな。もう、浅草中たいへんな評判で二、三日のうちに江戸中に知れ渡るわね。もしかしたら瓦版に載るかもしれないわよ」

「瓦版……」

スミはおぞましさに総毛立つ思いがした。

瓦版の反響の凄《すさ》まじさについては、源八からさんざん聞かされていた。一昨年の暮れに源八が通っている将棋会所「駒形」が、開所一周年記念将棋大会を開催した。

そのときならず者が、嫌がらせをして金を包ませようとした。会所では客に迷惑が掛かるからと、席亭の信吾が榧寺の別名のほうが有名な正覚寺に連れて行き、九寸五分《くすんごぶ》を振り廻す相手を撃退したことがあった。

瓦版に取り上げられたために、連日たいへんな野次馬が押し掛けたと、スミは源八から聞いていた。浅草近辺だけでなく両国、向こう両国、上野《うえの》、神田《かんだ》、日本橋、果ては四宿として知られる品川、内藤新宿《ないとうしんじゆく》、板橋《いたばし》、千住《せんじゆ》辺りからも人が駆け付けたそうである。

それだけでなく江戸見物に来ていた人や、参勤交代で江戸勤番になった田舎侍たちが、故郷への格好の土産になると、瓦版を一人で何枚も買ったとのことだ。

瓦版を読んだ人たちが将棋会所に押し掛けたので、しばらくのあいだ信吾と小僧の常吉は、東仲町にある宮戸屋に泊めてもらい、そこから会所に通った。するとその往来に、話を聞こうとして野次馬が付き纏ったそうだ。

もしも瓦版に取りあげられたら、スミたちの長屋に人が押し掛けるだけではすまないだろう。「びんだらい」を提げ髪結に出るスミとアカネにも付き纏い、仕事先にも押し掛けるかもしれない。それだけでなく源八の実家の笠屋「清水屋」や産婆さんの所にも、話を聞きに行く者がいるにちがいない。たいへんな迷惑を掛けてしまうことになる。

最初の客が発端で、髪結に行った先々でスミはおなじ目に遭った。昼どきになると、どこでも女髪結には食事を出してくれる。食べながらの世間話や噂話は楽しいものだが、今回にかぎっては閉口した。

最初の客はスミがあまりにも打ち消し、認めようとしないので気分を悪くするのがわかった。だから二人目からはなるべく逆らわないようにしたが、ということは認めたことになってしまう。

そのため仕事を終えて長屋に帰ったときには、スミはげんなりしていた。

「あたしもうくたくた。ご飯作る元気ないからね。源さん自分で作るなり、食べに行くなり好きにして」

スミは前垂れも外さず、畳にそのまま寝てしまった。いつもは「びんだらい」の小箱を一つ一つ開けて、仕事道具の櫛や鬢さしなどの手入れをするのだが、その気にもなれないらしい。

源八は近くの飯屋に走って丼物の出前を頼み、仕方なく茶を沸かしたのである。

翌朝、前日とおなじ繰り返しになるのがわかっているからだろう、スミは源八とほとんど言葉を交わすことなく、アカネが来るのを待って仕事に出掛けた。

スミがいなくなっても、部屋の中にその不機嫌さが充満しているような気がして、源八は長屋を出た。しかし行く当てはない。足は自然と「駒形」に向かった。

ほんの数日しか空けなかったのに、源八は妙に懐かしく感じた。すぐに甚兵衛と信吾がやって来た。

「お体の具合が良くないのかと心配しましたが、お元気なようで安心しましたよ」

信吾がそう言うと、甚兵衛があとを受けて続けた。

「席亭さんもてまえもあちこち当たってはいるのですが、芳《かんば》しい返辞が得られませんでね。まことに申し訳ない」

源八が甚兵衛と信吾に礼を言うまえに、「あたしも五軒ほど聞いてみたんですがね」とか、「おれの信用がないからかもしれんが、ちょっとなあ、と言うところばかりでね」などと、さらに何人もが話し掛けた。

「源八つぁん、これでようわかっただろう」

声の主は、源八がスミの懐妊と自分が働きたいと言って以来、沈黙を保っていた平吉であった。

「おまえさんを雇おうってところなんざ、どこにもありゃしないのさ。それが女に貢がせて遊んで暮らした報いってもんだ。働くと言ったのが本気なら、棒手振りをやってみな。荷物を天秤棒《てんびんぼう》の前後の籠や笊《ざる》に入れて、足早に江戸の町を売り歩くんだ。気持がいいもんだぜ。棒手振りではないが、あたしゃ小間物の担ぎ売りをやりました。五十歳になる少しまえまでね。あたしにできたくらいだから、源八さんにできない道理はないと思うんだがな」

父や兄のことがあって、それをしたくてもできないことを源八は言えないのだから、平吉の言い分は随分と残酷だと思う。だが本人はここぞというところで、なんとしても言いたかったのだろう。

「平吉さん、なにもそこまでひどく言わなくても」

相手は年寄りだが、信吾はどうしても咎《とが》めずにいられなかった。

「言いません。もう、言いませんよ。最後になるのがわかっていたから、強《きつ》く言ったんじゃありませんか。あ、それからみなさん」と、平吉は客たちを見廻した。「勘ちがいしないでもらいたいのですがね。あたしゃなんとか立ち直ってもらいたいと、源八つぁんのためを思って言ったんじゃありませんぜ。あれだけは言わずにいられなかったから、言っただけなんだ」

ひどい張り手だと思ったら、それだけですまず往復びんたとなった。周りの者は息を呑んで見ている。

源八は握り締めた両拳をぶるぶると震わせていたが、押し殺した声で言った。

「やりますよ。やろうじゃない。やってみせますよ」

ギリギリと音がしたのは、源八の歯嚙《はが》みの音だった。

「棒手振りでも担ぎ売りでも、溝浚《どぶさら》いだろうが、なんだってやりますよ。そして立派に子供を育てますから」

薄笑いを浮かべながら、平吉が追い撃ちを掛けた。

「口で言うだけなら、いくらでも言える」

場が険悪になったので、信吾は立ちあがると両手で抑えるようにしながら言った。

「みなさん、わたしはときどき言わなければならないのですが、ここはどういう場でしょう。よくおわかりですね。将棋会所『駒形』ですから、存分に将棋を楽しもうではないですか」

さすがにだれもが、いくらなんでもひどすぎると感じていたのだろう。信吾の言葉が終わると無言のまま対局にもどった。そして七ツの鐘が鳴って帰り始めるまで、会話は一切なかったのである。

気が付くと源八の姿が見えなかったが、だれ一人として、いついなくなったのか気付かなかった。

以来、源八は「駒形」に姿を見せなかった。

九

平吉との息詰まる遣り取りがあった五日後の、七ツの鐘が鳴ってほとんどの客が帰ったころであった。

「源八さん。いらっしゃいませ」

常吉の声に格子戸を見ると、源八が照れたような笑いを浮かべながら入って来たところであった。

あの日以来、源八の姿を見掛けた者はいないし、気になって何人かがべつべつに、長屋にようすを見に行ったが姿がなかったと言う。夜はいるだろうが、スミがいっしょなので行き辛かったのだろう。

「どうしてんだい」

「相変わらずですよ」

「仕事のほうは」

「やはり厳しいですね」

残っていた客との遣り取りもそれ以上は続かず、「ときどきは顔を見せなよ」とか「諦めるんじゃないよ」などと声を掛けて客たちは帰って行った。

残ったのは信吾と甚兵衛、そして小僧の常吉である。

「お茶を淹《い》れますから」

「いや、いいよ。話があるようだから、母屋に移る。いつもの片付けを頼んだぞ」

将棋盤と駒の手入れを常吉に命じると、信吾は大黒柱の鈴を二つ鳴らした。来客ありの波乃への合図である。

なにか進展があったようで、源八は先日とは別人のようにすっきりとした顔をしていた。源八と甚兵衛を伴い、信吾は柴折戸を押して母屋の庭に入った。直ちに波乃が八畳間に座蒲団を用意する。

「燗を付けておくれ」

波乃に頼むと沓脱石から座敷にあがった。

「お二人にはご心配と、ご迷惑をお掛けして申し訳ありませんでした」

源八は深々と頭をさげたが、言葉遣いや仕種《しぐさ》がすっかり商人になり切っている。

「お仕事が決まったようですね」

「はい、お蔭さまで」

信吾がそういうと、源八はすなおにうなずいた。

「それはよかった」と、甚兵衛がしみじみと言った。「てまえは見こみのありそうなところから、順に話を持って行ったもんですから、近ごろは行くまえからむりだろうなと」

「本当に申し訳ありませんでした」

「こちらこそお力になれず、……ですが決まったとのことで、安堵《あんど》しております。で、どちらに」

甚兵衛がそう訊くと、源八は右手を後頭部に当てた。

「元旅籠町の一丁目なんですがね」

「だったらご実家の近くではないですか。灯台下暗しですね」と、甚兵衛が軽い驚きの声を挙げた。「すると源八さんの事情を、よくご存じだったのですね。であれば、うちでどうですかと」

「事情は、わかりすぎるくらいわかっていましてね。しかも近いどころか、近くも近く」

「まさか、ご実家では」

信吾がそういうと、源八は照れ臭そうに笑った。

「ですが、お兄さんの宗一さんとは」

「そうなんですよ。後足で砂をかけるようなことをして、家を出たものですから」

源八は捨《す》て台詞《ぜりふ》を吐いて、兄と袂《たもと》を分かつことになった。宗一がスミと源八に説教したときのことで、信吾はその言葉を憶えている。源八は父親と兄に仕事を手伝わされたが、本人にすればこき使われたとの思いが強かった。だからこう言ったのである。

「働いてわかったのは、おれは商人って柄じゃない、商売に向いていないってことだよ。スミが働かなくていい、面倒を見てあげるって言ってるんだから、であればしんどい思いまでして働きたくないね」

よくぞ言ったものである。となれば源八は実家や兄を頼れないし、宗一もその発言を盾に取って受け容れる訳がない。

「席亭さんもそうでしょうが」と、甚兵衛が言った。「てまえも話を伺っておりましたので、ご実家は端《はな》から頭に入れておりませんでした」

甚兵衛の言葉にうなずき、信吾は源八に向き直った。

「とすればどういう事情で」

「はい。それを聞いていただこうと、やってまいりました。一昨日《おととい》てまえの長屋に兄がまいりまして、昨日《きのう》はてまえがあちらに出向いて話を決めました」

兄が来たときスミもいっしょだったので、ぎくしゃくするのは止むを得ない。挨拶を交わしたあと宗一は空咳《からせき》をしてから口を切った。

「子供が生まれるので仕事をする気になったようだが、どこも雇ってはくれんそうではないか。なぜだかわかっているのか」

「はい。痛いほどに」

源八は言いたいことがいくらでもあったが、それは宗一にとってもおなじであっただろう。二人ともそれがわかっているだけに、言葉を続けられないのである。もう一度咳をしてから宗一が言った。

「だったらうちで働かぬか」

「えッ」

と言ったきり、唇と舌が震えて言葉にならなかった。ようやく声になったのは、しばらくしてからである。

「だって、てまえは兄さんにひどいことを言いました。忘れた訳ではないでしょう」

「忘れはしない。だれが忘れられるものか」

当たりまえだ。暴言、それも弟から兄に発せられたにしては、あまりにもひどかった。

「だがな、お年寄りに頭をさげられては、話を聞かぬ訳にはいかぬだろう」

言われると同時に、源八は甚兵衛の顔を思い浮かべたそうだ。先ほどの話を聞いていないのだから、当然のことかもしれない。

「棒手振りでも担ぎ売りでも、溝浚いだろうが、なんだってやると言ったそうではないか。その気持に変わりはないのか」

「ありません」と、源八は横を見た。「スミは猛反対をしておりますが」

「わたしだってスミさんにおなじだ。このままでは源八は仕事に逸《はぐ》れる。だからうちで働けと言うのだ。実の弟が棒手振りや担ぎ売り、溝浚いをやってみろ、清水屋の信用が地に落ちる。ご先祖さまがなぜ清水屋を屋号にしたか知っているな」

「生まれた在所の名が清水村《しみずむら》だったからと」

「笠と合羽は雨水に関わりのある商売だ。おなじ水であれば清水、清い水であってほしいとの願いで付けたと言う」

「そこまでは知りませんでした」

「教えるまえに飛び出したからな」と、またしても宗一は空咳をした。「そんな半端者を清水屋で働かせたくなかったが、あのお年寄りにはさすがのわたしも根負けしてしまった」

夜になって清水屋に来た老人は、弟の源八さんの将棋仲間だと告げた。そして子供のできた源八が働こうとしているが、奉公経験がない三十男なのでまるで取りあってもらえない。髪結の亭主として女に貢がせてきた男なら当然の報いだと詰《なじ》られ、溝浚いでもやって、ともかく子供を育ててみせると宣言した経緯《いきさつ》を語った。

語り終えると同時に畳に両手を突き、手の甲に額を押し付けたのである。

「今ここでお兄さんに見捨てられたら、源八さんは男になれません。人になれません。二度と立ち直れないのです。心を改めて子供のために働くとの言葉に、嘘偽りはございません。どうかこの年寄りの白髪頭に免じて、願いを聞いてはいただけないでしょうか。

わかりましたと言っていただけるまで、てまえはここを動かないつもりです」

そして言葉どおり、まるで塑像のように微動もしなかったのである。

老人の話は宗一の心を揺るがした。平伏《ひれふ》した姿には源八が心を入れ替えたと信じ、なんとしても立ち直らせたいとの思い以外にないはずである。でなければ将棋仲間のために、ここまでできる訳がない。さらには源八にも先ほど言ったが、兄がいながら弟が溝浚いに身を落とせば、清水屋の信用が地に落ちるのは火を見るより明らかであった。

宗一はおおきく息を吸うと心を決めた。

「どうか、頭をおあげください」

だが老人はあげなかった。

「源八さんを使っていただけるとの言葉を頂けぬかぎり、てまえは頭をあげられません」

「わかりました。弟を、源八を清水屋で働かせると約束いたします」

老人は満面の笑みで宗一を見た。長く頭をさげ続けていたためか、それとも願いが叶《かな》ったからか、その顔は真っ赤であった。

「お待たせいたしました」

折よく波乃が、燗を付けた銚子《ちょうし》と盃《さかずき》を盆に載せて持って来た。

「どうもすみませんなあ、波乃さん」

「恐れ入ります」

甚兵衛と源八が、それぞれの立場と親しさの度合いのわかる言い方をしたのが、信吾にはおもしろく感じられた。

「お菜《さい》はすぐお持ちしますね」

話が一段落したこともあって、男たちはそれぞれの盃に酒を注《つ》ぎあった。

すぐに波乃が煮物や解《ほぐ》した干鱈《ひだら》、漬物の盛りあわせなどの皿や鉢を持って現れた。

「源八さんが、お兄さんの清水屋で働くことが決まったそうだ」

「まあ、そうでしたの。それはおめでとうございます」

「波乃も盃を持って来なさい。楽しい話だから、ぜひ伺うといい」

波乃の盃に信吾が燗酒を注ぐのを待って、源八が話し始めた。

「そこまでして、つまり長いあいだ平伏してまで頼んでくれたのなら、甚兵衛さんにお礼を言わなければと言い掛けたら」

なんと源八は、とんでもない思いちがいをしていたのである。宗一が奇妙な顔をした。

「何者だ、その甚兵衛さんとは」

「白髪頭の将棋仲間ですよ。兄さんにてまえのことを頼んでくれた」

「そんな名ではなかったぞ。……たしか、平吉と言ったはずだ」

今度は源八が驚いた。

「ええーッ、まさか。嘘でしょう」

「なぜこんなことで、源八に嘘を吐かなければならないのだ」

「常連客のいるところで、髪結の亭主として女に貢がせてきた男なら当然の報いだと詰ったのが平吉さんでした。しかも、『勘ちがいしないでもらいたいのですがね。あたしゃなんとか立ち直ってもらいたいと、源八つぁんのためを思って言ったんじゃありませんぜ。あれだけは言わずにいられなかったから、言っただけなんですよ』と念を押したんです」

源八がそう言うと、宗一は目を閉じてしばらく考えていた。やがて溜息とともに、

「おまえはいい将棋仲間を持ったな」と言った。

話し終えた源八は盃を手にすると、じっと注がれた酒を見ていたが、それからゆっくりと飲み干した。甚兵衛と信吾も、そして波乃もおなじように味わいながら飲んだ。

「いい話を聞かせてもらいました」

甚兵衛の言葉に信吾はうなずいた。

「それにしても平吉さんには、実に見事に、しかも気持よく騙《だま》されました」

「いまだに信じられませんよ」と、源八が言った。「まるで目の敵のように事あるごとに皮肉られ、厭味を言われ、からかわれましたからね。その平吉さんが兄に頭をさげた

姿が、どうしても重ならなくて」

「あら、おなじではないでしょうか」と、波乃が源八に言った。「板の裏表のように見えるかもしれませんけれど、働かないでスミさんに面倒を見てもらっている源八さんを、平吉さんはどうしても許せなかったのだと思います。だけどスミさんが身籠ったと知ると、源八さんはなんとしても働いて育てようと思われた。それがわかったから、平吉さんは応援しなければと。だからお兄さんに頭をさげられたのではないでしょうか」

「波乃さんのおっしゃるとおりだと思いますよ」と、甚兵衛は何度もうなずいた。「さっき上手いことをおっしゃったが、まさに板の裏表なんですよ。平吉さんなりの、認めるか認めないかの基準があって、外部の人にはまるで逆に見えるかもしれませんが、平吉さんとしては一本筋が通っているのでしょうね」

「それにしても人ってわからぬものですね」と、信吾はしみじみと言った。「あの平吉さんが、わたしたちが考えもできなかったことをやってしまったんですから」

「平吉さんには、なんとしてもお礼を言わなくてはなりませんが」と、源八が言った。

「明日からは清水屋に住みこみでしてね」

「ならば、わたしのほうから言っておきますよ。源八さんに正面向かってお礼を言われたら、平吉さんは照れるのではないですか。今回の大芝居のこともありますからね」

源八たちは夫婦で離れ座敷に住みこみ、スミには毎月の日にちや、何日置きと決まっている客がいるので、髪結を続けることになっていた。

源八は一ヶ月間は小僧扱いで、その一ヶ月で仕事を憶えなければならず、その間の給銀は出ない。二ヶ月目から手代見習いとなり、三月か半年かすれば手代に昇格する。ようすを見て番頭見習いになり、それから番頭になるとのことだ。宗一には二年、遅くとも三年で番頭になれるよう励めと言われているらしい。

三十歳という源八の年齢と、肉親ということで特別扱いなのだろう。手代や番頭に見習いを付けることなど通常なら有り得なかった。

「将棋会所のみなさんに挨拶しなければならないのですが、なにしろ住みこみの小僧ですので」

「みなさんにも、わたしからよく言っときますよ。それに元旅籠町の清水屋なら、ここからほんの五町（五五〇メートル弱）か六町（六五〇メートル強）じゃありませんか。源八さんが小僧さんなら、『駒形』のお客さんはどなたも笠と合羽は清水屋で買うと思います。それより、明日から住みこみなら荷物運びとか」

「荷物と言ってもそんなにありませんし、それにもう終わっています。明日から小僧なので、今晩から清水屋ですよ」

源八がとても感謝していたと伝えると、平吉はしきりと照れた。

「それにしても大芝居でしたね」

「二度とできませんよ、あんなこと。それより、宗一さんにむりなお願いをして清水屋を出ましたら、一町（一一〇メートル弱）も行かぬうちに、追って来る足音がしましてね。源八つぁんのおっかさんで、源八が働けるよう、よくぞ宗一を説いてくれましたと、泣いて礼を言われました。馬鹿な子ほど親は可愛いと言いますが、あれこそ母親だと、あたしゃ思わずもらい泣きしましたよ」

いい話を聞かせてもらったと、信吾は心の裡が温かくなる思いがした。

あたし、うれしい

一

その日もいつもの朝と変わることなく、常吉は棒術で、信吾は鎖双棍《くさりそうこん》のブン廻《まわ》しで汗を流した。習慣とはふしぎなもので、雨や急な用のために鍛錬ができないと、どうにも体がすっきりしない。たっぷりと汗を流し、よく濯《すす》いだ手拭で何度も体を拭いて浄《きよ》め、新しい一日が始まるのであった。

心身ともに清々《すがすが》しくなると、二人は朝食のために六畳の板の間に坐《すわ》る。ところが、いつもは置かれている箱膳がまだ出ていなかった。ご飯に味噌汁《みそしる》、そして焼き魚の匂いはするのに、である。

「お待たせ」

波乃が信吾のまえに置いた箱膳を見て、常吉が素っ頓狂な声を出した。

「わ、わ、わッ、すごーい」と、まじまじと見てから言った。「もしかすると旦那さまに、いいことがあったんですね。なにかのお祝いなんでしょう」

「旦那さまだけが特別ではありませんよ。常吉にもおなじお皿が出ているでしょう」

自分のまえに置かれた箱膳を見て、常吉は目を真ん丸にした。

「本当にあるのですね。話に聞いたことはありましたけど、てまえは本物を見るのは初めてです。これってもしかすると、鯛《たい》の尾頭付きじゃないですか」

常吉が驚くのもむりはない。なんと朝ご飯に、ちいさくはあるが鯛の尾頭付きの皿が出ていた。だとしても「話に聞いたことはありましたけど」は、いくらなんでも言いすぎだろう。もしかすると大袈裟《おおげさ》に言って、笑わそうとしたのかと思ったほどだ。

奉公を始めたころの常吉は、冗談を言うどころか言われた冗談に気付きもしなかった。説明しなければ、冗談だとすらわからなかったのである。ところが最近は将棋客たちの遣《や》り取《と》りを耳にして雑多な知識が得られ、子供客と親しく話すようになっていた。お蔭《かげ》で冗談がわかり、駄洒落《だじゃれ》を言うようにすらなっていたのである。

常吉は見るのは初めてだと言ったが、そんなことがあるだろうか。信吾が相談屋と将棋会所を開いたとき、父の正右衛門が身辺の雑用をやらせ、なにかあった場合の連絡係として付けた小僧が常吉であった。

それまでの十ヶ月ばかり、常吉は信吾の両親が営む会席と即席料理の「宮戸屋」で働いていた。祝いの席として利用する客もいるので、尾頭付きの鯛が出されることもある。しかし料理を運び、客に接するのは女将《おかみ》や仲居たちだし、料理人が忙しく立ち働く板場には小僧が近付くことなどできない。

また食べきれなかった料理は、持ち帰り用に経木で包むか折に詰めて客に渡すので、お余りが奉公人に廻されることもほとんどなかった。

宮戸屋を出てから、信吾は何度か祝いの席に招かれたことがある。留守番をしている常吉のために、食べ残した料理を折に詰めてもらい、土産として持ち帰ったことはあった。

そのとき尾頭付きの鯛が入っていたかどうか、はっきりした記憶はない。祝いの席で出た鯛の尾頭付きに箸を付けないことはまずないので、やはり入っていなかったのではないだろうか。

だとすればどうして常吉が、ひと目見ただけで鯛の尾頭付きとわかったのかがふしぎだ。だれかから聞いたことがあって、形や色、頭と尾を反らして焼いた姿から、判断したのかもしれない。

「横のちいさなお皿はなにですか」

「鰊《にしん》の昆布巻きですよ」

波乃がそう答えると、常吉はじっと見ながら言った。

「これが鰊の昆布巻きですか。てまえは世の中に、鰊の昆布巻きというものがあるということは聞いていましたが、見るのは生まれて初めてです」

信吾は噴き出した。

「いくらなんでも、世の中には、はないだろう」

「だってそうなんですもん。鯛の尾頭付きに鰊の昆布巻きか。初めての物が二つなんて、今日はいいことがありそうです」

信吾と波乃は思わず顔を見あわせた。

それはそうとして朝ご飯に、鯛の尾頭付きが出たのである。それればかりでなく、鰊の昆布巻きの皿も副《そ》えられていた。昆布はヨロコンブで喜ぶ、巻きは「結ぶ」を意味する縁起物とされている。一体、どういうことなのだ。

「すごいじゃないか。常吉じゃないけど、なにかいいことがあったのかな。スミさんのこともあるし、もしかして波乃、花江義姉《はなえねえ》さんに負けじと」

常吉がいるのでそれ以上は口にしなかったが、言うなり波乃に睨《にら》まれた。

義姉の花江が子供を宿したことを波乃に告げに来てからさほど経《た》っていなかったので、もしかすると波乃もおめでたかと信吾は思ったのである。口で言うのは恥ずかしいので形で示したのだとすると、いかにも波乃らしいが、残念ながらちがっていたようだ。

ひと睨みした波乃は、自分の箱膳を置いて坐ると両手を顔のまえであわせた。

「いただきます」

信吾と常吉も両手をあわせ、唱和してから箸を取った。

食べながら横目で見たが、波乃はなんの感情も見せずに淡々と箸を使っていた。どこがとは言えないが、どうも変であった。澄ました顔からはわからないが、どうやら怒っているという気がした。となると迂闊《うかつ》なことは言えない。

ちらちらと二人を盗み見ながら食べていたが、どうやら常吉もなんとなく妙な気配を感じたようであった。あわただしく箸を運び始めたのである。

「ゆっくり味わいながら食べなさい」

波乃が笑いながら言うと、常吉は口をもぐつかせながら「はい」と答えた。答えはしたものの、少しも速度を緩めようとしない。

搔《か》っこむようにして食べ終わると、箸を置いて顔のまえで両手をあわせた。

「ご馳走《ちそう》さまでした」

言うなり土間におり、自分の箱膳から食器を流しの洗い場に運んだ。

「餌はいつもの所に置いときましたから、忘れないようにね。でないと波の上に恨まれますよ」

「すみません。では、てまえは会所にもどります」

「はい。ごくろうさん」

番犬の餌を入れた皿を持って、常吉は将棋会所に帰って行った。

「なにか感じたのかな、常吉のやつ」

「なにかとおっしゃいますと」

「波乃の機嫌がよくないことを、さ」

「あら、なぜあたしの機嫌がよくないなんておっしゃるのでしょう、旦那さま」

「それ、それだよ」

いつもなら「どれ、どれですか」などの返しがあるのだが、黙ったままであった。相当に機嫌がよくないということだ。

「二人だけのときには、わたしはいつも信吾さんと名前で呼ばれている。他人《ひと》がいないのに旦那さまと呼ばれたのだからね。よほど機嫌を損ねているのだと、判断せざるを得ないじゃないか」

「あら、旦那さま。あたしが自分の旦那さまを旦那さまと呼んだら、そんなに変でしょうか、旦那さま」

「旦那さまの大安売りは勘弁してくれ」

信吾が噴き出すと釣られて波乃も笑った。

「やっといつもの波乃にもどった。もしかするとあのままもどらないかと心配したけれど、取り越し苦労だったようだな」

しかし、安心するのは少しばかり早かったようである。波乃がさり気なく訊《き》いた。

「ところで、今日は何日でしたかしら」

「なにを言い出すんだよ。二十三日に決まっているだろ」

「二月だよ。如月《きさらぎ》とも言う。来月は弥生《やよい》、三月だな」

「あら、今日は二月の二十三日でしたか」

「ああ、二月二……」

言い掛けてようやく信吾は気付いた。ちょうど一年まえの二月二十三日、武蔵屋彦三郎夫妻に媒酌人となってもらい、波乃と仮祝言を挙げていたのだ。それにしても迂闊であった。波乃が立腹するのは当然だろう。

「それを忘れていたので怒っているのか。まあ、むりもないけどね。いくらなんでも、いっしょになった日を忘れるなんて、ひどい亭主だ」

「あら、怒ってなんかいませんよ。だってあたしの旦那さまは相談屋のあるじさんですし、将棋会所の席亭さんだし、その上、耕人堂という本屋さんから出す、将棋上達の本を書かなければならない、とてもお忙しいお体なんですもの。そんなお方が、夫婦になった記念の日を指折り数えながら待っていたりなんかしたら却《かえ》って変、というより気味が悪いわ。あたしの旦那さまは、そんな女々《めめ》しい男ではありませんから」

わざと「旦那さま」と言ったし、亭主を「お方」などと白々しい言い方をするのだから、口では怒っていないと言っても本心でないことはわかる。気のせいかもしれないが、「女々しい」と「男」に力が籠められていたように信吾は感じた。

それにしても抜かった、と信吾は臍《ほぞ》を噬《か》まずにいられなかった。来年こそはと思ったが、一年が経ったらきれいに忘れているだろう。その思いはほとんど確信と言ってよかったが、そんなことを確信しても仕方がない。

「それにしてもいろいろあった。いろいろあったけれど、一年なんてすぎてしまえばあっという間だね」

思わずというふうに言っていた。口にした途端に「よろず相談屋」を開いてから、そして波乃と夫婦になって「めおと相談屋」と名を改めてからの出来事が、一気に押し寄せて来たのには驚かされた。その思いは波乃にしてもおなじだったようで、顔を前方に向けてはいるが、目の焦点はあっていない。

やがて口を開くと波乃はしみじみと言った。

「あたしも信吾さんに言われて気付きましたけど、なんていろいろな出来事があって、たくさんの人と知りあえたことでしょう、あたしたち。相談事を解決できなかったことのほうが多かったですけど、悩みが消えたときのお客さんのうれしそうな顔を見せられたら、ああよかった、この仕事を続けようと思わずにいられないですもの」

いつもの波乃にもどっていた。

本心から怒ったのではなく、怒った振りをしただけかもしれない。夫婦になって一年、なんとかやってこられたけれど、ここで気を緩めてはならない。一年の記念日だからこそ、手綱を締めておくべきだ、と。

「あたし、信吾さんのお嫁さんになって本当によかった」

「なんですか、今さら」

波乃の急変に信吾は思わず警戒したほどだ。

「ありきたりな商家の嫁になっていたら、こんなにいろんな人と知りあえなかったですもの。だって将棋会所のお客さんもそうですけど、相談にお見えの人と話していると、世の中には実にさまざまな人がいるのだなあって思わずにいられないわ」

自分がまともな女でないのがわかっているから、まともな男の嫁にはなりたくないと波乃は宣言した。だから押し掛け同然で信吾の女房になったと、半ば自慢そうに幼馴染《おさななじみ》に話したことがあった。とすると思っていた以上の成果が得られ、満足しているということなのだろうか。

「さまざまな人と言ったってごく一部だよ。だって人はみんなちがうんだから。生まれや育ちがちがえば、感じ方から考え方、付きあっている人もみんなちがうからね」

「でも商家の奥さんになったら、周りにいる人はほとんどおなじ顔ぶれだし、ちょっと風変わりな人や、とんでもないことに巻きこまれた人なんかとは、滅多に知りあえないでしょう」

「相談屋を続けていれば、まだまだいろんな人と知りあえるだろう」

「もっとたくさんの人と知りあいになりたいわ、あたし。相談に来る人って、情が濃《こま》やかな人が多いって気がするの。なぜでしょうね」

「思い余って相談に来るってことは、悩みに悩んで、悩み抜いて解決できず、自分の周りに相談できる人もいないからだろう」

「そうですね」

「かなりの人の相談を受けたけれど、世の中の仕来りや箍《しがらみ》に雁字《がんじ》搦《がら》めになったとか、人との関係にいろんなものが複雑に絡みあって身動きが取れなくて悩んでいる人。世の中のことと人とのことが、ややこしく重なりあって二進《にっち》も三進《さっち》もいかない人。そういう人たちだからこそ、なにかと考えさせられたのだと思う。だからそういうことのなかった人よりずっと、情が濃やかになる、ならざるを得ないと思うんだ」

「どういうことでしょう」

「なにごとかにぶつかって悩む人は、どうしても自分を見直さなければならない。そして自分と、自分に関わる人たちの、良い面も悪い面も見ることになる。世の中や人に関して悩まずにすんでいる人より、遥《はる》かに深く見ざるを得なくなると思う。だから自然と他人の気持の微妙な襞《ひだ》に、気付けるのではないだろうか」

「だから悩みがなくなってからも、あたしたちと話そうと会いに来てくれるのかしら」

「波乃はますますこの仕事を続けよう、多くの人の悩みや迷いをなくしてあげたいと思ったんじゃないのか」

「言いたかったことを先に言われちゃいました、信吾さんに」

二

客が姿を見せる時刻になったので、信吾は将棋会所に出向いた。

客たちと挨拶を交わして空いた席に坐ると、常吉が信吾の膝まえに湯呑茶碗《ゆのみぢゃわん》を置いた。そのときチラリと顔を見たのは、常吉が母屋を出たあとで、波乃とひと悶着《もんちゃく》あったのではないかと思ったからだろう。平静な信吾を一瞥《いちべつ》して、安心したという表情になったので、ついからかいたくなった。

「なんだか、がっかりしたようだな」

「えッ、どういうことですか」

「引っ掻き傷で顔中が蚯蚓腫《みみずば》れになっていると、思っていたんじゃないのか」

目を瞬《しばたた》いたが、言われた意味がわかったらしい。

「そんなことありませんて。ある訳ないじゃないですか。思いもしませんでした。考えられませんよ、てまえにはとても」

「ムキになって言葉を並べるところが、なんとも怪しい。どうやら図星だったようだな」

「顔が蚯蚓腫れとはおだやかじゃありませんが」と、横から笑い掛けたのは甚兵衛であった。「とすると席亭さんは、ようやく一人前になられた訳ですね」

「いえ、てまえなんか、甚兵衛さんの目には半人前にも映らないのではないですか」

「謙遜なさることはありません。ですが一年でようやくとなりますと、席亭さんはかなり晩熟《おくて》ですな。普通は半年前後、早い人は二、三ヶ月で一人前になりますから」

「一年でようやくって、一体どういうことですか」

「派手な喧嘩《けんか》をして初めて一人前の夫婦、ということなんですがね」

「なんだ、そういうことですか。夫婦喧嘩でしたら、しょっちゅうやっていますよ」

「あんなのは言っちゃなんですが、とても夫婦喧嘩とは言えませんよ。夫婦喧嘩の風上にも置けませんね。なぜなら席亭さんと波乃さんのあれは、仔犬《こいぬ》か仔猫のじゃれあいみたいなものですから。ところが祝言を挙げて一年にしてようやく、引っ掻き傷で顔が蚯蚓腫れにってとこまで漕《こ》ぎ着けた訳でしょう。まずはおめでとうございます」

「ちょっと待ってくださいよ、甚兵衛さん。てまえの顔をよくご覧ください。どこに蚯蚓腫れができていますか」

「ああ、それは言葉の綾《あや》というものです」

「言葉の綾と言ったって」

とそこで信吾は打ち切ると、首を横に振った。どう言ったところで、言《い》い包《くる》められるとわかったからだ。

「顔はなんともなくても、心は見るも痛々しい蚯蚓腫れ」

「凄腕《すごうで》の相談屋として知られる信吾さんも、こういうことにかけちゃ甚兵衛さんの敵ではありませんね」

笑いながら会話に加わったのは、「駒形」では甚兵衛と一、二を競う強豪の桝屋良作である。

「敵もなにも、端《はな》から太刀打ちできる相手ではないですから」

「まあ、いいではないですか。甚兵衛さんが一人前の夫婦になられたと認めてくれたのですから」

桝屋はおもしろくてならないという顔をしているが、甚兵衛も愉快らしく相好を崩しながら言った。

「夫婦になって一年となりますと、当然ですがお祝いはしたのでしょう」

「え、いや」

信吾が狼狽《ろうばい》気味になって言葉を濁すと、横から常吉が身を乗り出すようにして言った。

「もちろんです。今朝のご飯には、鯛の尾頭付きが出ました。それから鰊の昆布巻き」

と言ってから、常吉はあわてて付け足した。「旦那さまと奥さまだけでなく、小僧のてまえにもおなじものを出してくれましてね。すごいでしょう」

「それは豪勢なお祝いですな。さすが浅草切っての鴛鴦夫婦《おしどり》」

そのころには常連客のほとんどが姿を見せていて、にやにや笑いを浮かべながら聞いていた。お蔭で信吾は、さんざんからかわれたのである。

ハツが祖父の平兵衛《へいべえ》といっしょにやって来たのは、五ツ半（九時）ごろであった。

「みなさんおはようございます。信吾先生おはようございます。常吉さんおはよう」

明るい声にだれもが挨拶を返したが、勘が鋭いハツは、その場の空気がいつもとちがうことを感じ取ったようだ。

「あら、なにか変ですね。お話が弾んでいたのではないですか」

「さすがハツさんは鋭い。しかし、いくら鋭くても、なぜ話が弾んでいたかの理由まではわからんだろうがね」

物識《ものし》りを自認している島造がそう言うと、そそっかしい楽隠居の三五郎が同意した。

「そうだ。いつものような読みの鋭さで、なぜだかをハツさんに読み切ってもらおうじゃないですか」

「弱っちゃったな。そんな、急に言われてもわかる訳ありませんよ」

「そう、普通の人にはね。だけどハツさんはべつだ。なにしろ、女チビ名人なんだから」

島造は追及を緩めない。

「うーん」

珍しくおおきな唸《うな》り声《ごえ》をあげ、ハツはその場の全員の顔を順に、真剣な目で見始めた。

「それより、皆さん」と、信吾はなんとか話題を逸《そ》らそうとして言った。「ハツさんが登場したのですから、この辺で本来の将棋会所にもどろうではありませんか」

ハツが加わったことで場が明るくなり、盛りあがりを見せたのに、信吾はなぜか違和感というか、普段とちがう空気を感じていた。

「席亭さんが冷汗を掻きながらおっしゃっているのだから、顔を立てねばなりませんね」

甚兵衛がそう言ったときハツが手をあげた。

「あッ、ちょっと待ってください」

「さすがハツさんだ。わかりましたか」

しばらくは島造とハツの遣り取りになって、ほかの者は笑いながら聞いていた。

「わかりません。わかりませんけれど、もしかしたら信吾先生のことで、話が盛りあがっていたのではないかしら」

「なぜ、そう思ったのだね、ハツさん」

「信吾先生があわて気味に話を逸らそうとなさったし、先生が冷汗を掻いていると甚兵衛さんが言われたでしょう」

「さすが鋭いなあ」

「でも、それだけじゃありません」

「どういうことかね」

「だって、今日は二月二十三日ですもの」

その日に仮祝言を挙げたのを知っているのは甚兵衛と常吉、それにごく一部の常連だけである。ほとんどの客が気付いたときには、信吾と波乃はいっしょに暮らしていたのだ。

信吾はハツの鋭い読み、というか記憶に感心した。

「なんだね、ハツさん。二月二十三日って」と、三五郎が訊いた。「お釈迦《しゃか》さまの涅槃《ねはん》会《え》は十五日で、天神《てんじん》さまの祭礼が二十五日。二十三日は、そうか、ハツさんの生まれた日なんだろう」

三五郎が的外れなことを言ったので、信吾は苦笑せざるを得なかった。ハツの誕生日だからといって、信吾と波乃が鯛の尾頭付きで祝うことなどある訳がないからだ。

「ちがいますよ、三五郎さん。信吾先生、席亭さんがですね、波乃さんと祝言を挙げていっしょになられた日じゃありませんか」

言ったハツの声の不機嫌さに、三五郎はいかにも大袈裟に掌《てのひら》で額を音高く叩《たた》いた。

「そうでしたか。知らなかった。あたしゃ、去年の今ごろは旅に出ていたから」

全員から祝いを述べられ、さすがに照れてしまって信吾はつい膝立ちになった。

「将棋会所『駒形』の席亭でございます」と言うと何人もが拍手したので、信吾は両手で抑えながら続けた。「先ほども申しましたが、みなさまはよくおわかりですね。ここは将棋会所ですよ。ところで将棋会所とは、なにをするところでしょう」

「将棋を指すところ」

「さすが素七《そしち》さんはおわかりです。みなさまここは将棋会所ですから、どうか対局を楽しんでいただけないでしょうか」

言われて客たちは、苦笑しながら盤に向かった。

信吾は自分が違和感を覚えた理由に思い至った。源八の顔が、周囲に頓着しない陽気な声が欠けているからだと気付いたのだ。

スミの懐胎と源八の仕事探しの件で、どことなく居辛《いづら》くなったのか姿を見せなくなった時期があった。このあと源八は、兄の宗一の「清水屋」で働くことになる。

将棋会所「駒形」の開所以来の常連であった源八の存在がいかにおおきく、掛け替えのないものであったかに、今さらながら信吾は気付かされたのである。

ハツは大人たちから対局を望まれることが多く、毎朝だれかが待ち受けている。ところが今朝にかぎっては、客たちはだれも相手が決まっていた。そんなときハツは力量のある人たち、将棋大会で上位に入った人の対局を観戦することが多い。

　であれば久し振りに相手をしてやるかと信吾は思ったが、ハツは空いた席に移って、一人で駒を並べ始めた。

　しばらくして背後を歩きながら盤上に目を遣ると、駒の配置には記憶があった。やはりそうかと信吾は納得した。

　将棋家元である大橋《おおはし》家の御曹司が、龍之進《たつのしん》の偽名で「駒形」に来たことがある。父親に「驕《おご》っておってはそこで頭打ちになる。武者修行をしてまいれ」と言われ、将棋会所を廻っていたらしい。どこでも席亭を負かしたが、唯一の例外が信吾の営む「駒形」であった。

　龍之進と名乗った若者は初めて、町の将棋会所の席亭に敗北したのである。しかし負けるべくして負けたとわかったらしく、屈辱を覚えなかったとのことだ。むしろ信吾の考え方や教え方に共感し、七の付く日には「駒形」に通うようになった。

　ところが何度目かに、ハツを指名して対局を始めたところに家士が呼びに来た。御曹司が十歳ほどの子供、それも町人の女児と対局しているのを知って家士は仰天した。

　そんな自分勝手な振る舞いを続ければ勘当されるので、当分は会えないと言って龍之進は帰って行った。だがそのとき正直に、信吾に事情を打ち明けたのである。

信吾はハツに、最終局面とそこに至る運びを記録しておくように言った。龍之進がやって来たときに勝負を再開できるようにとの思いで言ったのだが、それがあり得ないことはわかっていた。

序盤ということもあって指し手も多くないので、棋譜を見なくても頭に入っているのだろう。ときどき並べているということは、ハツは龍之進が続きを指しに来てくれると信じているにちがいない。とすれば棋譜を記録させたのは、少し酷だったかなと思わざるを得なかった。

ところが並べ終えたハツは、いつまでも盤面を睨み付けたままである。

「あのときのだね」

見られていたとは思いもしなかったのだろう、ハツは信吾を見て顔を赤くした。

「将棋は三手読みが大事だと言われている」

「三手読みですか。初めて聞きました」

「自分がこう指すと相手がこう受ける、すると次に自分はこう指すという、考え方の大《おお》本《もと》になる三手なんだ。言えば簡単だけど、これが大切で、そこでまちがうと何手先まで読んでも、意味がなくなってしまう」

言われたことが理解できなかったからだろう、ハツは小首を傾《かし》げた。

「三手読みはとても大切だけど、相手がいなくては意味がない。自分の手に対して相手はこう指してくるだろうから、とすれば自分はこう指す。そこまでは素早く考えなければならない。まず三手だ。そのあとは考えなくていい。手はいくらでもあって、相手がどう指すかわからないからね。相手の差す手に対して、自分の指す手もかぎりなく生まれる」

ハツは畳に目を落としてしばらく考えていたが、ほどなく顔をあげた。どうやら言われた意味がわかったようだ。

「考えても意味がないということですか」

「意味がないとは言い切れないけれど、将棋は二人で指すものだからね。その相手がいなくては」

「将棋にならない」

「そういうことだ。龍之進さんがお見えになったら、いつでも対局できる心構えはしておかなければならない。それより、いつお見えになってもいい勝負ができるように腕を磨いておくことだね。どうだハツさん、久しぶりに指してみるか」

「え、いいんですか、信吾先生。わッ、うれしい」

ハツは十二歳の少女の顔にもどって、満面に笑みを浮かべた。

三

自分がこう指せば相手はこう、でなければこう、あるいはこの手で来るかもしれない。であれば自分はこのように応じる。もしもこっちの手で来たらこうしようか、それとも裏を掻く手のほうがいいか……。それはだれもが考えるし、常にやっていることである。

ところが信吾が三手読みについて話してからのハツは、自分、相手、さらに自分、それぞれの指し手を考える幅が、一気に拡《ひろ》がったのがわかった。一手一手に時間を掛けるということではない。たしかに長めに考えることもあったが、全体としては一手に要する時間はずっと短くなっていた。

まるで相手の指し手を読み切っていたかのように、間髪を容《い》れずに応じることが多くなった。そしてわずかな期間で、何人もの人との力関係を逆転してしまったのである。健闘しても三度か四度に一度勝てればよかった相手に、五度対戦すれば三度とか、三度に二度勝てるようになっていた。

「席亭さんはお強いだけでなくて、教える面でも一流、超の付く一流でございますね。ともかく、ハツさんの上達振りには目覚ましいものがあります」

感嘆したように言ったのは甚兵衛である。

「いや、てまえの教え方ではなくて、ハツさんの秘めた力が素晴らしいからだと思いますけど」

「当然です。いくら教えても、箸にも棒にも掛からぬぼんくらもいますからね。ですが能力を秘めていても、本人の努力だけでは伸びに限度があります。力を巧みに引き出せる人がいなくてはなりません。席亭さんはそれができる方ですよ」

「それより甚兵衛さん、ハツさんは教え方がてまえなどよりずっと上手でしてね。手習所が休みの日には、朝は常吉が直太、午《ひる》すぎはハツさんが紋ちゃんと対局して、それをほかの子供たちに見せていますが、どの子も驚くほど力を付けています。甚兵衛さんも一度ご覧になられるといいですよ」

「紋ちゃんが通い始めてほどなく、ハツさんが教えているのを小耳に挟んで感心しました。勝負の大局観といいますか、戦っている局面だけでなく、常に盤全体に気を配っていなくてはならないことを、十歳かそこらの女の子が口にしたのですからね」

「あれにはてまえも舌を捲《ま》きました。しかも教えていることがわかりやすく、みんなにちゃんと伝わっていましたから」

　子供たちが「駒形」に来るのは、手習所が休みの日だけである。小遣い銭を貯《た》めて席料に当てるとなれば、どうしてもそれが限度なのだろう。祖父が払ってくれるので、ほとんど毎日のように通えるハツは例外であった。

手習所の休みは月に四日か五日が多いが、「駒形」に通う子供たちの手習所の休みは一日、五日、十五日、二十五日となっている。

紋は兄の留吉に連れられて、仕方なく「駒形」にやって来た。ところがハツが大人を負かし、負けた大人が口惜《くや》しくてならないという顔をしているのを見て、見学に来たその日に通うことを決めていた。その眼《め》が輝いていたのは、いつか兄を負かしてやるとの思いのせいだろう。

信吾が子供たちについて甚兵衛と話した、その次の手習所の休日のことである。

相談の客も来なければ調べ事もなかったし、対局の希望者もいなかった。信吾は、朝は常吉が直太を、午後はハツが紋を教えるところをじっくりと見た。そして直太も紋も、予想を遥かに超えて力を付けていることに驚かされたのである。

紋を教え終わったハツが、「ちょっと風に吹かれたい」と言い残して庭に出た。信吾はさり気なくあとに続いた。

「ハツさんは教え方が上手だと甚兵衛さんが感心していたけれど、紋ちゃんがあんなに強くなっているとは思いもしなかったよ。甚兵衛さんの言うとおり教え方がいいからだな」

「あたしの教え方より、紋ちゃんの気持のせいだと思うけど」

「気持って」

「紋ちゃんには意地があるから」

「だったら思い切ってやらせてみるか。留吉といい勝負ができて、もしかしたら勝てるんじゃないかと思ってね」

「まだ早い……です」

「覚え始めて半年余りだよ。それでいい勝負ができたなら、勝てなくても大変な自信になる」

「紋ちゃんはね、信吾先生。いつも兄貴風を吹かせて威張っている留吉さんを、コテンパンにやっつけたいの」

「しかし際どい勝負に持ちこめるだけでも自信になって、ますます稽古に励むようになるだろう」

「でも留吉さんも、尻に火が点《つ》いたら我武者羅《がむしゃら》になると思うんです。すると紋ちゃんは簡単には勝てなくなります」

「いいじゃないか、二人が競えば二人とも強くなれるんだから」

席亭の信吾はたとえ子供であろうが、客たちが切磋琢磨《せっさたくま》すれば会所全体の水準があがるので歓迎だが、ハツの思いはちがったようだ。

「あたしは紋ちゃんが、留吉さんをギャフンと言わせるところを見たいんです。留吉さんが妹の紋ちゃんに負けてべそをかくところを。それで留吉さんが、必死に将棋に打ちこむのはいいと思います。ともかく最初の勝負で紋ちゃんが、留吉さんをとことんやっつけるところを見たいの」

「なるほどね。だけど死に物狂いになって励む留吉を負かせる紋ちゃんを育ててこそ、ハツさんだと思うのだがな」

ハツは答えず、唇を噛《か》んで考えこんでしまった。

「直太も正太に勝てるんじゃないかな」

「多分」

「紋ちゃんが留吉に、直太が正太に勝ってごらんよ。みんな目の色を変えると思うよ。いや、子供だけでなく大人だってね。そういう中で勝てるようになってこそ、値打ちがあるとわたしは思う」

「あたしはいつも威張っている兄貴の留吉を、紋ちゃんがギャフンと言わせるところを見たいんだ。それが紋ちゃんの夢だから、夢をなんとしても叶《かな》えてあげたいの」

紋だけでなくハツの思いでもあるのだろうと信吾は思った。それまで留吉さんと言っていたのに、うっかり留吉と呼び捨てにしたのは、それがハツの本心だからにちがいない。

「勝負させるかどうかは考えてみるとしよう。たとえ勝てないとしても覚え始めたばかりでいい勝負をすれば、たいへんな自信になると思うんだがな」

またしてもハツは考えこんでしまった。


「直太は正太に勝てるんじゃないか」

夜の食事を終えて将棋会所にもどろうとする常吉に、信吾はそう訊いた。番犬「波の上」の餌を入れた皿を手にしたまま、常吉は立ち止まった。少し考えてから首を傾げた。

「やはりむりか」

「直太が普通にやれたら、勝てると思いますけど」

「普通とは」

「直太は絶対に正太を叩きのめしてやると意気込んでいますから、その思いが強すぎるだけに」

「力みすぎて、空廻りしかねないと言うのだな」

「旦那さまに棒術を教えてもらうようになってわかったんですけど、体のどこか、特に肩に力が入るとわずかですけど狂います」

「常吉にも、それがわかるようになったか。で、どう狂う」

「打つときは、打ちおろす場所がずれてしまいます。振るときも、横に真っ直《まっす》ぐ振ろうとしても上か下か斜めに行ってしまいます。突くときは力んでいなければ届くところまで、棒が伸び切らないのです。打つ、振る、突くのどれもわずか、ほんのちょっとの狂いですけど、勝負になったら取り返しのつかないことになるのではないですか」

「厭《いや》になるほど、うんざりするほど繰り返して、ようやくわかったんだろう」

常吉はこくりとうなずいた。

「それが稽古の意味だ。やってみて初めてわかるが、やらなければわからない。稽古は正直だから、やればかならず身に付く。だから怠るなということだ。で、直太は力むのか」

「はい、力みます。でも本人はそれに気付いていません」

「常吉なら力まないよう教えられるだろう」

「口で言えばわかります、直太は。だけどいざとなったら、つい肩に力が入ってしまうのです。少しまえのてまえもおなじでしたが、体が憶《おぼ》えるまでには随分と掛かりました。いえ、ようやくわかりかけたところかもしれませんけど。それに棒術と将棋では似たところもありますが、ちがうほうが多いですから」

「どこが似て、どこがちがうんだ」

思っていたより遥かにわかっているので、つい訊いてしまった。かなり考えてから常吉は答えた。

「棒術は頭で考えるより、ほとんどが体で決まります。だけど将棋は頭で、体はそれほど関係していないと思います。ですからてまえには、直太がわかるようにうまく説明できません」

「常吉は力むほうじゃないからなあ。となると、うまく言えないか。でも、むりをすることはないいし、がっかりすることもないぞ」

「えッ、どういうことですか」

「なにもかもが、おなじようにわかる訳ではないのだ」

「ますますわからなくなりました」

「子供が大人になるとき、どこもかしこもがおなじように大人になっていくのではない、ということだな」

「…………」

なにか言い掛けて言葉にならなかったが、当然かもしれない。信吾の言葉足らずな話し方では、わかる道理がなかった。

しかし信吾は、十四歳の常吉にわからせなければならない。これは思った以上に難問であった。

「子供は急に背が伸びることがあるかと思うと、痩せっぽちがわずかなあいだに、驚くほどふっくらすることもある。昨日までいくら頑張ってもできなかったことがすんなりできて、自分でも驚くことがあるはずだ。常吉はもう少しすると声変わりするだろうけど、これも人まちまちでね。掠《かす》れてほとんど声が出なくなって、そのあとで野太い親父《おやじ》さんの声になる者もいれば、それほど変わらないのに、いつの間にか大人の声になっている者もいるのだ。将棋だって急に攻めが鋭くなることがあれば、守りが固く粘り強くなりもする。相手が考えもしないような手が、次々と繰り出せるようになることもあって、いつの間にか強くなっていることが多いんだ」

そこで言葉を切って常吉を見たが、混乱し切った顔になっている。

「近いうちに、正太と直太を勝負させてみようと思う」

「本当ですか」

「意気込みが強すぎて、直太は力んで空廻りするかもしれないな。常吉が注意してもいいが、そのときはわかっていても、なにかあれば直太は自分を見失ってしまうだろう」

「なにかあれば、ですか」

「正太は自分が不利になったら直太をからかったり、気にしていることを言ったりして、かっとさせるかもしれないだろう。馬の耳に念仏と直太が聞き流せれば、正太の術に嵌《は》まらずにすむけどな」

母屋と将棋会所の境にある柴折戸《しおりど》の近くで、番犬が一声吠《ほ》えた。

「餌が遅いって波の上が催促していますよ。早く持って行ってやりなさい」

波乃に言われて、常吉は「お休みなさい」と挨拶すると足早に出て行った。

四

次の手習所の休日もいつもとおなじように、五ツ（八時）をすぎたころには子供たちの顔が揃《そろ》った。六畳の板の間で常吉が直太と対局して、それをほかの子供たちが取り囲んで観戦するのもいつもどおりだ。終わると常吉が直太の指した手の、良いところと悪いところを説明しながら教えた。

そして昼になると子供たちは家に食べに帰り、ハツは持参した弁当を祖父の平兵衛と二人で食べた。食べ終えて茶を飲んでいると、早くも子供たちがもどって来た。

九ツ半（一時）ごろになると、ハツと紋が板の間に対局の準備を始めた。すると周りに子供たちが集まる。

「みんな聞いてくれ」と、信吾は子供たちに言った。「今日はいつもとちがってというか、いつも以上に楽しいことをやろうと思うんだがな」

事情を察したらしく、ハツが信吾に強い目《きつ》を向けた。約束がちがうじゃないですかと言いたいのだろうが、信吾はこういう場合もあると思って、やるかもしれないとほのめかしておいたのである。

「楽しいことってなんですか」

だれもが目を輝かせて信吾を見あげている。

「楽しいことは楽しいことだ」

「それじゃわからん」

彦一《ひこいち》がまるで、仲間に対するような口調で言った。

「普通の楽しさではなくて、あッと言うような楽しさをみんなに味わってもらいたいので、わたしは飛びっきりの趣向を考えたんだが」と、信吾はなにか言い掛けた彦一を目顔で抑えた。「これ以上焦《じ》らしたら、多分みんなは怒るだろうな」

「怒る怒る、だれだって怒るよ」

「わたしが考えたのは特別対局だ」

ドッと沸いたのを抑えて、留吉が心得顔で言った。

「席亭さんとハツさんのかい」

表座敷と板の間の境の襖《ふすま》を開けて、甚兵衛が、そして桝屋良作が顔を見せた。ほかにも何人かの常連が続いている。

常吉が直太を、ハツが紋を教えるときは、子供たちが観戦するので騒がしくなる。対局中は静かだが、検討に入ると自由に自分の意見を言っていいことになっているからだ。そのため、子供客が集まる日の襖は締め切るようにしていた。

甚兵衛たちは、信吾がおもしろいことを考えているらしいので我慢できなくなったのだろう。

「ハツさんとわたしの対局なら、特別かもしれないけれど、飛びっきりの趣向とは言えないな」

「焦らすのはよくない癖だよ、席亭さん」

留吉の言葉に、子供よりも大人たちが噴き出してしまった。

「特別なだけでなくて、二つあるからな」

だれかが「ひゃー」と妙な声をあげたが、すぐに静かになった。信吾がなにを考えたのかに興味があったからだろう。

「一つはな、留吉と紋ちゃんの兄妹《きょうだい》対決だ」

ドッと沸いたが、信吾がにやりと笑ったので、騒々しさは一瞬で静まった。もう一つあることを思い出したからだろう。

ところが信吾より早く留吉が口を出した。

「席亭さん、そりゃまずいよ」

「なぜかな、留吉兄さん」

「だって勝負にならんもん。兄貴が妹を虐《いじ》めているようで、後味が悪いだろ。おいらの評判が悪くなる」

「良い評判が立っているとは知らなんだ」と言ってから、信吾は続けた。「それに、勝負はやってみなきゃわからんからな。もう一局は正太と直太兄弟の、正直対決だ。二面並べてやったほうがいいか。べつべつがいいか」

騒ぐと思って信吾が畳み掛けるように言うと、子供たちは顔を見あわせたが、答は火を見るよりも明らかであった。

「べつべつ」

「そのほうがいいだろう。あと出し彦一がいくら器用だからって、二面を同時には見られないもんな」

彦一はジャンケンがやたらと強く、まず負けたことがない。そのため仲間が口惜しがって「あと出し彦一」の渾名《あだな》を献上したのであった。信吾は彦一のジャンケンを見たことがあるが、決してあと出しではない。

勘が鋭く、手を振り出す瞬間に相手の手がわかるらしかった。勘のよさを将棋に活《い》かせればいいのだが、ハツや常吉は当然として、留吉や正太にも後塵《こうじん》を拝していた。

「ではまず、留吉と紋ちゃんからやってもらおう」

紋が唇を嚙み締めるのがわかった。

「妹だからって、容赦しないからな」

「それでこそ留吉だ」と、信吾はおおきくうなずいた。「盤をあいだに向きあったら全力を尽くすのが、相手に対する礼儀だからな」

ハツと紋が午後の対局のために駒を並べ終えていたので、紋の先番ですぐに勝負が開始された。

いつも威張っている兄をギャフンと言わせたい一念の紋は、物凄い意気ごみで、耳まで真っ赤にして盤に伸《の》し掛かるようにしている。

留吉の顔から薄笑いが消えたのは、十数手を指したころであった。思いもしなかったほど、妹が力を付けていることに気付かされたからだろう。容赦しないと豪語したのに負けてしまったら、それほどみっともないことはない。

もしも妹の紋に負けたら、兄貴風が吹かせないだけではないのだ。信吾やハツ、それに仲間たちに「妹に負かされた兄」という、なんとも情けない烙印《らくいん》を捺《お》されるのである。特別におおきな朱色の印を、それも額のど真ん中に。負けたならその屈辱に耐えねばならない。

留吉の顔は蒼白《そうはく》になり、ほどなく充血して赤くなった。妹の紋はすでに茹《ゆ》であがった蛸《たこ》のようになっている。

それがわかるからだろう、ざわざわしていた観客はいつの間にか静かになっていた。ただ息を詰めて、二人の一手一手に目を凝らすばかりだ。

中腰になった常吉が、そのままの姿勢でそろそろと移動して、土間におりると履物を突っ掛けた。母屋は廊下で繋《つな》がっているが、将棋会所は外後架になっている。小用に立ったのだと思い、信吾は盤面に目をもどした。

紋は留吉を何度も脅かし、あわやという場面もあったが、悪手を咎《とが》められて力尽きてしまった。

兄と妹が同時におおきな溜息《ためいき》を吐《つ》いた。

そこに常吉がもどって来たが、盤面を一瞥しただけで負けがわかったようだ。

「もう手はないだろう。負けたんだから、負けたと認めなよ」

盤上に身を乗り出したまま無言を通す妹に、留吉がたまりかねたようにそう言った。

だが紋は黙ったままだ。

ハツが「それご覧なさい」とでも言いた気な目で、信吾を軽く睨んだ。

ぽたぽたと音がした。紋の目から溢《あふ》れた涙が盤に落ちる音であった。

それに気付いた甚兵衛が、感嘆したように言った。

「紋ちゃん。口惜しくて泣いているのかい」と言ってから、甚兵衛は周りの人たちに笑顔を向けた。「この子はね、みなさん。紋ちゃんはきっと強くなりますよ」

負けた自分を慰めてくれていると感じたのだろう、紋は恨めしそうに甚兵衛を見た。

そして泣くだけでなく、繰り返ししゃくり始めたのである。

ハツが渡した手巾で紋は涙を押さえたが、手巾を離すとたちまち涙が流れ落ちた。

常吉が直太を部屋の隅に連れて行って、なにか耳打ちをしているのに信吾は気付いた。

続いて正太と直太の勝負になる。なにがあっても冷静で自分を失わぬようにと、忠告しているのだろうと信吾は思った。

「ハツさんが初めて『駒形』にやって来て席亭さんと対局したとき、負けてぽろぽろ涙を零《こぼ》しましたからね」とほとんどだれもが知っていることを、甚兵衛は周りの人に話した。「席亭さんは将棋会所で一番強い人で、十歳だったハツさんが勝てる訳がないのに、負けて泣いたんですよ。この子は強くなると思ったら、ぐんぐんと強くなりました。去年暮れの将棋大会では十一位ですからね」

「外部からの参加者をべつにすれば、五位でしたよ」

信吾が補足すると、甚兵衛はおおきくうなずいた。

「強くなると思っていたら、ハツさんは本当に強くなりました。紋ちゃんも強くなるでしょうね。われわれもうかうかしていられません」

いつの間にか紋は泣き止《や》んでいた。しかもその瞳は強い光を宿していたのである。ハツを信奉している紋は、自分がハツとそっくりだと言われて、それだけで気持が切り替わったらしかった。

「さて、楽しみだな。次の正直対決はどうなるかわからんぞ」

信吾がそう言ったので、全員が正太と直太を見た。正太は顔を強張《こわば》らせた。

紋が留吉に肉迫したのを見たばかりなので、ハツと常吉が教えている紋と直太が、思った以上に力を付けていることがわかったからだろう。留吉は辛《かろ》うじてではあったにしろ勝ったが、果たして自分は勝てるだろうか。勝てればいいが負けるようなことがあれば、なんと言ってからかわれるかわかったものでない。

対局前から動揺していては、影響が出ない訳がなかった。しかも盤を取り囲んだ、紋や直太とおなじところに通うようになった者だけでなく、少し年上の連中、いや大人までが直太を応援しているような気がしたにちがいない。つまりは周りが全部敵だと感じられたのだ。

動揺は想像以上だったらしく、二十数手で早くも正太の形勢は悪くなってしまった。かといって正太は引きさがる訳にはいかないので、焦りが加わったのだろう。信吾が予測したとおりになった。

「直太が最後に寝小便を垂れたのは、あれはいつだったっけ。それほどまえじゃなかったと思うが」

それを聞いた男児たちが、一斉に「ネションベーン」と囃《はや》し立てた。

「正太、対局に将棋以外のことを持ちこむのはご法度だ」と、信吾は釘《くぎ》を刺した。「繰り返すと、卑怯《ひきょう》だとか狡《ずる》いと言われても仕方がないぞ」

ところが理不尽な言い掛かりを付けられた直太が、蛙《かえる》の面に小便とばかり、どこ吹く風という顔をしている。

正太は当然だが弟の弱点を知り尽くしているので、次々と並べ始めたが不意にそれを打ち切った。自分の側に立っておもしろがっているとばかり思っていた周りの者の目が、いつの間にかすっかり冷ややかになっているのに気付いたからだ。

不利な立場の正太にすれば、とんでもない誤算だったことだろう。しかも直太は手を緩めない。すぐにカッとなって頭に血がのぼる弟がそれほど冷静では、兄としては手の打ちようがなかったはずだ。

なんとか足掻《あが》き抵抗したが、ほどなく正太は投了するしかなかった。

「どうだみんな、楽しかったか」

「楽しかった」

留吉と正太を除く全員が声を揃えて言った。泣きながらしゃくりあげていた紋は、まるでそんなことなどなかったかのように、爽やかな笑顔になっている。ハツがちらりと信吾を見たが、その目は「信吾先生には敵《かな》いません」と言っていた。

「だったらこれからも、おもしろそうな、楽しめそうな対局を思い付いたら、不意討ちで対局してもらうからな。いつ、どんな相手とでも勝負できるように、しっかりと腕を磨いておくんだぞ」

「今すぐでもいいよ」

「さっき七ツ（四時）の鐘が鳴っただろう。そろそろみんな帰る時刻だ。それに言っておくが、対局を決めるのはみんなではなくて席亭のわたしだ」

　子供たちは、わいわいとはしゃぎながら帰って行った。

「それにしても席亭さんは、子供の心を捉えるのがお上手ですなあ。将棋会所をやってはどうかと話を持ち掛けて正解でしたよ。てまえには、とてもあんなふうには言えません」

「そうじゃないですよ。大人に成り切っていないから、いや子供っぽいところが残っているから、仲間のように感じてくれるのだと思いますけど」

　甚兵衛は笑うだけでなにも言わなかった。


「直太になんてささやいたんだ」

　その夜、夕食を終えて茶を飲みながら、信吾は常吉にそう訊いた。

「え、なんのことでしょう」

　常吉は惚《とぼ》けているふうでもなかった。

「正太がまごつかせようとしてあれこれ言ったが、直太はまるで知らん振りしていつもどおりの将棋が指せたから、兄に勝てたんだろう」

「ああ、あのことですか。奥さまに綿を少しもらったんです」

「あら、あれは曰《いわ》く付きの綿だったのね」

波乃がそう言ったが、信吾には訳がわからない。

「どういうことだい。わたし一人が蚊帳の外みたいだけど」

「綿を丸めて耳に詰めるように、直太に言いましたから」

話を聞いてようやくわかった。

信吾は常吉が小用に立ったのだと思っていたが、母屋に廻って波乃に綿をもらったのである。常吉は直太が勝つと見ていたが、正太が弟を惑わすと言った信吾の言葉も、もっともだと思ったそうだ。

そこでいろいろ考えて、丸めた綿を耳に詰める案を思い付いたらしい。

「常吉は頭がいいのねえ。感心したわ」

「いや、そんな。猿知恵ですよ」

そのとき会所と母屋の境の柴折戸で、番犬が一声吠えた。

「いけない。波の上が餌を催促しているわ。早く持って行ってちょうだい」

波の上は餌が遅いと、常吉を急《せ》かせればいいことがわかったようだ。

足早に去る常吉のうしろ姿を見ながら、波乃が言った。

「猿知恵だなんて、三吉《さんきち》が聞いたら怒るでしょうね」

三吉は猿屋町《さるやちょう》代地《だいち》に住む猿曳《さるひ》き（猿廻し）の誠《まこと》が本仕込みしている、芸達者で頭のいい若猿である。

五

「許せよ」

九ツ半と思えるころであった。

格子戸を開けて入って来た武士を見て、信吾は思わず声をあげそうになった。会えればいいが、おそらく二度と顔を見ることはないかもしれないと思っていた龍之進が、目のまえに現れたからだ。

将棋家元大橋家には本家と分家がある。龍之進は本家の御曹司だが、龍之進が偽名であることは本人が信吾に明かしていた。だが信吾は、本人にも将棋会所の客にも龍之進で通している。

「よくぞお越しいただきました」

「龍之進さま」

八畳間でハツが、飛びあがるようにして立ちあがった。ほかの客たちも、「お懐かしい」とか「龍之進さま、お久し振りです」「会いたかったですよ」などと笑顔で挨拶した。龍之進は客たちに会釈を返す。

源八がいたらなんと言っただろうと、ふと信吾は思った。突飛なことか、味のある言葉か、さすが源八だと思わせることを言ったにちがいない。ここにその男がいないことが、信吾には妙に寂しく感じられた。

「ハッどのがいてくれてよかった。指し掛けのままにして、長いあいだすまなんだ。続きを指しにまいったのだ」

言いながらも龍之進は、気懸かりそうに格子戸と庭の板塀に目を遣った。以前、ハッと指しているところを塀の隙間から家士に見付けられ、連れもどされたという経緯《いきさつ》があったからだろう。

龍之進はハツや信吾と話したいだろうし、将棋客たちもそれ以上に龍之進と話したいはずである。しかし気配からして、家元である父親や用人らしい家士の許しをもらっているとは思えなかった。いや、すぐにも、前回呼びに来た家士が探しに来るだろう。

ハツや客たちはそこまで気が廻らないようであったが、信吾は素早く策を立てるしかなかった。

「龍之進さま、あたしと続きを指すためにいらしたのですか」

無邪気に問うハツに龍之進は笑顔で答えた。

「さよう。指し掛けにしたままでは、ハッどのに失礼だからな」

「わあ、どうしましょう。うれしい。あたし、うれしい」

ハツは顔を真っ赤に染めて、胸前で両手を握り締めた。

となれば信吾のやることは決まっているし、しかも素早く運ばねばならなかった。

「夢道《むどう》さん、誠に申し訳ありませんが、ハツさんとの勝負を指し掛けにしていただけませんか」

「かまいませんよ」

夢道は苦笑した。この状況では断ることなど、できる訳がないではないか。

「ありがとうございます」と礼を述べて、今度は甚兵衛に頼んだ。「龍之進さんとハツさんには、母屋で指してもらおうと思います。どなたかがお見えになるかもしれませんが、龍之進さんは来ていないと言ってください。みなさんもよろしくお願いします。それから常吉」

「はい。席亭さん」

「大黒柱の鈴を二度、鳴らしておくれ」

母屋の波乃に来客ありの連絡であった。常吉はうなずいて、すぐに大黒柱に向かった。

「信吾先生」と、ハツが訊いた。「将棋盤と駒は持って行きましょうか」

「いや、かまわない。母屋にも一式揃えてあるから」

時折、信吾が棋譜を見ながら検討するためのものである。

信吾は龍之進とハツを急かせ、会所の庭を抜けて柴折戸から母屋側の庭に入った。待ち受けていた波乃が、八畳間に素早く座蒲団《ざぶとん》を並べる。茶を淹《い》れるために、湯を沸かしているはずであった。

「ようこそいらっしゃいました」

「龍之進さまとおっしゃる」

と言ってから、信吾は波乃を龍之進に紹介した。

「事情があるので、今日はハツさんとこちらで対局していただくことになった。将棋盤と駒を出してください」と波乃に言ってから、信吾は龍之進に詫《わ》びた。「うっかりしていました。刀掛けを忘れましたので、お腰の物は床の間に置かしてもらいます」

遺漏なきつもりでいたが、珍客到来で信吾も舞いあがっていたようだ。龍之進が鞘《さや》ごと抜いた大刀《たち》を両手の袖で受けると、信吾は床の間に置いた。

波乃が将棋盤と駒を八畳座敷の中央に据えると、ハツが双方の駒を並べ始めた。

並べ終えたハツは素早く駒を動かして、前回の盤面を再現した。

「では、ごゆっくりとお楽しみください。てまえは将棋会所にもどるとしましょう。お家のどなたかがお見えになられるかもしれませんので、そのときは上手《うま》く言っておきます。ですから安心して対局なさってください。それでは」

龍之進にちいさく頭をさげると、信吾は表座敷の八畳間を出た。

信吾が会所にもどってほどなく、初老の武士があわただしくやって来た。それを予測して、信吾は六畳間の土間寄りの席で、見るともなく客たちの対局を見ていたのである。

「許せよ」

甲高い声に振り返ると、過日の家士であった。急いだためだろう、鼻の頭と額に薄《う》っすらと汗を浮かべている。

「おお、そのほうだ」

「どちらさま」と惚けてから、信吾はなおも相手を訝《いぶか》しそうに見た。「……あ、これは失礼いたしました。先だって若さまをお迎えに来られた」

「まいったであろうが」

「若さまが、でしょうか。いえ、お見えにはなっておられません」

「まことか」

「このまえお帰りの節、なんとしてもまいるとおっしゃったので楽しみにお待ちしていたのですが、一向にお見えにならないのでどうなさったのかと。牛込御門《うしごめ》の近くに御屋敷があると申されましたので伺おうかと考えたのですが、牛込御門近くの御旗本の御屋敷というだけでは探しようがありませんものですから」

家士は疑わしそうな目で、信吾を凝視したままである。

「若さまがこちらにいらっしゃると」と、信吾は満面の笑顔となった。「そうおっしゃったのですね」

信吾の笑顔を目にして、家士はどうやら龍之進が来ていないことを信じたらしい。芝居だと見抜かれなかったので、信吾は胸を撫《な》でおろした。

「若さまがまいられたら、すぐにおもどりになるよう伝えてくれ。でなければ今度という今度は勘当だと、家元が烈火のごとくお怒りだとな」

「家元さまと申されますと」

「あ、いや」と、家士はなぜか狼狽した。「そのほうの聞きちがいであろう。家の者と申したのだ」

「家の者、家元、家元、家の者、なるほど紛らわしいですね。ところでおもどりにならねば勘当と申されましたが、刻限はどのようになっておりますでしょう。いえ、お見えになられたら正確なことをお伝えしなければなりませんから。それも勘当絡みとなりますと、とても曖昧にはできません」

信吾がそこまで喰《く》いさがるとは思っていなかったのだろう、家士はかなりの戸惑いを見せた。

「屋敷の門限時刻だ」

「と申されますと」

「六ツ（六時）である」

「若さまはお気の毒なことに、勘当されるかもしれませんね」

「なにを申す。六ツまでにもどればよいと申したであろう」

信吾は桝屋良作が言っていたことを思い出した。

「ここ浅草黒船町から牛込御門の近くまでとなりますと、道順にもよりますが片道で二里（七・八キロメートル強）はなくとも、一里半（五・九キロメートル弱）ではきかないでしょう。半刻《はんとき》（約一時間）ではとてものこと、もどることはできません。明るいうちにお見えになればよろしいが、夕刻になるとおもどりは門限をすぎるでしょうから、お気の毒に龍之進さまは勘当でございますよ」

「多少の融通なら利くようにしておく。四ツ（十時）までなら、門番が耳門《くぐり》を開けることもできるのだ」

「わかりました。お見えになられましたら、直ちに御屋敷におもどりをと伝えます」

「頼んだぞ」

格子戸を開けて外に出た家士の足音が聞こえなくなるまで、だれも彫像のように微動もしなかった。

「今日はもう来ないでしょうな」

溜息とともに言った甚兵衛の言葉に、信吾はおおきくうなずいた。

「おそらく。あの感じでは龍之進さんは、さっきの方をどこかで撒《ま》いてから、こちらに来られたのだと思います。ですからあの方はほかの将棋会所とか、立ち寄りそうな所を次々と当たるでしょう。だからもう、ここへは来ないと思います。常吉」

「へい」

「わたしは母屋のようすを見て来るとしよう。もしさっきの人が来たら、大黒柱の鈴を四回続けて鳴らしてくれ、わたしがもどって相手するから」

「わかりました」

返辞を聞いて、信吾は母屋に向かった。鈴の合図は一回が食事の用意ができた、二回が来客あり、三回がその他である。だが四回鳴らされることはないだろう。

六

信吾が母屋にもどると、龍之進とハツが黙々と対局を続けていた。

ふしぎに思ったのは盤側を少し離れて、波乃が観戦していたことである。いや将棋を知らないので観戦ではないだろう。対戦する龍之進とハツに、強い関心を抱いたからにちがいない。二人に茶を出してそのまま居坐ったようだ。

あるいは将棋に興味を抱いたのなら、教えてもいいと信吾は思った。客には大人だけでなく子供もいる。駒の並べ方と進め方を教えれば、あとは自分で相手を探しながら腕をあげてゆくだろう。

いいのだろう。

「蔵太夫《くらだゆう》が来たようだな」

盤面に目を落としたままで、龍之進が静かに言った。生垣と庭に隔てられているが、その耳は家来の声を捉えていたようだ。甲高いからか、でなければ龍之進の耳が特別にいいのだろう。

龍之進が名を言ったので、家士の名は蔵太夫だとわかった。

「てまえどももお越しになるのを待ち望んでいるのに、一向に来ていただけませんとの旨を伝えましたら、すなおな方で信じていただけたようです。ただ、六ツの門限までにもどらねば、今度こそ勘当とのことでしたよ」

「信吾がなにも知らんので、蔵太夫のやつ脅しおったな。今ではすっかり事情が変わっておる。できるものなら勘当するがいい、と言ってやるさ」

「しかし、将棋会所『駒形』に来られたことがわかれば」

「勘当になるかもしれんな。それだけは知られてはならん」

「龍之進さまは蔵太夫さんを撒いて、こちらに来られたんでしょう。ご立腹されていると思いますよ、蔵太夫さん」

「気が付いたら姿が見えなんだが、どこではぐれたのだ蔵太夫。おまえを探して江戸中を歩き廻ったゆえ、足が棒になってしもうた、と言えばすむ」

「半年ほどのあいだにすっかり悪賢くなられましたね、龍之進さま」

「前回ここに通っておるあいだに、信吾の悪《あ》しき色に染まってしもうたらしい」

「知恵だけでなく、口も達者になられたような気が致します」

盤面を見るとハツの敗色は濃かった。将棋家元の御曹司が相手では、いくら女チビ名人でも歯が立たないのは当然のことだろう。

前回、対局を中断した行き掛かり上、ケリを付けに来ただけのことなのだ。それにしても律儀な男である。

「負けました。龍之進さま、どうもありがとうございました」

ハツが深々と頭をさげた。

「いや、楽しかった。ハツどのは筋がいい。励めば相当なところまでゆくであろう」

そのとき、金龍山《きんりゅうざん》浅草寺弁天山《べんてんやま》の時の鐘が八ツ（二時）を告げた。

龍之進は少し迷ったようだが、信吾に目を向けて悪戯《いたずら》っぽく笑った。

「この時刻なら、双方が長考をせぬかぎり門限に遅れることはあるまい。どうだ、一番」

「望むところです」

「いかがいたした」

「どういうことでございましょう」

「笑いを浮かべたが、返り討ちに致してやるとでも思うたか」

「滅相もない。てまえとハツどのだけが龍之進さまにお相手してもらえたと知ったら、向こうの、将棋会所の連中がどれほど口惜しがるかと思うと、つい笑みが洩《も》れました」

「ふふふ、上手く躱《かわ》したつもりであろうが、将棋に関してはそうはまいらぬぞ。かれは昔のかれならず、と言う」

「勝負なさるのでしたらお茶を淹れますね」

お辞儀をすると波乃は八畳間を出た。

前回、信吾は龍之進に二連勝している。見栄《みえ》もあっての精一杯の台詞《せりふ》だろうと高を括《くく》っていたのだが、龍之進は半年余りまえの龍之進とはまさに別人であった。信吾は攻めて攻め切れずに息切れしてしまい、その結果として護《まも》るに護り抜けず、龍之進に惨敗を喫したのである。

「まいりました。完敗です。吹っ切れたようでございますね、龍之進さま」

「どうやら、お見通しのようだな」

「迷い、ためらいが、まるで感じられませんでした」

「迷いか。まさに迷っておったな。迷いに迷い、惑いに惑っておったのだ。初めて『駒形』に足を運んだとき、『驕っておってはそこで頭打ちとなる。武者修行をしてまいれ』と父に言われたと、信吾に話したはずだ。驕っておるつもりは微塵《みじん》もなかったが、父の目には自分を見失っておると映じたゆえ、世間の風に吹かれるがよいと言われたのであろう」

「自分で制御できないくらい、迷われていたのですね。だから、わたしでも勝てたのだと思います」

「なにを言う。まぐれで勝てるものか。信吾には二連敗したのだぞ」

龍之進が初めて「駒形」に来た日は、信吾が相手をした。対局は客同士で話しあって決めるが、初回は席亭が相手して力量の近い客を紹介すると言ってある。そのときは信吾が勝った。

二回目は三日後の二十七日に、龍之進は九ツ半を四半刻（約三〇分）ほどすぎてやって来た。その時は第一回将棋大会優勝者の桝屋良作と対局し、龍之進が勝った。

三回目の翌月七日は朝からやって来て、二十七日の桝屋との勝負を並べ直して検討し、その後、甚兵衛に勝っている。そして午後、信吾と二度目の対局をしたが、それが龍之進の喫した二敗目となった。

「なんとか勝てましたが、勝てたというより負けなかったと言ったほうがいい辛勝でした。龍之進さまが、迷いから抜けられる直前だったのでしょうか」

「いや、まだまだ迷い、惑っておった。むしろ信吾のほうが不調と言うか、迷っておったのではないのか。わしが立ち直れたのは、四回目になってでな」

「あの日は、ハツどのと差し掛けとなりましたが」

声をあげてから、ハツはあわてて口を手で押さえた。まさか自分に話が及ぶとは、思ってもいなかったのだろう。

四回目となった十七日、五ツを半刻ほど遅れて「駒形」に来た龍之進は、ほどなくやって来たハツを対局の相手に指名した。ところが開始して間もなく家士が現れて、連れ出されたのである。

「勘当を持ち出されてはどうしようもない。当分来ることはできんと思うたので、駒形堂の裏手で信吾に事情を打ち明けることにしたのだよ」

「なるほど、あのときに」

「なぜわしは、数度会っただけの信吾にあんなことまで打ち明けたのか、今でもわからんのだ」

「えッ」

将棋家元の大橋家では、三歳になった嫡男に対し、重要な儀式をおこなう。

盛装して坐らされた嫡男のまえには、布を掛けられた檜材《ひのきざい》の台が置かれている。布が取り除かれると、等間隔に小刀、筆、将棋の駒が並べられていた。

龍之進が摑《つか》んだのは将棋の駒で、家族がどれほど喜んだか知れない。駒は王将、金将、角行、飛車、そして歩兵の五枚だが、龍之進が手にしたのは王将であった。

将棋家元の嫡男が、迷うことなく王将を摑んだ。家元や家族、高弟たちが狂喜したのもむりはない。将来の名人が約束されたも同然だと思ったはずである。

　これは儀式としておこなわれているが、嫡男はまちがいなくと言っていいほど駒を手にした。なぜなら小刀や筆とちがって、駒は日頃見慣れているので、ほぼたがわずに駒を摑むのである。小刀や筆を手にするのは、見知らぬ物が置かれているが、なんだろうと疑問に思ったときぐらいだろう。

　それはともかく、龍之進はためらうことなく王将を握った。

「その過大な期待が、どうしようもない重石《おもし》となっておったのであろうな」

「それを話してくださったということは、長年の重荷が取り除かれたからですね」

「いや奇妙でならぬが、あのおり信吾と話しているうちにいつしか消えていたのだ」

「わたしと話していて、ですか」

「心を入れ替えて将棋に励まねば勘当されますよと蔵太夫に言われては、わしは従うしかなかった。あのとき信吾は、このわしになんと言ったか憶えておるか」

「はい。言葉の一つ一つまでは憶えていませんが、なにを話したかは」

「わしは、はっきりと憶えておるぞ。頭に刻みこまれたからな」

　と言って龍之進は、すらすらと信吾の喋《しゃべ》った言葉を繰り返した。

「お嘆きになることはありません。龍之進さまは昨日までの龍之進さまとはちがって、信吾という訳のわからぬ男と知りあって、まったくちがう世界を見てしまいましたから。

昨日までのように生きようと思っても、もはやそれはできません」

笑いながら信吾にうなずいて見せると、龍之進は続けた。

「龍之進さまには将棋家元というものが、その世界が、これまでとはまるでちがって見えるはずです。そうすれば三歳の正月に迷わず王将を摑んだほどの男です。そこに次々と、新しいものを見出《みいだ》さずにおくものですか」

信吾は突然、その日の大川の川面《かわも》を思い出した。大川は陽光を反射して、戯れるように光り輝いていたのである。

「信吾の言葉を聞き終えたとき、わしは三歳の正月からずっと苦しめられ続けた重石が、跡形もなく消えているのに気付いてな」

塒《ねぐら》を目指してだろう、烏《からす》の群が啼《な》きながら空を横切って行く。

迷いが跡形もなく消え、心の切り替えができたということだろう。龍之進は自分を取りもどすことができたと信吾に伝えるため、蔵太夫を撒いて「駒形」にやって来たのだ。

「さて、楽しいひとときをすごさせてもろうた。蔵太夫がさぞや気を揉《も》んでおるであろうゆえ、引き揚げることにするか。ハツどの励まれよ」

「はい。龍之進さま」

「お茶をお持ちしました」

波乃が、急須と湯呑茶碗を並べた盆を持って現れた。

「せっかくだからいただくとしようか。あのころとちごうて、多少遅くなっても勘当されることはない。なにしろ将棋一筋に、まじめに励んでおるからな」

「蔵太夫さんを撒いて、将棋会所に来ながらですか」

「なに、ちょっとした微行《おしのび》だ」

「それを聞いて安心しました。龍之進さまとわたしでは、まじめという言葉の意味が正反対なのかと思いましたから」

せっかく楽しい龍之進と知りあえたのに、ときどき会えるどころか、もしかするとこれが最後になるかもしれない。

「いかがいたした、信吾。元気がないが」

「いえ。二度と会えなくなるかもしれないと思うと」

「馬鹿を申せ。あの折に言《ゆ》うたであろう。信吾は友と言うより分身だと。さすがに『駒形』に出向くことはできんが、その気になればどこででも会える。信吾の両親は、料理屋をやっておると仄聞《そくぶん》したが」

「はい。浅草の東仲町で、会席と即席料理の『宮戸屋』を営んでおります」

「であれば『宮戸屋』で会えばよいではないか。波乃どのもハツどのもいっしょにな。今ここで日にちまでは決められないが、かならず会おう。約束したぞ」

七

母屋の方角から、波乃の奏でる琴の音が聞こえて来た。あるいはと思って表座敷の八畳間と六畳間、板の間の六畳に目を遣ったが、どこにもハツの姿はない。

ハツは波乃と話すために、それとも琴を弾じてもらうため、ときどき母屋に出向くことがあった。

信吾と波乃がいっしょになったころ、生垣越しに聞こえる旋律に導かれるようにして、ハツは柴折戸を押して母屋の庭に入ったことがあったそうだ。波乃が弾じ終えたとき、盗み聞きしていたことがうしろめたくなったハツは、庭を出ようとしたところを波乃に呼び止められた。

波乃は女チビ名人のハツの名は、信吾や常吉に聞いて知っていた。ハツにすれば自分が憧れている信吾の妻になった波乃は、どうにも気になってならない存在である。最初はどことなくぎこちなかったが、話しているうちに互いに魅力を感じるようになり、その日のうちにすっかり親しくなってしまったそうだ。

それからというものハツはときどき八畳間で、波乃と茶を飲み菓子を摘《つ》まみながら談笑するようになっていた。琴の音も聞かせてもらっているようである。

先日、そのままになっていた勝負の続きをハッと指すため、龍之進が「駒形」にやって来た。家士が探しに来ると思った信吾は、母屋で指してもらうことにした。

信吾は将棋会所と母屋を行ったり来たりしたが、二人に茶を出した波乃はそのまま八畳間にいたのである。

ハッと指し掛けだった勝負のケリを付けた龍之進は、信吾と対局した。そして対局を終えると、龍之進は会所の連中が気にしているだろうから挨拶して帰ると言った。

「まさか蔵太夫さんがやって来ることはないと思うのですが、あちらには寄らずに帰っていただきたいのですが」

「挨拶だけであれば差《さ》し支《つか》えなかろう。礼儀知らずなやつだとは思われたくないからな」

「ではありましょうが、実はちょっとまずいことがあるのですよ」

「どういうことであるか」

「龍之進さんのことは、将棋会所の人にはこういうふうに言ってあるのですが」

家は牛込御門の近くに屋敷のある御大身の御旗本で、大変な将棋好きの父親に仕込まれたのが龍之進さま。父親は将棋家元から直接ではないが、家元に教わった人の伝授を受けているので家元からは孫弟子になる。

「龍之進さまは家元の孫弟子である父親から教えを受けた、いわば曽孫《ひまご》弟子」

「ややこしいことを考えたものだな」

「ところがお客さんに一人、元御家人がおりましてね。その人は龍之進さまを、将棋家元大橋本家のご嫡男ではないかと睨んでいるのです。わたしと甚兵衛さんがその人には、牛込御門の近くに屋敷のある御大身の御旗本の息子さんだと言い包めました。番町《ばんちょう》に御屋敷のあるのは番方（武官）の御旗本で、大小は差していても寺社奉行の支配を受ける御用達《ごようたし》町人の将棋家元は、番町に屋敷を与えられる訳がない、とね。ですが挨拶に寄られると、なにかと絡んで来ることも考えられます。龍之進さまは事情があって挨拶せずに帰ることになったので、皆さんによろしくと申しておりましたと、わたしのほうから上手く言っておきますので」

「さようか。つまらぬことで気を遣わせてすまぬが、よしなに頼む」

借家を出て西に進み日光街道に出る道を取れば、将棋会所の客のだれかに見られたり、擦れちがったりする可能性もあった。

信吾は大川沿いに南下し、黒船町の次の三好町《みよしちょう》をすぎて御厩《おんまや》の渡しで右に折れ、日光街道に出て龍之進を見送ることにした。気の遣いすぎだという気がしないでもないが、念には念を入れたほうがいいと思ったからだ。

会所にもどるハツには、勝負のことは話さなければならないが、龍之進のことを訊かれてもなるべく話さないようにと言っておいた。

「わかっていますよ、信吾先生。龍之進さんは無口な方で、たまに話せば将棋のこと、勝負のことばかり。あたしのことには触れてもくれなかったので、がっかりしちゃいましたと言っておきます」

喋ることはまるで十五、六歳の娘で、とても十二歳の女児とは思えなかった。

「わたしが負けたことも、忘れずに言っておいておくれ」

「明日にでも、みなさんといっしょに並べ直すといいかもしれませんね。お城将棋のことが、なにかわかるかもしれませんから」

「ああ、それはいいね。みんなあれこれと、知りたがっているだろうから」

そんな遣り取りを交わしただけだが、もしかするとハツは話したいことがあるかもしれないと、そんな気がしたのである。信吾も場合によっては話してもいいな、と思っていることがあった。

信吾が琴の音に気付くのが遅かったのか、曲が短いからか、柴折戸を押して母屋の庭に入ったとき、ぱちぱちと手を叩く音がした。波乃が弾じ終わったので、ハツが拍手したところであった。

「それにしてもハツさんは運がいいな」

障子は開け放ってあったので、沓脱石《くつぬぎいし》からあがりながら信吾は座敷のハツに話し掛けた。

「あら、なにかしら、信吾先生。急に」

「でも、その話をするまえに、約束してもらわなければならないんだけどね」

「はい、約束しますって言いたいけど、話を聞かないとなんとも言えません」

「将棋とおなじでなかなか手強いね。そんなハツさんになら、簡単な約束だと思うよ。なぜなら、なにかをやってもらいたいというのではなくて、なにもしないでおくれ、というだけだからね。簡単だろう」

「はい。だけど簡単だってことほど落とし穴があるから、気を付けるようにって言われました」

「だれに言われたんだい」

「祖父《おじい》ちゃんです」

「平兵衛さんか。お年寄りは知恵があるからなあ。でも、わたしの話には落とし穴なんてないから安心していいよ」と、信吾はハツに目を据えて言った。「これから、わたしが、ここで、話す、ことを、だれにも、言わないで、もらいたい、だけ、なんだ」

波乃が噴き出したが、以前のような箍《たが》が外れた馬鹿笑いにはならなかった。

「ひと言ひと言にえらく力が入っていましたね、信吾さん」

「どうだい、ハツさん」

「できると思いますけど」

「思いますじゃなく、できますと、はっきり言ってもらいたいなあ」

「できます」

「とは言ったものの、いざとなると話し辛いや。しかし、話すと言った以上、話さないと男が廃《すた》る」

「もったいぶっていると、段々と話し辛くなりますよ」

　波乃はなかなか手厳しい。

「ハツさんは気が付いているかもしれないけれど、千代田《ちよだ》のお城で毎年十一月十七日にお城将棋が指されてね。将棋家元の大橋家の本家と分家、それに伊藤《いとう》家の家元が、将軍さまのまえで指すことになっている。龍之進さんはいろんな人がいるので本名は使えなかったけど、大橋本家の跡取りなんだ」

「えッ、ええーッ、と驚きたいところですけど、そうじゃないかなって気はしてました」

「えッ、ええーッ、と声を挙げたいくらいだよ。ハツさんの鋭さに、わたしは正直なところとても驚かされた」と、信吾は目をぐるぐると廻した。「しかし、そうなると話は早い。家元の後継ぎだから、家の人や弟子たちの期待がおおきいのはわかるだろう。で、ところが十六か七の若さだ、周りからそういう目でみられると息苦しくなってしまう。と、もやもやして将棋に本腰が入らなくなったらしい。父親の家元が、そんなことでどうする。武者修行して来い、と言ったんだな」

龍之進は町の将棋道場に、剣術使いのように勝負を挑んだ。ところがどこでも席亭に勝ってしまった。

「初めて負けたのが、『駒形』の信吾先生だったのですね」

「自慢話は見苦しいから省くけど」

「省かなくていいですよ」

「初めて負けたことはともかく、『駒形』はそれまでの将棋会所とどこかちがうと、龍之進さんは感じたらしい。だから十日に一度だけ通ってみようと思われたんだ。それまで龍之進さんが、家元の父親やその弟子以外で勝負したのは、町の将棋会所の席亭だけ。どこでも席亭に勝つと、弟子とは指さないからね」

ハツは「あッ」と口を開けたが、声は出なかった。

「わかっただろう、ハツさん。『駒形』では、なんと四人が龍之進さんと対局した。枡屋良作さんに甚兵衛さん、わたし、そしてハツさんだ」

言われてハツは頰に両手を当てた。

「そういうことなんだよ、ハツさん。町人では将棋会所の席亭が何人かだけど、『駒形』では四人が対局した。席亭のわたしを除くと三人になるが、ハツさんは三人のうちの一人なんだ。しかも女の子、いや女の人としては初めてだからね」

「あ、あ、あ、あたしどうしましょう」

「将棋家元の後継ぎ龍之進さんは、ほとんど町人とは対局しなかった。その中にハツさんがいるんだからね。しかもこのあと、龍之進さんが町人と対局することはないだろう。特に女の人とは、絶対に考えられない。龍之進さんはまちがいなく将棋家元となられるから、ハツさんは将棋家元が対局した、たった一人の女の人になるんだよ。わたしはそれを言っておきたかったんだ、わが弟子にね」

「あたし、うれしい。こんなにうれしいことはありません」

「ハツさんよかったね」

波乃が零《こぼ》れそうな笑顔で言った。

「信吾先生のお弟子さんになって、本当によかった。だから龍之進さんと対局できたんですものね」

「ただ、龍之進さんが家元の御曹司だということを知っているのは、ここにいる三人と甚兵衛さんだけなんだ。会所の人たちはみんな、牛込御門の近くに屋敷のある御大身の御旗本の息子さんだと思っている。だからハツさんは、将棋家元の御曹司と対局したことを、だれにも自慢できない」

「なんですって」

「だから、ハツさんが自慢したくても、残念ながらできないんだよ」

「あたし、もしも龍之進さんが家元の御曹司だとみんなが知っていたとしても、対局したことを話しませんよ。だってわたしだけの大切な秘密を、人に話してなるものですか」

「そうか。心配していたんだが、それを聞いて安心したよ」

「あたしは龍之進さんと対局したことを誇りに、これから将棋を指すようにします」

「その龍之進さんが、ハツさんは筋がいいと褒めていたんだから」

ハツの瞳は輝いていた。

人はなにかをきっかけにして、おおきく飛躍することがある。ハツにとって、これほどおおきな契機となる出来事はないだろう。

とんとん拍子

一

六ツ半（七時）ごろだろうか、夕食を終えて八畳の表座敷に移って茶を飲んでいたとき、玄関で「夜分に失礼します」と男の声がした。心当たりがあったので波乃をとどめて信吾が出ると、将棋客の嘉平《かへい》である。となるとあのことだろうと思いはしたものの、そんなことは曖気《おくび》にも出さない。

「おや、どうなさいました。まさか相談事ではないでしょうけど」

冗談めかして言ったのは、相手がいくらか硬い顔付きをしていたので気持を解《ほぐ》そうとしたからであった。思い惑うような顔になってから、嘉平は微《かす》かな笑いを浮かべた。

「の、ようなものですかね」

夜になって母屋に来たからには相談したいからだろうが、本人としては心が決まらないまま、ふらりとやって来たのかもしれない。それが「の、ようなもの」との、曖昧な言い方になったのだろう。

八畳の表座敷に誘うと、波乃が客用の座蒲団《ざぶとん》を出して姿を消していた。土間で器の触れあう音がしているのは、茶を淹《い》れる用意をしているからだ。

「気楽に話していただいていいですよ。将棋を指しているときの、呟《つぶや》きのつもりでかまいませんから」

対局中に指し手を考えながら、話し掛けるでもなくという調子で言葉を洩《も》らす者は意外と多い。相手の言葉に「そうは言われても」などと受けると、「えッ、なにがでしょう」と怪訝《けげん》な顔をされることすらあった。

自分がなにを思い、なぜ呟いたかも意識していないのである。自問自答の問いが、たまたま声になったということだろうか。

信吾としてはどんなことでも、どこからでもいいので、気にせずに話してくださいよ、くらいの軽い気持で言ったつもりだった。だが嘉平にすればどういう順番で、どこから切り出せばいいかわからずに迷っているのだろう。思い悩んでいる人は大抵がそうであった。こういう事情で悩んでいるので、このようにしたいのですと系統立てて話せる人は、紆余曲折《うよきょくせつ》はあっても自分で解決してしまう。それができないからこそ嘉平は信吾を頼って来たのだ。

取り留めない話をしているうちに糸口が見付かることもあるので、信吾は急がないことにした。それに悩みや相談があって来たのであれば、ちょっとしたことをきっかけに喋《しゃべ》り始めるはずであった。

の客の一人だ。

嘉平は常連と言うほど頻繁に通って来る訳ではないが、将棋会所「駒形」では馴染《なじ》み

会所のある黒船町から日光街道を南に進むと、通りの東側に広大な浅草御蔵がある。御蔵の中ノ御門と下ノ御門の西側に御蔵前片町《おくらまえかたまち》があって、その片町で料理と茶漬けを供する「桐屋《きりや》」の跡取り息子だと聞いていた。

五尺六寸（約一七〇センチメートル）の信吾とほぼおなじ背丈で、いくぶん細身である点も似通っている。ただしおなじ細身でも、着ている物を脱げばまるで別物だとわかるはずだ。

毎夕刻、木刀の素振り、棒術と鎖双棍《くさりそうこん》の組みあわせ技を鍛錬している信吾の体は引き締まっている。鋼《はがね》の強靭《きょうじん》さと柳枝《りゅうし》の柔軟さを併せ持っているが、嘉平にはむだな肉がないだけだということが一目瞭然だろう。

耳がおおきい、眉が濃い、鼻が高いなどの目立った特徴はなくて、全体に整った顔をしている。色が白くてすっきりした印象であった。

年齢は二十歳前後で、通い始めて一年ほどになる。将棋の力量は、中級の上か上級の下というところだろう。

午前とか午後だけの日もあれば、終日楽しんで帰る日もある。また続けて来ることがあるかと思うと、十日、半月も顔を見せないこともあった。話し掛けられると応じるも

のの、お喋りではないし、自分から話し掛けることはしない地味な客である。

実は信吾には思い当たることがあった。

その日のことである。昼食のため家に帰るなり蕎麦屋《そばや》や飯屋に食べに出るなりしていた客たちが、ほぼもどった時刻なので九ツ半（一時）ごろだった。

「それにしても、物騒な世の中になったもんだねえ」

格子戸を開けて入って来ながらそう言ったのは両国から通う茂十で、見れば右手に持った瓦版をひらひらさせている。

茶を飲んでいる者もいればすでに対局を始めた者もいたが、全員が茂十を見たのは、なにがあったのだと訝《いぶか》ったからだろう。茂十は両国広小路《ひろこうじ》で瓦版を買って見出しに目を通し、場合によっては斜め読みしながら会所に来ることが多い。なにかあると、格子戸を開けるなりそれについて口にするのであった。

瓦版が売らんがため大袈裟《おおげさ》に、しかもおもしろおかしく書くことはわかっているが、だれもが関心を持っていた。

これまでにも信吾の武勇譚《たん》や、両親の営む会席と即席料理の「宮戸屋」に関すること、また波乃の姉の花江についても書かれたことがあった。それらも、客たちは茂十の持って来た瓦版で知ったのである。

花江の場合は婚礼の遣《や》り方《かた》が新しくて理に適《かな》っているので、これからは江戸ではその遣り方が主流になるにちがいないと評判になった。現におなじ方法で挙式したいと、花江の両親が営む楽器商「春秋堂」には、何件もの問いあわせがあったそうだ。

全員に見られて茂十は言った。

「名前を聞かれたのに、すぐに答えなかったからってだけで刺されたのでは、たまったもんじゃありませんからね」

刺されたと聞いてだれもが驚いたが、夕七《ゆうしち》の言葉がそれに輪を掛けた。

「やっぱり瓦版に出たとですかいね。で、どげに書かれとるだね、茂十さん。いっちょ読んでくれまいかのう」

あちこちを渡り歩いて今戸焼《いまどやき》の瓦の窯元に婿入りした夕七は、どこともわからない言葉と妙な訛《なま》りで話す。それを聞いただれもが、夕七がなぜ「やっぱり」と言ったかを知りたかったはずだ。そのためには、まずいかなる出来事かがわからねばならない。

夕七にうながされて茂十は声に出して読んだが、次のような内容であった。

猪牙舟《ちょきぶね》を山谷堀《さんやぼり》で降りた遊客の多くは、駕籠《かご》に乗り換えるか歩くなりして、日本堤をまっしぐらに新吉原《しんよしわら》を目指す。山谷堀が大川に注ぐすぐ上手に今戸橋があり、折れ曲がった堀の少し上流に山谷橋が架けられている。舟や駕籠に乗ったり降りたりの客たちで、辺りは雑踏していることが多かった。

その辺りを歩いていた若い男が、「兄さん、もしかしてサイイチロウさんじゃありませんか」と男に声を掛けられた。唐突に見知らぬ男に問われ戸惑ったのだろう、若い男が突っ立ったまま返辞もできずに相手を見ていると、男はやにわに懐に手を突っこんだ。手を引き抜いたときには、鞘《さや》から抜いた九寸五分《くすんごぶ》が握られていた。白刃が陽光を受けてきらめいたのを見て、「きゃッ」とか「あッ」と悲鳴が起きて人混みが揺れ動いた。男は「てめえ、よくも妹を傷物にしやがって。喰《く》らいやがれ」と言うなり、刃物で若い男の胸を突いた。あッと言う間もあらばこそである。

血の流れる胸を押さえてうずくまる若者に、周りにいた何人かが駆け寄った。血まみれの短刀を投げ捨てた男は、聖天町《しょうでんちょう》の通りを南へ走り、途中で右に折れて見えなくなった。芝居小屋の並ぶ猿若町《さるわかまち》の人混みに、紛れこもうとしたのだろう。あまりの素早さに、だれ一人としてあとを追うことができなかったそうだ。

となると「やっぱり」と言ったことが気になって、だれもが一斉に夕七に目を向けた。

「いんや、あっしが刺したんじゃありやせんてば」

夕七はわかりきった冗談を言ったが、笑う者がいないので仕方ないというふうに続けた。

「あっしゃ血を見るのが大の苦手やけん、人を刺すなんてことはできる訳がありゃんせん。あっしの友達《だち》も、サイイチロウさんじゃありませんかと訊《き》かれてね。気の毒なその若い人は、返辞をせんと相手を見とったために刺されたそうだけんど、あっしの知りあいは利口だから、うんにゃ臆病だけん、あとも見ずに逃げ出したのよ。ほんで刺されずにすんだけんど、あの男の剣幕ではだれかが刺されて、瓦版が出るかもしれねえ言うちょりました。案の定、刺された気の毒な人がおったちゅうことだ。友達はサイイチロウじゃありやせん。文治《ぶんじ》と言いますねん」

回りくどい割には直接の関係がないのがわかり、だれもが茂十に目をもどした。

二

続きはこうであった。

若い男は近くの医者の家に担ぎこまれたが、派手に血を流していたものの心の臓、肺《はい》腑《ふ》や胃の腑などの臓腑には、傷が及んでいなかったので命に別状はなくてすんだ。

若い男の名はサイイチロウではない。師匠から貞光《さだみつ》という名をもらったばかりの若い絵師で、完全な人違いである。貞光にすればとんだ災難であったが、そのために新たな問題が生じた。

妹を傷物にされたと怒り狂って、男はサイイチロウを刺した。目的を達したと思っただろうが、ねらっていた相手ではなかった。

事を起こした者は、瓦版にどう書かれているかをたしかめるそうだ。噂《うわさ》になるだろうから、字が読めない場合でも、自分が刺したのが別人であったことは早晩明らかになる。となれば今度こそ問題のサイイチロウを突き止めて、とどめを刺さずにはおかないだろう。

だから才一郎か才一朗、それとも宰一郎に斉一郎、どう書くかは知らないが、とにもかくにも世のサイイチロウさんたちは、くれぐれも気を付けなさることだ。そう瓦版は結んでいた。

「瓦版売りが、お客さんの中にサイイチロウさんはいませんか、いたら一大事、と呼び掛けていたのですよ。最初にサイイチロウと片仮名で書かれていたので、変だなと思いましたが」と、茂十が言った。「そういうことだったんだね。刺されたのが貞光さんなら、サイイチロウがどういう字を書くのかわからんもの」

「なら、安心だ」と、島造が客たちを見廻《みまわ》した。「将棋会所の客にサイイチロウって人はいないから。もっともサイイチロウが本名で、偽名を使っている不埒《ふらち》な輩《やから》がいたらべつだがね」

信吾は瓦版を読みあげる茂十と、息を詰めるようにして聞いている客たちを見ていた。客たちの談笑に加わっても、信吾はなるべく自分はその中心にならない。訊かれたら答えるし、意見を求められたら応じる程度にしていた。

茂十がサイイチロウと言った途端に、嘉平の表情に微かにではあるが変化が起きたのを、信吾は見逃さなかった。強張《こわば》るというほどではないとしても、明らかに緊張が見られたのである。

その嘉平が相談に来たとなると、おそらく知りあいに同名の人がいるのだろう。もし嘉平の友人か知人のサイイチロウが女のことで悶着《もんちやく》を起こしていれば、このあと九寸五分を懐に呑《の》んだ男に命をねらわれかねない。

瓦版によると、直ちに町奉行所の臨時廻り同心と手下の岡っ引や下っ引が聞きこみを始めたそうだが、まだなに一つとして摑《つか》めていないとのことだ。「てめえ、よくも妹を傷物にしやがって。喰らいやがれ」との男の台詞《せりふ》と、投げ捨てられた血まみれの九寸五分しか手掛かりはない。となると犯人の捕縛は簡単ではなさそうだ。

であれば自身番屋、でなければ定町廻り同心かその手下の岡っ引に相談すべきである。しかし嘉平はなんらかの事情があってそれができないので、信吾に相談に来たのだろう。どういう手順を取るかが悩ましいので、話しにくそうにしているにちがいない。

その嘉平がわれに返ったように懐に手を入れてちいさな紙包みを取り出すと、畳の上に置いて信吾のまえに滑らせた。

「相談料のことはわかりませんので、取《と》り敢《あ》えずこれだけ渡しておきます。足りない分はのちほどということにしてください」

信吾は包みを手に取ると額のまえに掲げ、嘉平に一礼すると懐に収めた。

「たしかめなくていいのですか」

「まだお話を伺っていませんし、それより悩みを解決するのが先でしょう」

信吾は割り切って言ったつもりだが、そのため却《かえ》って嘉平は戸惑ったらしい。

あとで調べると一分金《いちぶきん》が二枚入っていた。一両の半分であるが、いくら包めばいいか嘉平は随分と迷ったのではないだろうか。

しばらくようすを見ていたが、嘉平が一向に話そうとしないので、しかたなく信吾のほうから切り出した。

「もしかしてサイイチロウさんのことで、お見えになったのではないですか」

「えッ」と、嘉平は相当に驚いたようであった。「なぜ、そのように」

嘉平は図星を指されて驚いたようだが、話の流れでだれだってそう結論するはずである。

信吾が答えようとしたとき、襖《ふすま》の向こうで声がした。

「失礼いたします。お茶をお持ちしました」

襖が開けられ、お辞儀をしてから波乃が嘉平のまえに湯呑茶碗《ゆのみぢゃわん》を置き、信吾の湯呑を新しいのと取り替えた。

「将棋会所のお客さまで、嘉平さんとおっしゃる。……家内の波乃です」

二人が挨拶を交わしたあとで、波乃は嘉平と信吾を交互に見た。

「お茶よりも、お酒のほうがよかったようですね」

「いえ、とんでもない」と、嘉平が顔のまえで手を左右に振った。「大事な相談にまいりましたので、とてもお酒なんて」

明確に相談と言ったのは、ようやく腹が据わったということだろうか。微笑《ほほえ》んだ波乃が部屋を出ようとしたとき、嘉平がためらいながら呼び止めた。

「あの、波乃さん」

「はい。なんでしょう」

「折角ですから、お言葉に甘えて酒にしていただきます」と言ってから、嘉平は弁解するように続けた。「酒の助けを借りなければ、とても喋れそうにありませんので」

波乃は微笑んでうなずくと部屋を出た。

嘉平は正直な人のようだが、そういえば将棋もあれこれと細工せずに、正面から力で押してくるところがあった。それもあって勝ったときには非常に強い印象を与えるが、力を躱《かわ》されたり出鼻を挫《くじ》かれたりすると、意外と脆《もろ》く崩れてしまうことがある。

つまり強いときと弱いときが、はっきりしているということだ。中級の上か上級の下で足踏みしているのは、戦い方の単純さのせいと思われた。

燗《かん》が付くまで待とうかと思ったが、そのまえに嘉平がなぜサイイチロウのことで来たと思うに至ったかを、信吾は話しておくことにした。

茂十が瓦版を掲げながら客たちに話したとき、サイイチロウという名前に、嘉平がいささか強い反応を示したことから信吾は始めた。

友人か知人におなじ名前の人物がいて、しかも厄介な問題を抱えているに相違ない。となれば今後、男に命をねらわれることになりかねなかった。それを避けたいため嘉平は相談に来たのだろうと推理したことを、信吾は順を踏んで話した。

話し終えたところに、折よく波乃が燗を付けた銚子《ちょうし》を二本と盃《さかずき》を盆に載せてやって来た。二人の盃に酒を満たすと、「それではごゆっくり」と頭をさげて波乃は部屋を辞した。

嘉平が飲み干したので、信吾は盃を酒で満たした。それを口に運んだが、嘉平は飲まずに下に置いた。

「わずかあれだけのことから、そこまで読まれましたか。さすが席亭さんです。読みの深さと鋭さは将棋に通じるものがあるようですが、だからこそ相談屋のあるじさんとして仕事を熟《こな》してゆけるのでしょうね」

なんでもないことを過度に評価されて、信吾はくすぐったいような気持になった。

「いえ、相談屋を続けておりますと、自然とそのような形に納まることが多いものですから」

「さすがだと感心いたしました。ただ、大筋のところはおっしゃるとおりですが、一箇所だけ思いちがいがございますよ」

「思いちがいですか」

「それも根本的な勘ちがいが」

自分の考えに自信があっただけに、根本的な勘ちがいと指摘されて、信吾は思わず身構えてしまった。

「と、申されますと」

それには答えず、嘉平は盃を取って飲み干した。注《つ》ごうとして手を伸ばしたが、先に伸ばした嘉平の手にそれを拒まれた気がした。どうにもできずに信吾は手を伸ばしたままでいたが、しばらくしてそっと引いた。

「根本的にちがっていましたか」

信吾は自分の盃を手に取ると、一息でそれを飲み干した。ごく自然な手付きで、嘉平が盃を満たしてくれた。

三

「最初に明かすべきなのに、黙っていて申し訳ありませんでした。実は」と、嘉平は間を置いてから続けた。「わたしが問題の才一郎なのです」

言いながら、嘉平は空中に指で「才一郎」と書いた。

信吾としては考えてもいなかったことなので、「ギャフン、してやられた」と心の裡《うち》で舌を捲《ま》くしかない。これまでは苦笑しながら頭を搔《か》く程度ですんだが、今度ばかりはまさにしてやられた、との思いであった。

「ですが」

あなたは嘉平さんではありませんか、との言葉を呑みこむしかなかった。

九寸五分を懐にした男にねらわれているのが、目のまえにいる物静かな嘉平だという事実を突き付けられたからだ。茂十が瓦版で刺された男の名を読みあげたとき、表情を変えたのは当然である。友人や知人ではなくて、本人だったのだから。

そうなんですよとでも言いたげに嘉平はうなずいたが、かなりこみ入った事情があるらしい。信吾はなんと切り出せばいいのかわからず、思わず天井に目をやった。

「なるほど、お酒の助けがなくては話せそうにありませんね」

笑いを浮かべながら余裕をもって言ったつもりだが、顔は強張っていたかもしれない。

「今にして思えばですが、名を訊かれてつい才一郎ですと答えたのは、正直に名を教えるべきではない、偽りの名を名乗るべきだと、予感めいたものが働いたのかもしれません」

女と知りあったとき、嘉平が強く惹《ひ》かれたことはまちがいない。だが強烈な魅力だけでなく、なにか危うい雰囲気を感じたのではないだろうか。だからこそ、咄嗟《とっさ》の機転で才一郎という偽名を告げたはずだ。

「となりますと、のんびり構えている訳にはまいりませんね」

嘉平は男が妹を傷物にした相手だと認めたとき、まちがいなく刺されるだろう。貞光で失敗しただけに、今度は心の臓を一突きしてくるはずだ。嘉平が命を喪《うしな》う可能性は、かぎりなく高いのである。

「どなたかに相談なさったのですか」

「と申されますと」

「友人とか知りあいのどなたか。喧嘩《けんか》がやたらと強い幼馴染とか、餓鬼大将だった従兄《いとこ》などがいれば、ですが」

「しがない町の飯屋の小倅《こせがれ》ですからね。そんな都合のいい知りあいが、いる訳がないでしょう」

わかってはいたが、信吾は念のために訊いてみたのである。つまり嘉平が置かれた立場がどういうものであるかを、はっきりさせておきたかったからだ。切羽詰まった状態であることを明らかにしておけば、適切な対処の仕方も生まれようというものである。

「でしたら町方のどなたか。例えば定町廻りの同心でしたら、毎日、各町の自身番屋に声を掛けながら町から町へと廻っていますから、番屋で待っていたら相談に乗ってくれるはずです。でなければ将棋会所に顔を出す権六親分に事情を話せば、力になってくれると思いますけれど」

「それができるくらいなら、とっくにそうしていますよ」

なにかと事情が絡んでいるので、だれかれに相談する訳にいかない。だから、「めおと相談屋」に来たということなのだ。

「わかりました。では、ともかく話していただきましょう」

困り切って相談に来るからだけでなく、思い迷って混乱しているためだろうが、相談客の話が飛躍したり前後したりすることはよくあった。細心の注意を払っていなければ、聞いているうちに混乱し、迷路に踏みこんでしまいさえする。

「アン、と言いましてね」

「あん、……ですか」

「女の名です」

信吾はうっかり訊いてしまった自分が、とんでもない間抜けに思えた。嘉平は女のことで相談に来たのだから、あんと聞いただけで女の名とわからなくてどうする、と信吾は自分に対して毒付かずにいられなかった。やはり相談屋のあるじとしては聞きに徹して、安易に言葉を挟むべきではなかったのだ。

「片仮名でアンだそうです。杏子《あんず》のアンだろうかと訊いたのですが、両親はアンがちいさいときに流行病《はやりやまい》で亡くなったとのことで、どういう理由で名付けられたかはわからないということでした」

間抜けなことを訊いてしまったとの反省もあって、信吾は冷静さを取りもどしていた。アンがちいさいとき両親は流行病で死んだ、と頭に刻みこんだ。そのような欠片《かけら》同士がどこかで繋《つな》がって、解決に導くことがあるからだ。

ところが冷静さは長続きしなかった。嘉平が際どいことを、それも淡々とした口調で話し始めたからである。

「アンにとって、わたしが最初の男だったんです。声を忍ばせて、こらえ切れぬように痛い痛いと訴えましたが、男を喜ばせるための女の手管《てくだ》だと思っておりましてね」

思わず嘉平を盗み見たが、顔色も表情も変わっていないので、信吾のほうが顔を赤くしてしまった。ところが嘉平は、信吾をさらに赤面させたのである。

「未通女《おぼこ》にはあそこに膜があるが、大抵は問題なく突き破れる。だが女によっては膜が厚いか強いかして、なかなかセガレを通せないこともあると聞いていました。アンは痛いと訴えましたが、わたしは痛みを感じることなく通せましてね。それまでの女たちのときのように、いやそれ以上に満足することができました。ところが終わってからアンが拭き取った桜紙を見ると、赤く染まっていたのです。あるいはと思ってはいましたが、わたしがアンの最初の男だとわかりました。膜が破れたからこそ痛いと、切なそうに訴えたのですね」

相談客は気になっていること、印象深いことから喋り始めることが多いが、それにしても嘉平の場合は強烈すぎた。股間のものをセガレと呼ぶなどは、町内の兄貴分に教えられて仲間内で使っているのかもしれないが、相談相手の信吾にまで話すことではない。少なくとも言い方を変えるくらいの配慮は必要だろう。それとも嘉平には、そこまで考える余裕がなかったのだろうか。

あまりにも露骨なので、信吾は波乃の耳に届きはしなかっただろうかと心配になったほどだ。声を潜めるというほどではないが、嘉平は小声で話していたため、隣室ならともかく、奥の六畳間か板の間にいるだろう波乃に聞こえないのはわかっている。でありながら、動悸《どうき》が激しくなるのをどうしようもなかった。

話があちこちに飛ぶとか前後するのには、信吾は多くの相談客に接して来たので慣れていた。しかし冒頭から度肝を抜かれた嘉平の場合は、それが少々どころか、極端でありすぎたのだ。

嘉平の話した内容を整理すると、おおよそ次のようになる。

江戸の若者の多く、おそらくほとんどが十代の半ばすぎには女を知る。町内の兄貴分や奉公先の先輩に連れられ、岡場所やそういう女を置いた飲み屋などで「筆下ろし」をすませることが多いようだ。

　嘉平の場合もそうであった。しかし男になってから通っているうちに、どうにも商売女に魅力が感じられなくなってしまったらしい。金のために口先だけで男をその気にさせるのが白々しくて、うんざりしてしまう。体の結び付きだけでは満足できず、と言うより心の触れあいのほうが、遥《はる》かに意味があると思うようになったのだ。

　嘉平は次第に友人たちの誘いを断り、一人で出掛けるようになった。岡場所での体だけの交わりでは満足できなくなり、自然と飲み屋などに足を運ぶことが多くなる。飲みながらの楽しい話だけで嘉平は充足できた。となるとそれ以上の愉悦、つまり心と共に体が結ばれる喜びを得たいと、嘉平はそれを満たしてくれる女を渇望するようになったのである。

四

　ときには酌婦や、飲み屋でたまたま知りあった女と枕を共にすることもあった。友人を訪ねると留守で、その姉に誘惑されたこともある。相手は上になり下になりして嘉平を貪り尽くした末に、薄笑いを浮かべて言った。

「あんた、嘉平って言ったっけ。弟とおなじ齢《とし》にしてはやるじゃないの。またおいでよ、あたしゃ嘉平のためなら、なんとしても都合つけるからさ」

　商売女よりはいくらかはましかもしれないが、だとしても五十歩百歩でしかない。金を目的としてはいないものの、相手がただの遊びの対象、肉の悦《よろこ》びを得るための、だれでもいい男の一人としか嘉平を見ていないのがわかって、興醒《きょうざ》めしてしまうのである。嘉平はその友人の家には、二度と足を向けてはいない。

　それでも嘉平は止《や》めることができなかった。いつかどこかで、自分の思い描いている女に巡《めぐ》り逢《あ》えるはずだとの思いが、心の奥深いところにあったからだろう。何度も幻滅させられながら、巡り逢えるであろう女を求め、嘉平は一人で暖簾《のれん》を潜《くぐ》ることを止めなかった。

　ある程度の距離を置くように心掛けていても、おなじ飲み屋に通っていると、どうしてもあるじや見世の女、あるいは客と親しくなってしまう。嘉平にその気がなくても、相手のほうから近付いてくるからだ。そんなふうになるとなぜか煩わしくて、嘉平の足は遠退《とおの》いた。

「それだけに、アンとの出会いは定めとしか思えなかったのですよ」

　相談屋として身に付いた習いもあるが、飲み屋がどこにあってなんという名の見世か、などということを信吾は訊かない。話しているうちに自然とわかるので、相手の話を途切れさせるべきでないからだ。

嘉平がなぜその見世を選んだかは、すぐにわかった。

「静かに飲める赤提灯《あかちょうちん》はないかと思っていたら、暖簾の下の、半分ほど開けられた引き戸の手前に猫がいましてね」

成猫に成りきらない目のくっきりした虎猫が、嘉平をちらりと見あげてから、敷居を跨《また》いで土間に入った。導かれるように嘉平が暖簾を潜るなり、「いらっしゃいませ」と若い女の声がした。それに男の声が続いた。

「アンは幸先《さいさき》がいいね。初めての仕事の日に、ミーがお客さんを連れて来てくれたよ。しかも常連さんじゃなくて、初顔さんだ」

若い女にそう言ってから、嘉平に笑い掛けたのがあるじであった。丸顔でおだやかな目をしているが、剃《そ》り跡《あと》が随分と濃かった。

「いらっしゃいまし。開けたばかりだから、好きな所に坐《すわ》ってくださいよ」

言われて嘉平は一番近い席に腰をおろした。

「初めての仕事の日、とか言ってましたね」

「そうなんですよ。この娘《こ》はアンてんですが」と、あるじは頭をさげる若い女を紹介した。「使ってもらえないかと、知りあいに頼まれましてね。まぁ、あたしんとこなら安心して任せられると思ってくれたんでしょうが、となりゃあこっちにも責任があるから、変な虫が付かんようにせんとね。こういうところで働いてもらうけれど、素直で気持の優しいまったくの素人娘だもの。あたしゃアンがちゃんとした商人《あきんど》かお職人と夫婦《めおと》になって、幸せになってもらいたいと願っています。てことで、今日がアンの初日なんですよ。で、最初のお客さんはどんな人だろうと気にしていたら」

アンは嘉平に微笑み掛けた。愛くるしくはあるが、なんとも幼い笑顔であった。

「ミーがお客さんを」

名を呼ばれたと思ったからだろう、虎猫がアンを見あげてミャーと鳴いた。ミーと呼ばれた猫はあるじと嘉平、そしてアンの顔を見てから、嘉平の膝に飛び乗った。

「こりゃ魂消《たまげ》た。人見知りが、初めてのお客さんの膝に乗るなんて」

「人見知り、……ですか」

「ミーの、猫の渾名《あだな》でさ。お客さんに猫撫《ねこな》で声で呼ばれても絶対に近付こうとしないし、抱こうとすれば逃げてしまう。体に触らせもしませんでね。それで渾名が人見知り。それが初顔のお客さんの膝に飛び乗ったんだもの、驚かずにいられませんよ。そういえばミーはアンにもすぐに懐いたが、すると二人には猫に好かれるか、安心させるなにかがあるのかもしれないね」と嘉平に説明してから、あるじはアンに言った。「初めてのお客さんが、人見知りが膝に乗るほどのいい人でよかったな」

「ミーが咽喉《のど》を鳴らしているわ」

アンに言われてうなずくと、男は飲み屋のあるじにもどった。

「お客さん、燗をお付けしますか」

板場に入りながらそう訊いた。

「ああ、一本、いや、二合付けてください。食べ物は見繕いで頼みます」

そんな具合に、嘉平はごく自然に客になれたのである。

燗が付いたので、アンが盆に載せた二合徳利《どくり》と盃を置き、酒を注いだ。

「アンの盃は」

「ごめんなさい。あたし飲めませんから」

「むりに勧めないでくださいよ」

煮た烏賊《いか》や根菜の盛りあわせの皿などを並べると、あるじは盆を胸に抱えながらまじまじと二人を見ている。

「どうなさったの、喜三治《きさんじ》さん」

「喜三治さんじゃないだろう、アン。お客さんのいる所では、あるじさんと呼ばなきゃ駄目だと言ったはずだぞ。喜三治さんじゃまるで友達か、近所のおじさんみたいだ」

叱られはしたもののわざとらしさを感じたからだろう、「ごめんなさい、あるじさん」と言って、アンはぺろりと舌を出した。なんとも可愛《かわい》く、嘉平は見惚《みと》れてしまったほどである。

飲み屋にアンのような初々しい女がいることが、嘉平にとっては驚き、というより奇跡であった。

背丈は五尺（一五〇センチメートル強）くらいだから、女にすれば並より少し高いというところである。若い娘らしく島田髷《しまだまげ》に結っているが、艶《あで》やかな漆黒の髪で白い肌がさらに白く感じられた。

顎がわずかに丸みを帯びた尖《とが》り気味の瓜実顔《うりざねがお》で、黒目がちの目が生き生きと愛くるしい。鼻は高くはないが形がよく、唇は紅を差しているとは思えないのに、赤みが強く感じられた。

最初の印象がよかったために、嘉平が好意的に見ているからかもしれないが、なんとも新鮮で魅力に満ちた娘だったのである。

「それにしても、二人が向きあっているところは絵になるねえ。アンと、えッとまだお名前は」

問われて口籠ったが、嘉平は思わず「才一郎です」と答えた。話の運びからして、あるじにすれば客の名を訊き出す手口だったのだろう。

才一《さいいち》という知りあいがいるので、嘉平はついその名を借りてしまったのである。そのまま使うのもなんなので郎を付け足したそうだ。

なにか危うい雰囲気を感じたからだろうと信吾は思っていたが、どうやらちがっていたようだ。あるじの喜三治が知りあいに頼まれたと言ったので、なにかあってはと思い、嘉平は咄嗟に才一郎と告げたということである。気心が知れてから、本当の名は嘉平だと打ち明ければ、アンも喜三治も怒りはしないだろうと思ってのことらしい。

偽りの名を告げるべきだと、「予感めいたものが働いたのかもしれません」と、語り始めて間もなく嘉平は偽名を使った理由を言った。だが最初は、軽い気持で才一郎と言ってしまったようだ。その後、厄介な状態になってから、なにかを予感したからにちがいないと、思うようになったのかもしれない。

喜三治の人柄がいいせいもあるのだろうが、見世は繁盛していた。次々と客が訪れて、そう広くない見世はほぼ満席状態が続いている。

アンは酒や料理を客に運び、声を掛けられると註文《ちゆうもん》を聞いて喜三治に伝えた。しかし手が空くとすぐに嘉平の席に来る。

見世にとっては常連客であっても、アンにすれば見知らぬ男ばかりなのだ。となるとミーが懐いた嘉平にだけは、安心していられるのだろう。

嘉平の膝にあがったミーは、いつしか股座《またぐら》で丸くなっている。

「おお、今日はやけにおとなしいじゃないか」

言いながらそばを通った客が頭を撫でても、ミーは迷惑そうな振りはするものの、逃げはしなかった。

「才一郎さんは良い人なのね。ミーにはわかるのだわ」

それを聞いたときほど、嘉平は本名を伝えなかったことを、後悔したことはないとのことだ。わずかな時間ではあったが、アンこそ嘉平が思い描いていた理想の女だとわかったからである。

見世が狭いこともあるが、前日までは喜三治一人で切り廻していたらしい。若い娘がいるのに気付いただれもが訊くので、そのたびに喜三治は「知りあいに頼まれましてね」と繰り返していた。

用が終わるとアンが嘉平の席に来るので、常連客の中にはおもしろくない者もいるらしい。ただ声を掛けるだけという訳にもいかず、アンを呼んで酒や料理を註文しながら話し掛ける。喜三治がほくほく顔なのは、アンのお蔭《かげ》で普段より註文が目に見えて増えたからだろう。

変に目立つのもよくないと思い、嘉平はほどほどのところで引き揚げることにした。

嘉平が飲代を置くと、そのうちの端数を喜三治が押し戻した。

「これをご縁に、どうかご贔屓《ひいき》に願います」

そう言って片目を瞑《つぶ》ったのは、初顔なので負けてくれたということらしい。わずかな額ではあったが、その気持が嘉平はうれしかった。

「ありがとうございました、才一郎さん。また来てくださいね。きっとですよ」

アンに送り出されながら、本名にしておくのだったと、またしても嘉平は臍《ほぞ》を噬《か》んだのである。

五

嘉平と信吾は同時に銚子を手にして、相手の盃に酒を注いだ。盃が満たされたとき、銚子が示しあわせたように空になった。

「本名を告げなかったことの悔いは残りましたが、橋銭《はしせん》を払って川風に吹かれながら帰るわたしの心は、踊らんばかりに浮き浮きしていました」

「そうでしょうね。アンさんと言う」と、そこで信吾は苦笑した。「アンさんはなんとなく据わりが悪いですね。このあとは、どの、さま、さんなどは省いて名前だけで呼ばせてもらいます。相談屋ではそうしているのですよ。どのとかさまを付けて繰り返しているとと偉い人、立派な人と錯覚してしまいます。どのやさま、まさに殿さまだって平気で人を騙《だま》しますからね。だからなにも付けないで、名前だけで呼んだほうがいいのです」

「人はどうしても、余計なものに惑わされてしまいますものね」

「話が横道に逸《そ》れてしまいましたが、アンと言う思い描いていた人と巡り逢えたので、嘉平さんは浮き浮きしていたのですね」

そのとき襖の向こうで声がした。

「失礼します。替わりをお持ちしました」

襖を開けて入って来た波乃は、銚子を二本盆に載せていた。

「ちょうど飲み終えたところだった。そこへ透かさず替わりを出すなんて、波乃は腕のいい飲み屋の女将《おかみ》になれそうだな」と言ってから、信吾は嘉平に訊いた。「そうだ。このあと女の人とのこみ入った話になるでしょうから、波乃と二人で伺いましょうか。そのほうが男同士より、いい考えが浮かぶかもしれません。なにしろここは、めおと相談屋ですからね」

急に持ち掛けられて嘉平が困惑顔になったので、信吾は事情を話した。

「子供さんとか女の人からの相談は波乃が受けることが多いのですが、二人で話を伺うこともあります。男のお客さまから、波乃にもいっしょに聞いてもらいたいと持ち掛けられもしますしね。一人より二人のほうが、知恵も出るということでしょうか」

「かもしれませんが、席亭さんお一人に」

「将棋会所ではないですから、席亭ではなく信吾と呼んでくださいよ」

「信吾さんお一人に聞いてもらってさえ恥ずかしい思いをしているのに、波乃さんまでごいっしょでは、気の弱いわたしは話せなくなってしまいます」

先刻のきわどい話題が頭にあるのだろうが、おなじ席に波乃がいればそれなりに言い換えたらいいのである。それとも、さらに過激な内容になるということだろうか。

信吾にすれば、これからいよいよ本題に入るが、女心の機微に触れることになるかもしれないという気がしている。となると、波乃独特の感性に期待したい部分があった。だが波乃は嘉平のようすから、この場はあまり拘《こだわ》って無理強いすべきでないと判断したようだ。

「あたしもそう思いますよ」と波乃は前半を嘉平、後半は二人に言った。「では男の方同士で、じっくりと相談なさってくださいませ」

一礼して波乃がさがったので、二人は静かに盃を口に運んだ。

信吾がそれまでにわかったのは、次の事ぐらいであった。

嘉平が相談したのは信吾のみ。アンがちいさいときに両親は流行病で亡くなっている。喜三治は知りあいに頼まれて、アンを自分の飲み屋で働かせることにした。嘉平はアンにとって最初の男であった。アンは思い描いていた理想の女だが、咄嗟の思いで才一郎と偽名を使ったため嘉平はそれを後悔している。

ところが波乃が酒の替わりを持って来る直前に、信吾はわずかなことからちょっとしたことに気付いていた。

嘉平が自分の家に近い蔵前や柳橋でなく、両国や浅草も避けていること。向島《むこうじま》か本《ほん》所《じょ》、おそらく北本所を飲み歩いた末にアンに巡り逢えたらしいとわかったのである。嘉平は「橋銭を払って川風に吹かれ」と言ったが、それは向島や本所から吾妻橋《あずまばし》を渡って、浅草方面へ帰ったということにほかならない。

つまり、こういうことである。

嘉平の家がある御蔵前片町から浅草橋まではおよそ十町（約一・一キロメートル）で、橋を渡って浅草御門を抜けると繁華な両国広小路であった。両国橋を東に渡れば、やはやはり盛り場である向こう両国である。だが嘉平は家に近いこともあり、知人に出会うかもしれぬことを考えて、両国と向こう両国は避けていたようだ。

一方、御蔵前片町から北に道を取れば、両国広小路への倍ほどの距離に繁華な盛り場の浅草広小路が、さらに北には浅草寺、見世物や楊弓場《ようきゅうば》、看板娘のいる茶屋などで知られた奥山がある。だが界隈《かいわい》には将棋会所「駒形」に通う客が多いので、だれかに会ったり見られたりするかもしれない。

それもあって嘉平は浅草と両国を避け、大川東岸の向島か本所を選んだのだろう。おなじ東岸でも深川《ふかがわ》でなくて、なぜそれより上流の向島か本所だと断定できるかというと、嘉平が橋銭を払ったと言ったからだ。

両国橋は御入用橋として幕府が普請工事の全額を負担するため、通行料である橋銭を取らない。橋の修復工事期間中は、臨時の仮橋が町人らの請負工事で架けられるため、請負人の収入源として橋銭が徴収された。しかし今は修復をおこなっていない。だから両国橋を渡って帰ったのなら、橋銭を払う必要がなかった。

民間普請の吾妻橋や新大橋、永代橋《えいたいばし》では、武士、医者と産婆、僧侶と神官は無料だが、それ以外からは橋銭を徴収したのである。

吾妻橋を渡った東岸は道が入り組んでいて、大名屋敷、大小の寺と町家が混在した地域となっている。ずっと南側の両国橋東岸とのあいだは、やたらと広い御竹蔵、大名や旗本の屋敷、そして御家人の組屋敷が占めていた。

橋銭を払ったことと大川東岸の立地から判断して、嘉平がアンと出会ったのは、次のように断定していいだろう。

吾妻橋東詰めにある中の郷の瓦町《かわらまち》か竹町《たけちょう》、あるいは北本所表町《おもてちょう》、すぐ南の南本所番場町《ばんばまち》のどれかのはずである。深川を外したのは、向こう両国から竪川《たてかわ》や小名木川《おなぎがわ》を越えてさらに南側となるからだ。嘉平が御蔵前片町から足繁《あししげ》く通うには、あまりにも遠すぎる。

大川には上流から千住大橋、吾妻橋、両国橋、新大橋、永代橋が架けられている。両国橋のみ無料で、ほかの橋は橋銭を取るが、上流の千住大橋、下流の新大橋と永代橋は遠すぎるので、嘉平が利用するとは考えにくい。

信吾は順序立てて考え、結論したのではなかった。それまでに得た情報をもとに、ほとんど瞬時に導き出したのだ。

嘉平が吾妻橋東側の北本所でアンと巡り逢ったはずだと思い至ったとき、信吾は思わず笑みを浮かべていた。

「どうなさいましたか、席亭、ではなくて信吾さん」

「順序がまるで逆だと気付いたからですよ」

「逆ですか、順番が。一体、どういう」

「今回の出来事をわたしが知った発端は、サイイチロウとまちがわれた若い男が短刀で刺されたと書かれた、茂十さんの瓦版でした」

ところが茂十が読むのを聞いていた嘉平が顔色を変えたので、信吾はサイイチロウと言う名の知りあいがいるからだろうと思ったのである。

その夜、嘉平が相談に来て、自分が問題の才一郎だと言って信吾を驚かせた。さらに貞光を刺した男が妹だと言った女の名はアンで、その最初の男となったのが嘉平だと、信吾は本人から打ち明けられたのである。

嘉平は初めて入った飲み屋でアンと知りあった。アンはあるじ喜三治が人に頼まれて使うことになったが、その日が初日である。喜三治は頼まれた以上は、責任を持って虫が付かぬようにしなければと言ったとのことだ。

アンが自分の思い描いていた理想の女だとわかったが、喜三治に名を訊かれたとき、嘉平は才一郎と答えてしまった。その才一郎は今、アンの兄に命をねらわれている。

「ね、変でしょう。まず嘉平さんは、初めて入った飲み屋でアンと知りあった。喜三治はアンを知りあいに頼まれたので、虫が付かぬようにと言ったのでしょう」

「ええ。ですから客がアンに馴《な》れ馴《な》れしくすると、遠回しに、ときに厳しく注意していました」

「それなのに嘉平さん、いやそこでは才一郎でしたね。その才一郎はアンと男と女の仲になってしまった。それを知ったアンの兄が怒り狂って才一郎を刺したが、刺されたのは貞光という別人であった。わたしはまず貞光が人ちがいで刺されたことを、瓦版で知ったのですよ。そしてさっきやって来た嘉平さんから、才一郎は自分でアンとは男女の仲だと言われたのです。ね、順番が完全に逆でしょう」

「たしかに」

「変なのはそれだけじゃありません」

「と申されますと」

「喜三治が目を光らせているのですから、嘉平さんはアンに簡単には近付けなかったはずです。なんとかごまかして理《わり》ない仲になったとしたら、怒り狂うのはアンの兄よりも喜三治でしょう。知りあいに喜三治だったら安心だとアンを任されたのだとすれば、その信頼を裏切ったことになりますからね」

「なるほど、そうなりますね」

嘉平はまるで他人事《ひとごと》のように言った。

「それよりも、嘉平さんはその飲み屋では客として話す以上には、アンと親しくなれなかったはずです。見世ではほかの客の眼《め》もあるし、アンには常に喜三治が付いています。示しあわせてどこかで逢引《あいびき》することなど、できる訳がありませんからね」

「ですよね」

嘉平がごく当たりまえのように言ったので、信吾は呆気《あっけ》に取られた。だれにそんな返辞が予想できただろうか。当然のように弁解、でなくても事情を説明すると思っていたので、肩透かしを喰った気がしたほどだ。

六

「わたしも変だと思っていたのですが、だから『人見知り』のせいだとしか考えられませんでね」

嘉平の言った意味がわからず信吾は混乱したが、一瞬後には思い出していた。

「ああ、人見知り。ミーと呼ばれている虎猫のことですね」

猫のせいと言われても訳がわからない。

「体を触らせないどころか人を寄せ付けもしない猫が、わたしの膝に飛び乗って、胡座で丸まって寝てしまいました。だからアンはわたしを悪い人じゃない、むしろ、とてもいい人だと思いこんだようなのです」

「アンだけではなくて喜三治も、ということですか」

わかってもらえましたか、というふうに嘉平はうなずいた。そう言えば喜三治はアンのことを、「ちゃんとした商人かお職人と夫婦になって、幸せになってもらいたいと願っています」と言っていたではないか。

嘉平は控え目だし、おっとりしている。着ている物や履物を見れば、奉公人ではないとわかるはずだ。

信吾は嘉平の家が、御蔵前片町で料理と茶漬けの見世を営んでいることを知っている。だが喜三治は知っているだろうか。

嘉平の身なりや話し方、おっとりした態度から判断して、それなりの商家の息子と見ているのかもしれない。いや「ちゃんとした商人かお職人と夫婦に」と言っていたのだから、真っ当でさえあれば商家の息子でなくてもいい訳である。

「喜三治はほかの客がアンと馴れ馴れしくすると、冗談めかして、ときには少し厳しい顔になって注意していました。だけどわたしの場合は二人だけになれるようにしようと、気を遣ってくれたことすらあったのです」

「見世は狭いですしお客さんがいますから、二人だけになれても話せることはかぎられるでしょう」

「品物が切れたから少し離れた見世で買って来るようにアンに命じて、一人じゃ物騒だからわたしに付いて行ってくれと頼んだことがありましてね。なんの品かは憶《おぼ》えていませんが、わざわざ買いに行くまでもないのにと思ったことがあります。アンとわたしが二人だけになれるように、喜三治がしてくれたことが何度かありました」

「それでおおきな謎が解けましたよ」

「おおきな謎ですか」

「相手の女の名がアンだと打ち明けられたあとで、アンにとって嘉平さんが最初の男だったと切り出されたでしょう。あれほど驚いたことはありませんでした。二人が知りあったときのことを聞いてからは、その思いがさらに強くなりましてね。喜三治の厳しい目があるのに、どうして嘉平さんがアンと結ばれたのか、どうにもわからなかったのです。そういう事情なら喜三治の眼を盗んで、いや半ば認めているのだから盗む必要はありませんからね。示しあわせて落ち逢うことができますから。だとすればべつの疑問が生じます。喜三治がアンといっしょにさせたいと思っていたのなら、嘉平さんのことをなにかと知りたがったのではないですか。アンのことを頼まれた知りあいに対する、責任もあるでしょうから」

「たしかに訊かれましたし、嘉平と名乗っていたらわたしも大抵のことは話したでしょうね。ただ才一郎という偽名を使ってしまったこともあって、なるべく自分のことに触れられないよう、知られないようにしていたのです。曖昧に笑ったりそれとなくはぐらかしたりして。するといつの間にか、喜三治は訊かなくなりました」

どういうことだろう。

知人から頼まれたアンと、嘉平が夫婦になってもいいと喜三治が思っていたとしよう。知人にもちゃんと伝える必要があるので、嘉平のことを知りたいと思って当然である。ところがあれこれと訊かれた嘉平が、それを避けたい素振りを見せると訊かなくなったのだ。

となるとやはり喜三治は、嘉平をそれなりの商家の跡取りと思っていたということだろうか。その嘉平が自分の立場を考えてなるべく明らかにすまいとしているのに、あまり執拗《しつよう》に訊き出そうとすれば、気分を害して来なくなると考えたことは十分にあり得る。

嘉平は今の段階では迂闊《うかつ》に口にできないが、アンこそ自分の妻にふさわしいと見極めたら、番頭あたりがそれとなく打診してくることは考えられた。そして問題ないとなれば、ちゃんとした人を仲人に立てて話をまとめるにちがいない。喜三治がそう考えたのが、しつこく訊かなくなった理由ではないだろうか。

とそこまで思いを馳《は》せて、信吾は自分の考えに破綻があるのに気付いた。

喜三治は知りあいに頼まれて、アンを自分の飲み屋で働かせることにしたのである。

だとすればアンが幼い時に、両親が流行病で死んだことは知っているはずであった。アンのことを頼んだのがどういう人物かはわからないが、飲み屋で働かせてもらうことにしたのだ。喜三治は「こういうところで働いてもらうけれど、素直で気持の優しいまったくの素人娘だもの」と、嘉平に言った。

喜三治の言ったとおりだとすれば、もっとふさわしい働き口はほかにもあったはずである。それなのにアンを頼んだ人は、なぜ水商売以外の知りあいに話を持ちこまなかったのだろう。

それに喜三治が嘉平をそこそこの商家の跡取りだと思っていたのなら、二人が夫婦になれないことは最初からわかっているはずである。商家の婚儀では家の格の釣りあいを第一に考える。いかに本人がその気になっても、親や親族が両親のいない娘を嫁にするとは考えられない。

逆に親や親族が娘をすっかり気に入り、どうしても嫁にしたいという場合は、同格の商家の養女にしてから嫁入りさせるなどの方法はある。だが知りあいが喜三治に頼んだ経緯《いきさつ》からすると、アンが玉《たま》の輿《こし》に乗ることはあり得ない。

しかし料理と茶漬けの見世の倅に嫁ぐのなら、なんとかなるかもしれないのである。

果たして喜三治は、嘉平のことをどこまで知っているのだろうか。

「ところで嘉平さんはアンと喜三治に、ご実家が御蔵前片町で料理と茶漬けの見世をやっていることを、話されたのでしょうか」

「いえ、話したことはありません」と言ったあとで、嘉平は不安そうな表情になった。

「アンか喜三治、それとも二人が調べた、あるいは人に調べさせたとしたら話はべつですが」

そこに至って新たな疑問が信吾を惑わせた。

妹を傷物にしたと怒り狂った兄のことを、嘉平と喜三治が知っていたかどうか。知っていたとしたらいつ、どの段階で知ったのか、そしてどう思ったかということである。

実はアンの兄のことが信吾が一番知りたいことであった。しかし、あまりにも濃く深い霧に閉ざされているために、手の付けようがなかったのである。外堀から徐々に埋めて、本丸に攻め入ろうとする作業の途上だったのだ。

少しずつわかりかけてきたとは言っても、ほんの表面だけでしかなかった。しかし嘉平の悩みを解消するためには、さらに一歩も二歩も踏みこまねばならないし、もはや猶予がないことはわかっていた。

「嘉平さんの悩みを消し去るには避けて通れないことなので、どんな細かなことでもけっこうですから話してくださいますように」

なるべくそれまでの調子と変わることなく話したつもりだが、嘉平がごくりと唾を呑みこむのがわかった。

「できるだけ気を楽にしてください。なにかに気付いたり思い出したりしたら、話の途中であってても話してもらってかまいません。それに嘉平さんにとっては、ちっぽけなこと、どうでもいいようなことであっても、役立つ場合がありますから、ご自分で選《よ》り分けることをなさらず、なんでもかまいませんから話してください」

嘉平はおおきくうなずいたが、どういうことを訊かれるかは、本人にもわかっていたのかもしれない。

「貞光という若い絵師を刺した男は、よくも妹を傷物にしやがってと言ったと瓦版にありましたが、ということはアンの兄だと名乗ったことになります」

やはり嘉平は黙ったままうなずいた。あるいはなにか言ったのかもしれないが、咽喉に貼り付きでもしたのか声にはならなかったのだろうか。

「わたしがこれまでにお聞きしたのは、嘉平さんがアンを知って、ご自分の思い描いていた女だと思われたとのことでした。喜三治が嘉平さんを好意的に見てくれていたとのことですので、お二人が男と女の仲になったのは、知りあってから程なくのことだと思います」

「はい。ひと月もせぬうちに」

「まさに夢見心地だったことでしょうね。そこへ突然の瓦版でした。あまりにもおおきなその落差には、信じられぬ思いがします。そこでお聞きしたいのは、嘉平さんがアンの兄のことを知っていたかどうかです。アンからそれとも喜三治から、あるいは二人から、聞かされたことがあったかどうか」

嘉平は首を横に振った。

「兄らしき男が、アンの働く飲み屋に来たことはありましたか」

やはり首を振る。

「アンが言葉や顔に出さなくても、もしかしたらあの男がと、あとになって思い当たる客はいませんでしたか」

力なく首を振ることに変わりはない。

「飲み屋の客のだれかが、それらしい噂話をしていたことはありませんか」

「まったくありません」とそれまでの弱々しさからは考えられないほど、嘉平はきっぱりと否定した。「わたしはその男のことを今日の昼間、茂十さんが読みあげた瓦版で知ったのです。寝耳に水でした。とても信じられませんでした。悪い冗談かと思ったほどです」

「だが、冗談ではなかった。冗談で人を刺すことは考えられませんからね」

現実に引きもどされたからだろう、嘉平はがっくりと肩を落とした。そして言ったのである。

「実は今夜こちらに寄せてもらったのは、アンの兄のことでお力を貸していただけないかと。訳がわからず、わたしはどうしたらいいか途方に暮れてしまいまして」

「わかりました。わたしも全力を尽くしますが、なんとしてもこの難関を切り抜けましょう。そのために、お訊きしなければならないことがあります」

嘉平の顔が強張りを見せたのは、この上なにをと思ったからかもしれない。

「アンと知りあって探し求めていた女だとわかり、身も心も結ばれました。できればこのままいつまでもと思われたことでしょう。ですがそんな状態が続いたとは思えません。まだ話していただいていませんが、嘉平さんたちが結ばれてから今日に至るまでに、アンは変わられたと思います。もしかすれば、信じられぬほど変わられたのではないでしょうか。ですがそれに関しては、次回に話していただきたいのです」

「次に、ですって」

嘉平は期待外れだったのか、それとも安堵《あんど》したのかわからないが、なんとも複雑な顔になった。

「相談屋の仕事はね、嘉平さん。会ったその日に解決できることもあれば、十日、半月、一ヶ月。ときには三月も半年も掛かることもあるのです。嘉平さんの問題は少し時間が掛かると思います。ですので、今日はこれまでにしましょう。わたしは最初から洗い直してみるつもりです。それと調べておきたいこともありますので。なにかありましたら、ここでも将棋会所でもいいですからいらしてください。わたしのほうから伝えたいことがあれば、連絡するようにいたします。しばらくは独り歩きなさらぬように。特に夜は外出しないほうがいいでしょう。では、お家《うち》までお送りしますよ」

嘉平は目を白黒させたが、こうなれば信吾の言うことに従うしかないと腹を括《くく》ったようだ。

「ご安心ください。わたしは護身の術を身に付けていますから、なにかあっても嘉平さんを護《まも》れます」

「あ、ああ。瓦版にヤクザ者を遣りこめたことが、書かれていましたものね」

その瓦版が出たのは嘉平が「駒形」に通うようになる数ヶ月まえであったが、蔵前に住んでいるので噂は自然と耳に入ったのだろう。いや、本人が瓦版を読んだと言ったではないか。

「聞いている者はいないはずですが、念のため家に帰りつくまでの道すがら、話し掛けないでくださいませんか」

脅すつもりで言ったのではなかった。自分がいかに大変な状況に置かれているかを、嘉平によくよく自覚してもらいたかったからである。

七

やっと会うことができたとの感慨が、なんときれいな指なのだろうとの驚きに、たちまちにして掻き消されてしまった。これほど繊細でしなやかな指だからこそ、万人の心を打つ絵が描けるにちがいないと信吾は納得したのである。

だがそれが滑稽な思いこみにすぎないことに、信吾はすぐに気付いた。なぜならその絵師の描いた絵を、一度も見たことがなかったからだ。

絵師の名は歌川貞光《うたがわさだみつ》。

さほど苦労せずに会えると思っていたが、おおきな誤算であった。何人かを経て、かなりの距離を歩き、もしかして会えないかもしれないと不安に囚《とら》われた末に、ようやく対面できたのだ。それだけに、感激には一入《ひとしお》のものがあった。

嘉平と別れるとき調べておきたいことがあると言ったのは、アンの兄に関してである。ところが若い絵師貞光を人違いで刺したこと以外、なに一つとしてわかっていないばかりか名前すら不明で、となると手の付けようがない。

つまりまったくの謎の人物であるが、嘉平の悩みを解決するには、謎のままでは済まされないのである。そのため信吾は少しでも、ほんのわずかな手掛かりでもいいので知りたかった。

一番手っ取り早く、しかもたしかなことを知ることができるのは、信吾がアンに会って訊き出すことだが、そんなことはできる訳がない。アンの兄が凶行に及んだことについてはさまざまな事情があるだろうが、瓦版に書かれた男がアンの兄であることは、アン以外だれも知らないはずである。喜三治が知っている可能性がないとは言えないが、それも考えにくい。

なにも訊き出せないばかりか、警戒心を与えてしまうことになる。都合の悪いことをひた隠しに隠すくらいならともかく、アンが姿を晦《くら》ましかねないのだ。場合によっては、喜三治が飲み屋を畳んでしまうことだってあるだろう。

ほかのことであれば岡っ引の権六親分に相談する手もあるが、今回ばかりはそれはできない。なぜなら嘉平は信吾を頼って来た客というだけでなく、将棋会所「駒形」の客でもあるからだ。

権六が関われば、信吾がいくら言い含めておいても、嘉平が知られたくないことまで世間にわかってしまいかねない。そうなれば相談客に対する守秘の義務を全うできず、「めおと相談屋」や信吾と波乃の存在を、頭から打ち消してしまうことになる。

となれば男の存在を世間に知らしめた瓦版ということになるが、その発行所を突き止めることができないのは、これまでの経験でわかっていた。

瓦版を発行する場合、御公儀《おかみ》は板元の住所、発行者の名前、記事を書いた者の名を明記するよう命じていた。しかし、瓦版は売らんがため大袈裟に、ときとしてかなり際どいことを書く。そのため公序良俗を乱すとの理由で捕縛されてはたまらないので、住所や名前を明かさなかった。

売り手も編み笠《あがさ》で顔を隠し、常に二人で組んで行動する。左の腕に瓦版を山形に重ねて、右手の字突き棒で見出しや挿絵を示しながら、美声を張りあげて売り捌《うさば》くのだ。

少し離れた場所では見張り役が周囲に目を配っている。取り締まりの町方の同心や手先の岡っ引を見掛けると合図し、二人が逆方向に逃げて姿を晦ませるとの寸法だ。

御公儀は幕政を批判しないかぎり見逃しているが、行きすぎがあってはならないからとの理由で、ときに見せしめのために不意を襲うことがある。それに引っ掛かってはたまらないので、発行人や書き手が油断することはない。

警戒心が強すぎるという事情もあって、発行元や発行者を突き止めることはまずできないのである。万が一わかったとしても、のらりくらりと対応して、書き手に会わせるはずがなかった。

となると唯一の手掛かりは、アンの兄に刺された若い絵師貞光となる。詳しいことを知っているとは思えなかったが、少なくとも顔は見ているのだ。

信吾は日本橋本町三丁目の書肆《しょし》「耕人堂」に、番頭になって間もない志吾郎を訪ねた。

「なにか、とんでもなくいい案が浮かんだようですね、信吾さん」

将棋上達に関する本の執筆を頼まれた信吾は、構想について志吾郎と何度か打ちあわせをしていた。双方から、と言っても主に信吾からだが、案を出して検討している段階であった。

「先手を打って出鼻を挫かれたということは、下心があるのを見破られたようですね。進めている本についての話を持って来なかったとなると、冷たく追い返されるのかな」

「ご冗談を。どんな話であろうと歓迎です。なぜなら、いつ、どこで、本の話に繋がるかわかりませんからね」

「その点は相談屋とおなじですよ。むだにしさえしなければ、むだになることなどありはしない。むだになるのは人が活《い》かしきれないために、むだになってしまうのである、と言うことです。ところで本屋さんであれば、挿絵のこともあるので絵師には詳しいと思いますが」

「詳しくはありませんが、ある程度ならわかります。その絵師の名は」

「師匠から名前をもらったばかりだそうですから、余程の人でなければ知らないと思います。だが志吾郎さんなら、ご存じかもしれないと思ってやって来ました。絵師の名は歌川貞光。貞光の住まいを知りたいのですが」

「歌川貞光」と復唱してから、志吾郎は目を見開いた。「貞光と言いますと、人違いで刺されたあの貞光ですか」

「ご存じのようでよかった。さすが志吾郎さんだ、頼りになる」

「知りません。いえ、瓦版で名前だけは知りましたが、住まいとなりますと」

落胆する信吾を見て、志吾郎はにやりと笑った。

「住まいだけでいいなら、一日いただければ調べておきます。ところで信吾さんはなぜ貞光のことを」

「貞光さんはもしかしてサイイチロウさんじゃありませんかと男に訊かれ、返辞ができないでいるうちに刺されたそうです。わたしの知りあいに才一郎なる者がいましてね」

と、信吾は指で空中に字を書いて見せた。「刺したのがどんな男であったかがわかれば、知りあいに教えられます。そういう風体、容貌の男がいたら、近付かずにすぐ逃げるように言っておけば刺されずにすみますから」

相手がそれだけではないだろうと思ったことが表情でわかったので、「急ぎますので」を理由に、まだなにか話したそうな志吾郎を残して信吾は耕人堂をあとにした。

翌朝、鎖双棍のブン廻しをするまえに調べると、将棋会所の伝言箱に、貞光の住まいを書いた志吾郎からの紙片が入れられていた。

日本橋の通旅籠町《とおりはたごちょう》と通油町《とおりあぶらちょう》のあいだを、南北に大門通りが貫いている。浅草田圃《たんぼ》に移って新吉原となるまえの、吉原遊郭の大門に由来した名だ。

貞光の住む長屋は、通油町の大門通り寄りにあった。日本橋本町やその周辺には書肆や錦絵の板元が集まっているので、界隈には物書き、絵師、彫り師、摺《す》り師などが多く住んでいる。

目指す長屋はすぐに見付かったが、案じていたとおり入口の障子戸は閉《た》てられたままであった。人の気配もなかったが、念のため開けようとガタ付かせていると、背後で
「貞光さんならいないよ」と嗄《しやが》れた声がした。

振り返ると髪が半白で前歯が二本欠けた、煮染《にし》めたような顔色をした初老の女が、胡《う》散臭《さんくさ》げに信吾を見ていた。

「瓦版を見て驚きましたが、それにしてもとんだ災難でしたね。貞光さんには挿絵をお願いしておりましたので、すぐにもお見舞いをと思ったのですが」と、信吾は風呂敷包みを見せた。「仕事が重なってしまい、今日やっと都合が付いたような次第でして」

信吾の身なりや言葉遣いから、老女はなんとか信じてくれたようだ。見舞いの菓子箱を包んだ風呂敷を、手にしていたのがよかったのかもしれない。

「どこのだれとも知れない男に胸を刺された、なんてわかれば実家に迷惑が掛かると思って、貞光さんは教えなかったんだと思うよ。そんで、町医者んとこからこの長屋に運びこまれたってことさ。ところが大家が実家を知ってたもんだから、一大事だってんでご注進に及んだって訳なのよ」

長屋の腰高障子が開けられて、次々と住人たちが出て来た。嗄れ声だから聞き取りにくいと思うのだろうか、初老の女がおおきい声で話したせいかもしれなかった。

胸をはだけて赤ん坊に乳を含ませている若い母親や、ほとんど頭の禿《は》げた老爺《ろうや》もいた。

そしてだれもが一斉に喋り始めたお蔭で、おおよそのことはたちまちにしてわかった。

息子が刺されたと知って血相を変えた母親が、出入の鳶《とび》の棟梁《かしら》と何人かの鳶職人を引き連れて、二丁の駕籠で駆け付けたそうだ。一丁に息子を乗せると、もう一丁に母親が乗って、「揺らさないように、怪我人《けがにん》なんだから、ゆっくりな上にもゆっくりとね。酒《さか》代《て》は弾みますから」と駕籠舁《かごか》きに命じ、鳶たちを護衛にして連れ帰ったとのことだ。

「それにしても早かったね。あッと言う間だったもの」

「そりゃ、母親にすりゃ心配でたまらんさ。相手が何者かわかんないとなりゃ、仲間がいるかもしれんんだろう。裏長屋なんかに、大事な息子を置いとけないもの」

「だって、人違いだったんだよ。でありゃ、心配ないんじゃないのかい」

「だからあんたは若いっての。貞光さんじゃないとわかれば、もうねらわれないだろ。瓦版書きに金を握らせて、そう書いてもらったんだよ」

「そんなこと、できんの」

「だと思うんだけどな」

「てことでね」と、嗄れ声の女が信吾に言った。「母親がこんな長屋じゃ掛かり付けの医者の先生に来てもらう訳にいかないって、大騒ぎしたんだよ。それで家に、実家に連れ帰っちまったってことさ」

「そうでしたか。ところで貞光さんのご実家は、どちらでしたっけ」

女の目に不信の色が浮かんだ。まったく油断がならない。

「仕事を頼んでおきながら、実家がどこにあるのか知らないのかい」

脇腹を汗が流れ落ちるのを感じながら、なんとか言い抜けを考える。

「貞光さんの係りの者が体の具合を悪くしましたので、手代のてまえが代理で来ましたものですから」

苦しい出鱈目《でたらめ》を言ったが、そのとき野太い男の声がした。

「貞光さんの実家なら、牛込の神楽坂《かぐらざか》だよ」

教えてくれたのは、長屋を差配している大家であった。町役人や自身番屋に書類を出さなければならないので、店子《たなこ》のことならなにもかも知っている道理である。

「卸《おろ》しも見世売りもしているおおきなお茶屋さんでね、屋号は松籟軒《しょうらいけん》だ」

住所と屋号を頭に叩《たた》きこんで、礼を言うと信吾は長屋を出た。

「こんな長屋ったって、住んでる者のこともちっとは考えてもらいたいもんだわ」

背後で吐き捨てるような嗄れ声がした。

貞光の実家が牛込の神楽坂にあると教えてもらった信吾は、できれば駆け付けて、少しでも早くアンの兄のことを知りたかった。しかし日本橋の通油町から神楽坂へ、そして用をすませて浅草黒船町にもどるとなると、かなりの時間を取られる。事と次第では一日仕事となりかねない。

波乃には通油町に歌川貞光を訪ねると言い、甚兵衛と常吉には相談屋の仕事で、朝は将棋会所に出られないと言ってあった。どちらにも昼には帰れるだろうと告げておいたので、夕刻まで帰らなければ心配するはずだ。

信吾は貞光の実家に出向くのは翌日に延ばしたが、手土産も煎餅《せんべい》にしたので傷む心配はない。いつもなら並木町《なみきちょう》の扇屋《おうぎや》伊勢《いせ》の七種《ななくさ》煎餅か、両国屋清左衛門の大仏餅にする。だが今回は見舞う相手が歌川貞光なので、おなじ並木町だが成田屋《なりたや》常琳《じょうりん》の団十郎《だんじゅうろう》煎餅にしたのだった。

貞光の絵は見たことがないが、歌川派なら錦絵だろうと思ったのである。美人絵、武者絵、役者絵、そして風景画とあるが、貞光が描いてはいなくても役者絵には馴染んでいるはずだ。との理由で、成田屋の団十郎煎餅にしたのだった。

見世売りだけでなく、正月の期間は江戸の町を売り歩くので、団十郎煎餅を知らぬ者はいないだろう。径が五寸（約一五センチメートル）の円形で、四角形が三重になった三升《みます》の紋が入っている。

貞光の実家を訪れるに当たり、信吾はこれまでの成り行きを整理してみた。

貞光が刺されたのを当日とすると、二日目に当たる翌日に、信吾や会所の客たちはそれを瓦版で知ってちょっとした騒ぎになった。その夜、嘉平が母屋に相談に来たのである。

三日目の朝、信吾は「耕人堂」に志吾郎を訪れたが、貞光の住まいは知らなかった。志吾郎は調べるので一日もらいたいとのこと。

翌朝つまり四日目に、志吾郎からの連絡が伝言箱に入っていた。信吾は直ちに通油町の貞光の長屋を訪ねたが、傷を治すために神楽坂の実家にもどっていた。

五日目の朝、信吾は食後の茶を喫して一休みすると、牛込神楽坂に向かって出発した。

八

神楽坂を登って行くと坂上の左手に、毘沙門堂《びしやもんどう》のある善國寺《ぜんこくじ》が見えてきた。近付くにつれて茶を焙《ほう》じる香ばしい匂いが漂い、それが次第に濃くなるのがわかった。

光三郎《みつさぶろう》が通称の若き絵師歌川貞光の実家は、神楽坂上に五区画ある肴町《さかなまち》にあって通りに面していた。諸国銘茶所の看板を掲げる「松籟軒」は、香りのお蔭で探すまでもなかった。香りの強いほうへと歩いて行って、信吾は自然と見世に辿《たど》り着けたのである。

一帯には寺や武家屋敷が多い関係で、見世は繁盛しているようであった。

屋号からして、初代のあるじは風流人だったとわかる。松籟には松の梢《こずえ》に吹く風やその音色《ねいろ》のほかに、茶の湯で茶釜の湯が煮《に》え滾《たぎ》る音の意味もあるとのことだ。まさに商売を字で示した、見本のような屋号ではないか。

出て来た手代に、信吾は微笑み掛けてゆっくりと告げた。

「浅草黒船町の駒形からまいりました信吾と申しますが、歌川貞光さん、つまり光三郎さまに是非ともお会いしたいので、よろしくお取り次ぎを願います」

手代は信吾の言ったことを確認のために復唱し、「少々お待ち願います」と断って中暖簾を潜り奥へと消えた。まさかと信吾が思ったのは、怪我の程度はわからぬものの、すんなりと取り次いでもらえるとは思ってもいなかったからだ。

信吾の期待が膨らんだのは、奉公人の躾《しつけ》がちゃんとできている見世だとわかったからである。礼を失することなく手順を踏んで話せば、耳を傾けてくれるはずだ。よもや門前払いを喰わせることはないだろう。

だがやはりすっきりとはいかないようで、かなり長いあいだ待たされた。

姿を見せたのは母親だと思われるが、四十代半ばの物腰は静かだが凜《りん》とした婦人である。どことなく面窶《おもやつ》れして感じられたのは、息子が大怪我を負わされたことを、信吾が知っているからかもしれない。

何度も首を傾《かし》げながら出て来た相手は、値踏みするように信吾の頭から爪先までをじっくりと見た。手代に名を告げてあるので、信吾は改めて名乗ることはせず、控え目に会釈するにとどめた。

やはり波乃は商家の娘だ、と信吾はしみじみと思った。傷を負って実家に帰っているとすれば母親か、いれば姉か妹のどちらかが付きっ切りで世話をしているはずだと言った。

松籟軒の名は母親のヨネから聞いたことがあるそうで、波乃は茶では老舗であることを知っていた。それだけに、身なりと言葉遣いに少しでも不備があると撥《は》ね付けられると言明したのだろう。

その日の朝、信吾は木刀の素振りと鎖双棍のブン廻しはせずに、鶴《つる》の湯《ゆ》で朝湯に浸り、亀床で頭を整えてもらった。

食事を終え、常吉が番犬「波の上」の餌を入れた皿を持って将棋会所にもどると、信吾は波乃といつもより時間を掛けて茶を飲んだ。

着る物は略装であっても礼を失してはならないと、小袖は銚子産の縮木綿縞《ちぢみもめんじま》に博多《はかた》織《おり》の角帯を締めた。波乃が背後から着せ掛けた羽織も含めて、総じて落ち着いた色合いとした。雪駄《せった》も新品をおろしたのである。

お蔭で門前払いは免れたものの、相手は冷ややかというほどではないにしても、よそよそしかった。

「あいにく本人は臥《ふ》せっておりますので、申し訳ありませんが、会っていただくことはできかねます」

信吾は静かにうなずいた。

「此度《こたび》は思いもしない災難で、さぞや驚かれ心を痛められたことでございましょう。怪我をなさったそうで、心よりお見舞い申しあげます。すでに五日が経過いたしましたが、順調に回復されているのでしょうか」

それには答えず相手は逆に訊いてきた。

「黒船町の信吾さまとおっしゃいましたが、息子は存じあげぬと申しております。浅草から遠路はるばる、一体どのようなご用件でいらしたのでしょう」

「なんの落ち度もないのに、相手の勘ちがいでとんでもないことに捲きこまれ、まことにお気の毒だと思いました。せめてひと言お見舞いの言葉を、と」

「それはご丁寧にありがとうございます。ただお医者さまからは、くれぐれも安静にとのことで、体だけでなく心にも負担を掛けてはならないと言われております。長年お付きあいいただいている方ならともかく、息子とはご交誼《こうぎ》がないとのこと。お気持はありがたくいただきましたので、まことに申し訳なく思いますが、なにとぞお引き取りいただければと」

母親の言うことがもっともだとわかっているだけに、信吾は押し切られそうになった。だがここで貞光に会って訊き出さなければ、アンの兄に関する手懸かりは失われてしまう。信吾としては、なんとしてもそれだけは避けねばならなかった。

「そのことにつきましては、重々承知しております。ですが人の命に関わることでもありますので、むりなお願いだとはわかっておりますが、そこは枉《ま》げてなにとぞ」

人の命に関わるとのひと言が効いたようで、いくらか態度が変化したのがわかった。

「光三郎さんがご存じないのは承知しておりますが、サイイチロウさんの件に関して、どのようなことでもかまいませんので、教えていただきたく」

瓦版に書かれていた名前だが、どうやら裏目に出たようである。いくらか軟化しかけていた母親は、一気に硬化してしまった。

「サイイチロウとおっしゃる方は、息子と一切の関わりがないのはご存じのはずですが」

「実はてまえの知りあいに、才一郎と申す者がおりまして」

信吾が指で空中に才一郎と書いて見せたのは、その方法が意外と効果があることに気付いていたからである。

「光三郎さんがご難に遭った瓦版を読んでから、才一郎はすっかり鬱《ふさ》ぎこみ、知りあいとして見ていられませんでした。事情はわかってはおりますが、なんとかお願いできないかと」

「そのために浅草黒船町の駒形から」と、そこで不意に相手は空を睨《にら》んだ。「たしか信吾さんとおっしゃいましたね」

「はい。信吾でございます」

「駒形と言うのは、もしかして将棋会所の名前でしょうか」

光三郎の世話をしていて、手代に浅草黒船町の駒形の信吾が会いに来たと言われたが、息子の光三郎は知らないと言った。だが母親は記憶のどこかに引っ掛かっていたのだろう。そのため何度も首を傾げながら、中暖簾の奥から出て来たにちがいない。

信吾の武勇譚が書かれた瓦版を母親が読んでいたようなので、なんとかなるかもしれないと期待せずにいられなかった。

「まさか将棋会所のことをご存じとは、思いもいたしませんでした」

信吾がそう言うと、母親の表情が一気に柔らかくなった。

「とんだ失礼をいたしました。やはりあなたが、あの信吾さんでしたか」

貞光の母親は天眼《てんがん》の書いた瓦版を読んでいた。しかも一年と三月ほどすぎているのに、細かなことはともかく大筋は憶えていたのである。

大病を患いながら生還できたのは、世のため人のために成すべきことがあるからだと思い、老舗料理屋を弟に任せることにして自分は相談屋を開いた。それでは食べてゆけないので将棋会所を併設した。

母親はすらすらと、信吾が相談屋を開くに至った経緯を述べ、そして言った。

「今時そんな奇特な人がいるのだと、心から驚かされました。宮戸屋さんでは食事したこともありますし、その息子さんだと知って、信じられぬ思いがしましたもの」と言ってから、母親は続けた。「となれば顔をあわせるだけ、せいぜいひと言ふた言を交わすだけになるかもしれませんが、光三郎に会わずに帰っていただく訳にはまいりませんね」

「お言葉はありがたいですが、事情がわかりました以上、とてもそこまでのごむりは」

いささか阿漕《あこぎ》かもしれないと思ったが、信吾は商人らしい手を使ったのだ。

「信吾さん。それでは、矛《ほこ》と盾《たて》ではないですか」

母親の微かな笑いは信吾のねらいがわかったからだろうが、咎《とが》めることなく大目に見てくれたようだ。

「えッ」と言ってから、信吾は掌《てのひら》で額を打った。「まさに矛と盾です。しかもこれほどの矛盾はありませんね」

「では光三郎、それとも貞光でしょうか」

「どちらでもかまいません。要は名前ではなくご本人ですから」

信吾の言葉にうなずいてから、母親は少し考え、そして言った。

「光三郎に聞きたいことを、病間《びょうま》に行くまでに纏《まと》めておいていただけますか。三つか、多くても五つくらいに。それと、これ以上はとわたくしが思ったときには、打ち切らせていただきますがよろしいですね」

「もちろんです」

信吾はきっぱりと言った。

願いが叶《かな》い、ようやく会えることになったのである。会ったとて知りたいことはほとんど得られまいと思ったが、一度は会えぬかもしれぬと諦めかけていただけに、信吾としてはとにかくうれしかった。

廊下を何度か曲がると、渡り廊下で繋がった先に離れ座敷がある。障子が開けられていたので、背後に積み重ねた蒲団にもたれて、信吾と母親を見詰める貞光が見えた。目があったとき、二人は同時に目礼した。

信吾はふとだれかに似ていると思ったが、だれにとまでは思いは及ばなかった。

母親に目顔でうながされ、信吾は貞光の枕上《まくらがみ》に静かに正座した。坐りながら団十郎煎餅の菓子箱を、そっと母親のまえに押し出すことを忘れなかった。

九

目が貞光の指に吸い寄せられた。

俗に女性のきれいな指を、白魚を並べたようだと喩《たと》えるが、貞光の指がまさにそれであった。五本がそろって細く長く、とてもしなやかに感じられたのである。

「養生中にむりなお願いをして申し訳ありません。浅草黒船町で相談屋と将棋会所をやっております、信吾と申します」

「お顔を拝見するのは初めてですが、それにしても信吾さんは凄《すご》い方ですね」

「えッ、なにがでしょう」

「わずかなあいだに母を味方に付けてしまわれたのですから、並大抵のお人ではないとわかります」

思わず母親を見たが、おだやかな笑みを浮かべてただ黙っている。

「そんなに驚かないでください。母の顔を見ればわかりますから」

「と言われましても」

「わたしは信吾さんに会いたいと言ったのですが、母は断固反対しましてね。見舞いに来たからといって会わせる訳にいきません。今日のところは帰っていただきます。光三郎がどうしても会いたいなら、体が元にもどってから自分で会いに行きなさい、の一点張りでしたから」

「だれの母親であろうとそう言うのではないでしょうか、今回のような災難のあとでは。わたしの母ならもっとひどいと思いますよ、なにしろ下町生まれの下町育ちですから。そうですね、どこの馬の骨ともわからぬ若僧に大事な息子を会わせられるもんですか、追っ払ってやりますよ、くらいのことは言いそうです」

貞光は噴き出してから、思わずというふうに顔を顰《しか》めた。

「傷が痛んだのではありませんか」

「これは失礼。だが笑わずにいられませんでした。母がそっくりおなじことを言ったのです。どこの馬の骨ともわからぬ者に、会わせることはできませんと。その母を納得させるなど、並の人にできることではありませんから」

母親を見ると平然としているので、信吾はいくらかではあるが安心し、思わず微笑み掛けてしまった。

「三つ五つどころか、許していただいた時間を超えそうですが」

「続けていただいてかまいません。そこまでと思えば、わたくしから打ち切らせていただきますから」

貞光は母親と信吾のあいだに、どのような遣り取りがあったかを察したようだ。

「母はわたしと会わせたくないので、断るために大袈裟に言ったようですね。派手に血は流れたものの、傷は思ったほどではありませんでした。医者によりますと、臓腑や太い血の管に傷が及んでおれば、厄介だったとのことです。そうでもなかったので、傷口が塞がりさえすれば問題はないそうでしてね」

「それを伺って安心いたしました。それにしても、貞光さんは根っからの絵描きなんですね」

言いながら信吾が指を一瞥《いちべつ》したので、貞光はすぐに気付いたようだ。

「ああ、指のことですか。師匠にも言われましたよ。光三郎の指は天からの授かり物だ。その指は、絵を描くために天が与えてくれたものだってね。だから励んだぞと、それとなく言いたかったのでしょうけれど」

「いえ、繊細できれいな指のこともありますが、貞光さんはそれを守ろうとなさったじゃありませんか」

「指を、ですか」

「だれだって刃物でねらわれたら、顔や胸などねらわれたところを、腕や掌、それに指で庇《かば》います。そのため腕や手、ほとんどの人が指を傷付けられるのです。曲げられなくなったり、最悪の場合は失うことさえありますからね。それなのに、貞光さんは絵師にとっては命とも言える指を守られた」

貞光はキョトンとなり、直後に噴き出し、またしても痛みのために顔を歪《ゆが》めた。

「それは信吾さんの買い被《かぶ》りですよ。刃物を見た途端に体が竦《すく》んでしまって、身動き取れなくなってしまったのです。お蔭で指は傷付けずにすみましたけれど」

「胸を刺されてしまったのですよね。となると胸を刺されてよかったですね、と言っていいのか悪いのか」

「よかったのですよ、絵師にすれば。指を失っては絵を続けられませんからね」

コホンと母親が空咳《からせき》をした。

「信吾さんは光三郎に、是非とも訊いておきたいことがあったのではないですか」

「そうでした。話が楽しいものですから、つい失念しておりました」と、信吾は貞光に向き直った。「お体に障っては申し訳ないですが、次のことにお答え願います」

そう断ってから信吾は問いを並べた。

絵師貞光は「兄さん、もしかしてサイイチロウさんじゃありませんか」と声を掛けられて、初めて男に気付いたのかどうか。

男は「てめえ、よくも妹を傷物にしやがって。喰らいやがれ」と言うなり、刃物を胸に突き立てたのか。それ以外に男はなにか言っていないか。

瓦版にあったとおりで、貞光は男に声を掛けられて初めて気付き、見知らぬ男だったので答えられないでいると刺されたと語った。

「医者にも町方の人にも何度も訊かれましたが、その二つが相手の言ったすべてです」

信吾は母親に言ったのとおなじこと、つまり知りあいの才一郎が瓦版を読んで以来、とても気に病んでいることを話した。才一郎はなるべく外出を控えているが、どうしてもと言う場合、問題の男には気を付けて近寄らぬようさせたいのだと言った。

「ですが咄嗟のことですから、男の顔や体付きのことは憶えておられないですよね」

「いえ、憶えています。いまでもはっきり」と、貞光は瞼《まぶた》を指差した。「ここに焼き付けてあります」

「焼き付いて」ではなく、「焼き付けて」と絵師は言った。口で言うのは簡単かもしれないが、果たしてそんなことができるのかとの信吾の疑問を、貞光は感じたようである。

「絵師の弟子になりますと、師匠から実に多くのことを教わります。その中の一つ、しかも一番大事なことに、徹底的に物を見て、しかも一瞬にしてその姿かたちを目にとどめよ、というのがあります」

生き物を例に取れば、犬でも猫でもそうだが静かなときと動いているときがある。静かなとき、例えば眠っておれば描きやすい。物を食べているときのように、ほとんどおなじ動きを繰り返す場合も、さほど苦労なく描くことができる。

ところが喧嘩したりじゃれあっているときは、目まぐるしく動きが変化する。絶えず変わる動きを画面に定着させるのは容易でない。一番描きたい動きの一瞬を、瞼に焼き付けておかねば描けないのである。

「日々、その鍛錬をやっておりますので、一度見た顔は忘れるものではございません。ですから筆と紙、墨か絵具があれば、ご本人をまえにしなくても信吾さんの顔を描くことができます。母さん」と、貞光は母親に言った。「だれかに文房四宝を持って来るよう言ってください」

「だめです」と、母親はにべもなく断った。「光三郎は怪我人なのですからね。身のほどを弁《わきま》えて、養生に専心しなければ」

「残念です」と、貞光は信吾に苦笑して見せた。「まるで鏡を見ているのではないだろうか、と思うくらいそっくりに描いて、信吾さんをびっくりさせる自信があるのですが」

貞光は腕を撫《ぶ》して口惜《くや》しがった。

「どの道も奥が深いものですね」

ほとほと感心しながら、鎖双棍のブン廻しとおなじだな、と信吾は思った。

鎖双棍は檀那寺《だんなでら》の住持で、信吾の名付親でもある巌哲和尚に教えられた護身術だ。琉球やもっと南方から伝わった、ヌンチャクともヌウチクとも呼ばれる双節棍《そうせっこん》を改良したものだと言われている。

双節棍は太さも長さもおなじ二本の棒を、主に革紐《かわひも》で連結したもので、棒の太さは一寸（約三センチメートル）前後、長さは一尺（約三〇センチメートル）から一尺五寸（約四五センチメートル）である。この二本の棒を繋ぐ紐は五寸（約一五センチメートル）ほどが多い。

それを改良した鎖双棍は太さが一寸、長さが五寸ほどの棒を、一尺五寸ほどの鋼の鎖で連結したものだ。二本の棒を左右の手で握って、相手の武器である刀、鑓《やり》、棒などを受け止めたり、それを絡め取ったりと、自在に操ることができた。また片方の棒を持って振り廻すなど、「受け」「打ち」「突き」を組みあわせた多彩な攻防の術がある。

鎖双棍の良さは、持ち運びが簡単なこともあった。棒の長さに鎖を折り曲げて紐で縛ると、懐に入れられるし、相手に気付かれることもない。

棒を両手で握って一気に左右に引くと、紐が弾《はじ》け飛んで一本の鋼の棒となる。護身のために何度か使ったが、見たこともない武器の突然の出現は、相手の度肝を抜くに十分な効果があった。

信吾は巖哲和尚から、武術の基本は「よく見ること」だと教わった。鎖双棍のブン廻しは、それを極めるための鍛錬法だ。棒の片方を握り、頭上で円を描くように振り廻すが、そうしながらもう一方の棒に近い部分の鎖の繋ぎ目を見る。

信吾は、そんなことができる訳がないと思っていた。

最初はゆっくりと振り廻すことから始めたが、それでも見えなかった。根気よく訓練を続けるとやがて見えるようになるのだから、人の眼と感覚はふしぎとしか言いようがない。「見えない」が「見えた」に変わると、少し早く廻し、少しずつ早く、を繰り返す。

それがいかに有効であるかを、やがて信吾は身を以《もつ》て知ることになった。

ならず者が不意に殴り掛かったので周囲の者は悲鳴をあげたが、信吾は簡単に躱すことができたのである。相手がゆっくりと拳を握り、ゆるやかに押し出したくらいにしか感じられなかったのだ。となればだれだって容易に避《よ》けられる。

十

毎日、信吾は鍛錬を欠かすことがない。将棋会所の仕事が終わると薄暗くなった庭に出て、木刀の素振り、棒術と鎖双棍の組みあわせ技を反復する。ただし鎖双棍のブン廻しだけは、暗くては鎖の繋ぎ目が見えないので早朝におこなっていた。

武術の基本は「よく見ること」だと信吾は巌哲和尚に教えられたが、貞光は師匠に「徹底的に物を見て、一瞬にして姿かたちを目にとどめること」と教わったのだ。まったく関係のない武術と技芸の分野なのに、「見る」が基本である点は驚くほど共通していた。

ゆえに貞光の言った言葉には、重みが感じられた。こう言ったのだ。

「ですから、わたしが今から話しますあの男の顔や特徴は、きわめて正確だと自負しています。しかし、わたしがいくら自信があると言っても仕方がないですね。信吾さんは渡り廊下からこの部屋に入られるとすぐ、母に示されてそこにお坐りになった。じっくりと見た訳ではありませんが、わたしの目には背丈は五尺六寸と映りました。ちがっておりますでしょうか」

「これは驚きました。おっしゃったとおりの五尺六寸です」

「わたしを刺した男は五尺でした。男とすれば並の背丈ということですね。信吾さんは細身でとても柔らかな動きをなさっているが、男は骨太で頑丈ではあるものの鈍重でした」

貞光は伏せてあった湯呑茶碗を返すと、吸呑《すいのみ》の水を注ぎ入れた。かなり喋ったので咽喉を潤したくなったのだろう。それを見て母親が信吾に言った。

「気が付きませんで申し訳ありません。すぐ茶を淹れさせますので」

「どうかおかまいなく。貞光さんは喋り続けられたので口が渇いたでしょうが、わたしはずっと聞き役でしたので。それより貞光さんはお疲れではないでしょうか、かなり超過してしまいました」

吸呑から水を注いだ湯呑茶碗を手にすると、貞光はそれを一口、二口とうまそうに飲み干した。

「いや、気分は爽快ですよ。いつもは療養だから安静にと言われて、じっとしているだけなので気分が淀《よど》んでしまうのでしょうね。信吾さんを相手に淀みを吐き出しましたから、すっかり楽になりました」

「では、しばらくお待ちください」

母親はそう言い残して座敷を出た。

「先ほどの続きになりますが、サイイチロウではないかと問われてから刺されるまでのわずかな時間、せいぜい息を吸って吐くくらいのあいだに、男の体格とか動きまで見てしまわれたのですか」

「だから見たのではありません。瞼に焼き付けたのです」

「それにしても」

「武芸者は至近から矢を射掛けられても太刀で叩き落とし、でなければ瞬時に身を反らして躱すそうです。鍛錬の賜物《たまもの》でしょうけど」

「すると絵師は、常に見た物を瞼に焼き付けているのですか」

「とんでもない。そんなことをしていたら体がもちません。ここぞと思うときにかぎり、ですよ」

「それを聞いて安心しました」

話も一段落したことでもあるし、信吾は貞光がいよいよ男の容貌について語るのだと、期待して待ち受けていた。だが一向に語ろうとしない。思わず目を見ると、貞光はなんとも奇妙な笑いを浮かべ弁解するように言った。

「はっきり瞼に焼き付けていますと言いました。豪語したと言ってもいいでしょう。ところが話そうとすると言葉にならないのです。いや、勿体《もったい》ぶるとか、信吾さんを焦《じ》らしているのではないのです」

そこへ母親が、そそくさという感じでもどって来た。

「母さん、信吾さんにお茶を淹れて差しあげるのではなかったのですか」

「菊《きく》に頼んでおきました。だって二人の話があまりにおもしろいので、聞き洩らしてはつまらないでしょう」

「呆《あき》れたものです」

「信吾さんの訊《たず》ね方《かた》がいいからかしら、光三郎がわたしの知らないことを次々と話すのだもの、聞き逃せませんよ」

「丁度よかったです。今まさに、光三郎さんを刺した男の顔や特徴を、話してくれようとしていたところですから」

少し意地悪な言い方だと思ったのだろうか、貞光は恨めしそうな目で信吾を見てから、渋々と話し始めた。

「例えば鼻ですと、鷲《わし》の嘴《くちばし》のようないかつい鷲鼻だとか、酒好きで鼻の頭が赤くてぶつぶつのある柘榴鼻《ざくろばな》、低くて小鼻の開いた獅子鼻《ししばな》なんて、聞いただけでだれでもすぐ思い浮かべられるでしょう。目だっていろいろありますよ。垂目《たれめ》に吊目《つりめ》、団栗眼《どんぐりまなこ》に金壺眼《かなつぼまなこ》、出目とか切れ長の目。顔で言えば丸顔に馬面《うまづら》、瓜実顔に面長とか」

母親が横から口を挟んだ。

「狆《ちん》くしゃ、というのもあるわね。あらごめんなさい。でも狆コロがクシャミしたというのですから、余程ひどいかおもしろい顔なんでしょう」

「狆を抱っこした女の人に、うっかりでしょうが可愛いお子さまですねと言った人がいて、お得意を失敗《しくじ》りましたと、噺家《はなしか》が笑わせていましたよ」

信吾がそう言うと母親は笑ったが、貞光はやりにくそうであった。

「顔全体もそうですが、額に眉、目、鼻、頰、口と唇、顎、耳、髭《ひげ》、髪の毛と、どこだって特徴を言えるものなのですよね。ところがまちがえてわたしを刺した男には、こんな、と言えるほどの特徴がないのですよ。顔全体も部分も、ありふれたと言うか、平均的と言うか」

そこまで言った貞光の顔は、いつの間にか真っ赤になっていた。

「ああ、もどかしい。たまらなくイライラする。母さん、だれかに文房四宝を持って来るよう言ってください。水を注《さ》すのを忘れないようにね」

先ほどは叱って拒否したのに、貞光の迫力に負けたらしく、母親は足早に座敷を出た。癇癪玉《かんしゃくだま》を破裂させたためか、潮が退《ひ》くように貞光は冷静さを取りもどしたようだ。しかし信吾は話し掛けずに、そのままにしておいた。なぜなら貞光が男の顔を描こうとしていることがわかっているので、果たしてどんな顔が描かれるだろうかと興味津々だったからである。

「もしかして信吾さんは、わたしが男の顔かたちを言葉にできないのが、信じられないのではないですか」

「そんなことはありませんが」

「瓦版にはいかにも目付きの鋭い悪人面《あくにんづら》、とだけしか書かれていませんでした。それを読めばだれだって自分なりの顔を思い描くはずなのに、本人を見た貞光はなぜそれを言葉にできないのだろうって」

そこへ母親がもどって来た。

「すぐに用意するよう言い付けましたから」

うなずくと貞光は信吾に続きを話し始めた。

「人を短刀で刺したでしょう。瓦版の書き手は、その場に居た人に聞いたことを書きますからね。短刀を引き抜いた男が、凶暴に映らない訳がありません。だがわたしの目に映った男の素顔は、そんなものではなかったのです。言い方に困るほどの、ありふれた顔だったのですよ」

「お待たせいたしました」

あたふたとやって来た小僧が、貞光が母に言った筆に紙、そして硯《すずり》に墨を置いて去ろうとした。

「これ、待ちなさい」と、母親が厳しい声で言った。「硯に墨をと言われたら、墨を磨《す》るところまでやるものです。そうしないと字も絵も書けないでしょう。そこまで気が廻らなければ、一人前の商人にはなれませんよ」

「すみません」

　言われた小僧は大急ぎで墨を磨ると、頭をさげて逃げるように部屋を出た。よほど高価な墨なのだろう、なんとも爽やかな香が漂っている。

　母親と信吾に背を向けると、筆を手にした貞光は硯の丘で墨を含ませた。筆を十分に慣らすと、一気に走らせたのである。まさに、あれよあれよという間であった。

「それほどかかりませんから、墨が乾くまで待ってください」

　しばらくして貞光は両手の指で紙の上端を摘《つ》まむと、それを二人に見せた。

「あッ」と、信吾は思わず声に出してしまった。「これはわたしの似顔絵じゃありませんか。だって、わたしは貞光さんを刺しちゃいませんよ」

「そこで冗談が出るのだから、信吾さんはたいしたものです」

　信吾はまじまじと絵に見入った。「鏡に映ったようだと驚かれますよ」と貞光はいったが、まさに生写《しょううつ》しであった。やや細身な面長の輪郭、濃くてくっきりした眉、生き生きとした目、通った鼻筋と、そこにあるのは鏡に見る自分の顔にほかならなかった。

「これはすごい」

「ほんと、そっくりね。母さんも描いてもらいたいわ」

「そのお齢で、遺影はまだ早いのではないですか」

「いくら親子でも言いすぎですよ、光三郎」

笑っていた貞光はすぐに真顔にもどった。いよいよ男の顔を描くのだが、果たしてどんな顔が出現するのかと、信吾は胸がわくわくするのを覚えずにいられなかった。貞光は筆を手に適度に墨を含ませながら、しばらく紙を見ていたが、静かに筆をおろした。信吾のときほど早くはなかったが、それでも想像していたほど時間は要さなかった。

墨が乾くのを待って、おなじように貞光は二人に絵を見せた。

しばらく二人は声もなかった。

なんともふしぎな肖像画であった。

「だれにも似ていないのに、部分をよく見ると、だれにも似ているようである」と、思わず信吾は呟いた。「貞光さんが言葉にできないと言った理由が、なんとなくわかる気がしますよ」

「それがわたしが見た男の素顔です」と言ってから、貞光は信吾に訊いた。「いかがなさいました、信吾さん」

「あまりにも特徴がないので、才一郎になんと言えばいいだろうかと。例えばよくわかる特徴、色が白いとか逆に黒いとか」

「白くはないですね」

「では色黒」

「でもありません。目立つほど白くもなければ、黒くもなかったのです」

「頬に刃物傷があるとか、鼻の横に目立つ黒子《ほくろ》が」

「あれば真っ先に話しますよ」

「それもそうですね。しかし背は高くなく低くなく、色は白くなければ黒くもないのでしょう。最初に一目見ただけでわたしの背丈を五尺六寸と言われていなければ、からかわれているとしか思えませんよ」

「すみません」

「謝られても困りますが」と、そこで信吾は言った。「あの、貞光さん」

「はい。なんでしょう」

「今日初めてお会いしたばかりなのにあつかましいお願いですが、この絵をわたしにいただけませんか。才一郎に見せないと、わたしの口からは、貞光さんを刺した男はこんな顔をしていると、言葉で伝える自信がありませんので」

「初めから差しあげるつもりでした」

「はい。納まるところに、きちんと納まりましたね」と、母親が言った。「二人とも、いいお友達ができてよかったではないですか。楽しそうに話しているところは、とても知りあったばかりとは思えませんよ。まるで幼馴染みたいでしたもの」

　母親に菊と呼ばれた女中が、盆に載せた湯呑茶碗を持って来た。

「遅くなって申し訳ありません」

謝ってから信吾、母親、貞光の順にそれぞれのまえに茶碗を置くと、頭をさげて部屋を辞した。まず客に、続いて主人側の年齢順にと、やはり礼に適っている。

その仕種《しぐさ》の品の良さから、どうやら女中ではなくて母親か貞光の世話係のようであった。いや、親類か知りあいの娘かもしれないと、信吾はそんな気がしたのである。

一瞬だが菊と貞光が目を見交わしたのを、日々、鎖双棍のブン廻しで鍛えている信吾の目は見逃さない。どうやら菊は、いや双方が惹かれあっているように感じられた。

訪問は思っていた以上にうまくいったが、予想していたとおり、得られたものはほんのわずかでしかなかった。

十一

「あッ」と声を挙げて、信吾は突っ立ってしまった。

景色が一斉に停止してから、ほどなく動き出した。そんな気がした。通行人たちが何事だろうと立ち止まり、呆然《ぼうぜん》と突っ立っている信吾を見て笑いながら歩き出したからである。

朝の六ツ半（七時）すぎに浅草黒船町の借家を出た信吾が、牛込神楽坂上の「松籟軒」に着いたのは五ツ半（九時）を四半刻《しはんとき》（約三〇分）ほどすぎたころだったろう。貞光から話を聞き、昼近くなったので暇《いとま》を告げようとすると、「食事の用意をしているので、光三郎といっしょに食べてください」と母親に言われた。

信吾と話したことで息子がすっかり元気になったと母親が喜んでいるとなれば、遠慮は却って失礼になると、馳走《ちそう》になることにしたのである。菊の世話を受けながら食事をしたが、最初に感じた以上に貞光との仲が進んでいるのを信吾は感じた。母親がおらず信吾が他人ということもあって、貞光も菊も気が緩んだのかもしれない。

瓦版絡みで鳶を引き連れた母が駆け付けるなど、ちょっとした騒ぎを起こしたので気恥ずかしくなり、貞光は通油町の長屋は引き払ったとのことである。荷物はわずかでしかないが、手代が引き取りに行ったのだろう。

しかし絵師の仕事を続けるには、やはり日本橋界隈で住まいを探すことになると貞光は言った。

「となると今度のあれこれを契機に、いっしょに住むことに決めたのでしょう」

「えッ、どういうことですか」

貞光が惚《とぼ》けたために、信吾はますます確信した。しかし返辞をせずにいると、「母に聞いたのですね」と貞光が言った。自分から白状してしまったのである。

「この離れ座敷に来てからはずっと貞光さんがいっしょで、お母さまと二人きりになることはありませんでした。ここに来るまでは、なんとか貞光さんに会わせてもらうよう説得に必死でしたから、そんな話を聞く余裕はありませんでしたよ」

「だったら、どうして」

「二人の見交わす目と目、あれを見ればだれだってわかります」

「まあ」

そういって菊は頰に手を当てたが、その頰は真っ赤に染まっている。白魚を並べたような指をした絵師が選んだだけあって、菊は美貌のぬしであった。そしてやはり、白魚を並べたような指をしていたのである。使用人なんぞではなく、言い交わした仲なのだとはっきりした。

「日本橋近辺と浅草の黒船町なら、往復しても四半刻とちょっとですね。怪我が治っていっしょに住むようになったら、是非お会いしましょう。わたしの伴侶《つれあい》は波乃と言いますが、ちょっと変わった女で、あたしは押し掛け女房ですと自慢し、威張っています。貞光さんとお菊さんなら、きっといい友達になれると思いますから」

信吾はその遣り取りが、神楽坂を訪れた最大の成果のような気がした。

貞光の母親に袋入りの茶を渡され、菊といっしょに見送りを受けて、信吾は丁重に「松籟軒」を送り出された。

前日は午前中だけであったが、今日は午《ひる》をかなりすぎるまで、将棋会所を甚兵衛と常吉に任せることになった。信吾は肴町の真崎屋十兵衛《まさきやじゆうべえ》で、「まさご餅」を箱に詰めてもらい手土産にした。留守を頼んだことのお礼に、常連客といっしょに甚兵衛に食べてもらうためである。

神楽坂をくだって牛込御門の手前で左に折れると、信吾は柳橋の手前まで神田川沿いの道を選んだ。牛込御門から番町を抜けようとも考えたが、武家地はやたらと道が折れ曲がっているので、却って長い距離を歩かねばならぬこともあるからだ。

浅草橋で左に折れて日光街道を北に進むと、ほどなく左手に御蔵前片町がある。信吾は真っ先に嘉平に、貞光の描いたアンの兄の似顔絵を見せたかった。

嘉平は茂十の持参した瓦版で、アンの兄が若い男を刺したと知って愕然《がくぜん》となった。アンに兄があることなど聞いたことがなかったそうだが、貞光の似顔絵を見せたらなにかがわかる可能性もある。

刺した男が「よくも妹を傷物に」と言ったので、アンの兄と見做《みな》されているが、信吾は兄でない可能性もなきにしもあらずと見ていた。

描かれたのが知っている人の顔なら一気に問題を解決できるだろうし、でなくてもいくらかの前進はあるはずだ。知りあいでないとしても見たことがある顔なら、見掛けたときや場所にもよるが、なんらかの手掛かりが得られるかもしれない。

お互いになにかあれば連絡しあうということで別れたが、嘉平はあれから会所にも母屋にも一度も顔を見せていなかった。特に進展がないということだろうが、信吾のほうは状況が一変していた。

なにより貞光の描いた似顔絵が最大の成果で、場合によってはアンとの共通点などが見付かるかもしれない。アンに関して信吾は話を聞いただけだが、嘉平は特別な仲になっている。絵を見れば、思い掛けない発見があってもふしぎはない。

そう言えばともに五尺だと言っていたが、兄妹《きょうだい》であれば普通は兄のほうが大柄なことが多い。貞光が男を五尺と言ったのは、信吾の背丈を誤らなかったことからしても正確なはずだ。

一方、嘉平によるとアンも五尺だとのことである。閨《ねや》で何度も抱きあっているのだから、アンの背丈がわからぬはずがない。五尺六寸の嘉平よりちいさいとすれば、多少の誤差はあってもほぼ五尺でまちがいないだろう。

ところで嘉平はアンについて、次のように語っている。

島田髷に結った髪は艶やかな漆黒で、白い肌がさらに白く感じられた。顔は顎がわずかに尖り気味の瓜実顔で、黒目がちの目が生き生きと愛くるしい。鼻は高くはないが形がよく、唇は紅を差しているとは思えないのに、赤みが強く感じられた、と。

ところが貞光が言った男は、まるで摑みどころがなかった。はっきりしているのは、背が男の平均である五尺だということ。体格は骨太で頑丈ではあるものの、動きは鈍重だということぐらいである。

色は白くもなければ黒くもない。額、眉、目、鼻、頬、口、唇、顎そして耳だが、そのどれにも、ひと目見てわかるほどの特徴はないのだ。

背丈が五尺という以外に、二人に似通った部分はないのだろうか。

もっとも男児は母親に似、女児は父親に似ることが多いと言われている。アンは父親、兄は母親の血を濃く受けたのかもしれなかった。だがそれをたしかめることはできない。なぜなら両親は、アンの幼時に流行病で亡くなったからだ。

それ以外にもアンと兄では、父あるいは母がちがうことも考えられなくはないのである。それだけに、絵が多くのことを解決してくれるかもしれないとの期待があった。

信吾が「あッ」と声を挙げて通行人たちを驚かせたのは、新橋《あたらしばし》をすぎた辺りであった。神田川に架けられた昌平橋《しょうへいばし》、筋違《すじかい》御門への橋、和泉橋《いずみばし》などを右手に見つつ、下流に向かって歩き続けていたのである。

とんでもないことを思い出したのだ。「松籟軒」の離れ座敷に通されて初めて貞光に対面したとき、信吾はだれかに似ていると思いながらだれとまで思いは到《いた》らなかった。

嘉平だったのである。

目鼻口などの個々が相似しているのではないが、それらを含めた全体の雰囲気が実によく似ていることに気付いた。そう言えば嘉平と貞光は、背丈はおなじ五尺六寸であった。

辻褄《つじつま》があう。鍵穴に鍵がぴたりと嵌《は》まったのだ。

だからこそ貞光は、サイイチロウにまちがわれて男、つまりアンの兄に刺されたのである。なぜならサイイチロウは才一郎であり、嘉平の偽名であった。背丈がおなじで雰囲気が似ていたから貞光はまちがわれたのだ。

アンの兄は才一郎本人、つまり嘉平を知らないことがわかった。雰囲気から見当を付けて、確認のため「兄さん、もしかしてサイイチロウさんじゃありませんか」と訊いたのだ。貞光が訳がわからずに答えられないのを見て、まちがいないと確信して刺したにちがいない。

ところで実際は嘉平は嘉平の偽名だとしても、才一郎を知っているのはアンと喜三治の二人だけである。嘉平は喜三治の飲み屋に通っていたので、常連の中にはかれの名が才一郎だと知っている者もいるだろう。だが知っていたとしても、事件との関係は考えられない。顔と名前を知っていれば、確認する必要がないからだ。

となるとそれを教えたのは、アンか喜三治に絞られる。名前はサイイチロウで背丈は五尺六寸、こういう雰囲気の二十歳《はたち》ぐらいの男だと教えたはずだ。だから本人を知らないアンの兄は、名前を訊いてから刺したにちがいない。

ほんの少しではあるが見えてきた。このようにして、絡まった糸を少しずつ解きほぐしてゆくしかないのだ。

アンと才一郎こと嘉平のあいだに、なにがあったかを知りたいが、果たして訊き出せるだろうか。信吾が知っているのは、嘉平が理想の女と思い描いていたアンに出会い、身も心も結ばれたという時点までである。

瓦版が出るまでのあいだに、アンはおおきく変わったにちがいないとまで言いながら、兄のことをたしかめるのが先だと信吾は判断した。嘉平には次回にと言ったが、あのときアンとのその後について聞くべきだったのだ。

浅草橋で北に折れて、信吾は日光街道をひたすら北に進んだ。

ああでもないこうでもないと、心の裡で繰り返し、そのためにほかのことが考えられなくなっていたにちがいない。気が付いたとき嘉平の住む御蔵前片町はとっくに通りすぎて、黒船町と諏訪町《すわちょう》の境の木戸近くまで来ていた。

嘉平に貞光の描いた似顔絵を見せるため、引き返そうかと思ったが考え直した。神楽坂上までの往復でかなり疲れていたので、ここでまた御蔵前片町へという気にはなれなかったのである。

右に折れて大川のほうへと歩いて行く。やがて将棋会所と母屋が見えてきた。

頭の中を考えが堂々巡りしている。

嘉平とアンが男と女の仲になってから瓦版に至るまでの経緯が、まるでわからない。嘉平は瓦版が出るまでアンの兄の存在を知らなかったと言ったが、それも疑わしいと言えば疑わしいのである。

なにもわからない状態で嘉平に会って似顔絵を見せれば、思いもしない事実がわかるかもしれない。しかし、得られるはずの情報が得られなくなることも考えられるのだ。それにしても、わからないことがあまりにも多すぎる。だから空廻りを繰り返すばかりであった。

男がサイイチロウを刺したのは、怒りのあまり殺そうとしたのか。二度と手出しするなとの脅しで、殺す気など毛頭なかったかもしれないのだ。だからこそ貞光は胸を刺されながら、臓腑には害を被《こうむ》らなかったと考えられなくもない。

それよりも男がアンの実の兄であれば刃物で決着をつけようとせず、話しあいという方法を採るのではないだろうか。妹を傷物にされたということで、高圧的な談判となるか、いっしょになる気かどうかを確かめ、答え方次第で豹変《ひょうへん》するにしても……。

貞光ではないが「ああ、もどかしい」と思わざるを得ない。臆測ばかりでは埒《らち》が明かないのである。

信吾はこれまで、相談者の話すことをひたすら聞くように努めてきた。矛盾や不確かな部分を次々と質《ただ》すような方法は、原則として採らないことにしている。

しかし相談者は、なにからなにまで正直に話す訳ではなかった。隠す気はなくても、話し辛《づら》いことは後回しにするのが人の情というものだ。だからひたすら聞くだけで、問題を解決に導けるとはかぎらない。ときとして楔《くさび》を打ちこまねばならないこともある。今回がそれではないだろうか。

将棋会所の格子戸を開けて信吾が土間に入ると、顔をあげた甚兵衛が笑い掛けた。

「お帰りなさい、席亭さん。神楽坂への往来《ゆきき》となると、さぞやお疲れでしょう」

「昨日今日と留守にして、本当に申し訳ありませんでした。神楽坂で真崎屋の『まさご餅』を買ってきましたので、甚兵衛さんと皆さんで召しあがってください。常吉」

「へーい」

「お茶を淹れて、これを皆さんに。おまえもいっしょにいただきなさい」

「はい！」

ここにきて、目に見えて少年から若者に変わりつつある常吉だが、食べることになると元気になるのは、奉公を始めたばかりのころとまるで変わらない。

常吉に菓子箱を渡すと甚兵衛が言った。

「このあと対局も指導も入っていませんので、席亭さん、母屋にもどって一休みしてくださいよ」

「では、お言葉に甘えさせていただきましょうか」

柴折戸《しおりど》を押して母屋の庭に入り、待ち受けていた波乃に貞光の母からもらった茶の袋を渡した。

「よかったですね、解決して」

「えッ、どういうこと」

「だってこの包み、松籟軒特製の特上のお茶ですよ。なにもかもうまく行ったので、お礼にいただいたのでしょう」

問題を抱えているのは嘉平で、貞光にはいろいろ聞いたり教えてもらったりしたのだが、特上の茶の袋包みを見て、波乃は勘ちがいをしたのかもしれない。

「いろいろあってね。本当にいろいろあったんだ」

先日の嘉平が相談に来た日にも、信吾は波乃にはその内容を話してある。もっとも際どい部分や露骨な表現は、省くか言い換えておいたが。

だからこの日も一部始終を、貞光と菊がいっしょになるらしいことも含めて話した。波乃に話すことで整理ができて、なんらかの発見があるかと思ったが、そちらは期待外れであった。

武芸、それに踊りや唄などの稽古事は、一日休むと取りもどすのに三日掛かると言われている。

その日の朝は、木刀の素振りも鎖双棍のブン廻しもやらなかった。神楽坂までの往復もあってかなり疲れてはいたが、信吾は木刀の素振りと、棒術と鎖双棍の組みあわせ技の鍛錬に、たっぷりと汗を流した。

十二

夕食を終え、波の上の餌を入れた皿を持って常吉が将棋会所にもどったので、信吾と波乃は八畳の表座敷に移って茶を飲んだ。

「夜分に恐れ入ります」

「嘉平さんだ」と波乃に言ってから、信吾は声をおおきくした。「はーい。今すぐ」

客用の座蒲団を用意する波乃に酒を頼んで、信吾は嘉平を迎えに玄関に急いだ。

前回もそうだったが、嘉平はやはり表情が硬い。生真面目な人だけに、難問をまえにして余裕を持てないでいるのだろう。

信吾は世間話のように、さり気なく話し掛けた。

「明日、片町のお家《うち》に寄せてもらおうと思っていたのですが、嘉平さんのほうはなにか進展がありましたか」

「いえ、特に」と言ってから、嘉平は付け足した。「家にいても落ち着きませんので」

「喜三治さんの見世には」

八畳間に導きながら聞いたが、嘉平は首を振った。

「瓦版が出てからは、足が遠退いています」

「そうですか。もう少しなにかがわからないと、行き辛いですよね」

いつまでもそのままではすみませんよ、との気持を含ませたが、どうやら気付いたふうではない。

「信吾さんのほうは、なにか」

「え、ええ」

どちらにしようかとの思いでためらったが、それ以前にまだ考えの整理ができていなかった。問題を検討し直して、明日になっても嘉平が会所に顔を見せなければ、夜にでも御蔵前片町の家に出向こうと思っていたのである。

信吾にすれば一日早かったが、嘉平が来たとなれば話はべつであった。現段階での最善を尽くし、解決の道を探らねばならない。

信吾が迷ったのは、二案のどちらにも魅力があったからだ。二人が心身ともに結ばれて以降のアンとのあれこれを訊くべきか、貞光の描いた似顔絵を見せるべきかだが、双方ともになにかを引き出せそうな期待が持てた。

「ちょっとお待ちいただけますか」

迷った末に信吾は似顔絵を見せるほうを選んだが、なによりも具体的なため、嘉平の反応を明確に得られると思ったからだ。話となるとどうしても時間が掛かってしまうが、絵なら見た瞬間に答が出ることもあるだろう。

奥の六畳間に置いてあった似顔絵を手に信吾が八畳間にもどったとき、波乃が銚子や盃を載せた盆を持って来た。二人のまえに置いて去ろうとしたが、いっしょに聞いてもらえないかと嘉平に呼び止められた。

「よろしいんですか、あたしも聞かせていただいて」

「もちろんです。男なら思いもしないようなことに、波乃さんになら気付いてもらえるかもしれませんから」

どことなく心細げな感じがするのは、前回の別れ際に信吾がアンの変化について触れたからかもしれなかった。しかも、二人が知りあってから信じられぬくらい変わった可能性がある、などと意味ありげに言ったのだ。

そう言いながら、信吾があれこれと動き廻っていたこともあって、そのままになっていたのである。そのため嘉平は悶々《もんもん》として日々をすごし、痺《しび》れを切らしてやって来たと考えられなくもない。

「ゆっくりと飲んでいただけるよう遠火で三本、燗を付けておきました。これを空にしたら、ちょうどあちらが飲みごろになっていると思いますよ」

「波乃なら、腕っこきの飲み屋の女将になれそうだな」

「あら、まえにも言われましたが、もしかすると信吾さんは、あたしを飲み屋の女将にしたいのかしら」

「波乃なら客あしらいの巧みな女将になるだろうけど、となるとタダで飲ませてもらえそうにないな」

深刻な嘉平の顔に気付き、他愛《たわい》ない話をしすぎたと信吾は反省せざるを得なかった。

波乃が坐ったので信吾は酒を注いでやったが、そのころには真顔にもどっていた。

「嘉平さんには、これを見ていただきたいのですが」

裏返しておいた肖像画を見せた。

いかなる変化が見られるだろうかとの期待もあって、嘉平の顔を注視していたが特にというか、まるで表情は変わらない。

「これは、どなたの」

訊き方からは「だれを描いたものか」とも、「だれが描いたのか」とも取れる。しかしいずれにしても、嘉平のまったく知らぬ、見たこともない人物だとわかった。嘉平はアンの兄に会ったことがないということだ。

波乃は瞬《まばた》きもせず絵に見入っている。

「勘ちがいされて刺された絵師の歌川貞光が描いた、問題の、つまり貞光を刺した男の似顔絵です」

場合によっては自分が刺されていたかもしれないということもあり、嘉平は改めて、喰い入るように絵を見直している。

しばらく待ってから信吾はもう一枚の絵を見せた。貞光に男の似顔絵をもらったとき、「だったら、こちらもどうぞ」と手渡されたのだ。

「信吾さんですね。それにしても見事だ。よく描けている」

こちらはすぐにわかった。嘉平の言葉に波乃も感嘆の声をあげた。

「そっくりですね。生き写しだわ。だけどいつもの顔と少しちがいますよ」

「どうちがってるんだ」

「余所《よそ》行《ゆ》きの顔をしています」

初めて訪れた家で、なんとか母親を説き伏せて貞光と話すことができたのだ。そのため緊張していたのだろうが、絵を見ただけで波乃はそこまで読み取ったのだろうか。となると貞光の力量はかなりのものだと言える。

師匠に言われた貞光が、見た物を目に焼き付ける訓練に励んでいること。信吾を見もしないで似顔を描き、おなじ伝で男の絵を描いたことを話した。

「よく見て、しっかりと目に焼き付けてくださいね」と、信吾は嘉平の目を見ながら言った。「これが、嘉平さんだと思って貞光を刺した男の顔です。この男を見掛けたら、近寄らずに身を隠してください」

嘉平はじっと絵を見ていたが、ふと行灯《あんどん》に目を遣り、それから絵にもどすということを何度か繰り返した。

「ですが気が付くでしょうかね。出会ってもわかるでしょうか」と、嘉平は不安気に言った。「いえね。絵から目を逸らしたら、ほとんどなにも残っていないのですよ、目からも頭からも消えてしまって。見直せば、ああこの顔だと思いはするのですが」

「なるほど、まるで印象が残りませんでしたか。絵師がうまく言えなかったのもむりはないですね」

貞光が男の顔を言葉で表わすのに苦労し、であればと描いたのがその似顔絵だと信吾が言うと、嘉平と波乃はしきりと首を傾げていた。絵師なのにどうして、と疑問に思ったのかもしれない。

「ということで、似顔絵はそれまでにしておきましょう」

嘉平がこれといった反応を示さなかったので、信吾は次に移ることにした。

「実は嘉平さん」

「はい、なんでしょう」

改まった信吾の口調に、嘉平が緊張するのがわかった。

「実はわたしと波乃は、めおと相談屋をやっています」

「存じておりますよ」

なにを今さらとの思いが正直に顔に出た。

「相談客の事情で事態が急変することがありますし、新たな事実がわかって駆け付けるなど、この仕事はなにがあるかわかりません。どちらかがいない場合でも、相談客のどのような都合にも応じなければならないので、わたしたちは客の相談内容については教えあっているのです。だから嘉平さんの相談に関しても、細かな内容はともかく、おおよそのことは波乃にも伝えてありましてね」

ですが露骨な内容までは話していません、との意味を言外に籠めたのだが、嘉平にわかったかどうか。

「嘉平さんが思い描いていた理想の女であるアンと、心身共に結ばれたところまでは話していただきました。ところが瓦版の男が勘ちがいで貞光を刺すに至った経緯については、まるで伺っておりません。その点をなんとしても」

嘉平は信吾をじっと見ていたが、ゆっくりと、しかも何度もうなずき、そして言った。

「それを聞いていただくしかないと思って、わたしもやってまいりました」

信吾は唾を呑みこみ、波乃はそっと手で口を押さえた。

「や、やや、ややができたようです、とアンに言われましてね」

信吾と波乃が思わず顔を見あわせたのは、まるで不意討ちのように感じたからである。

だが考えるまでもなく、男と女の仲になったのだから子供ができてなんのふしぎはない。

「それはおめでとうございます」

波乃の声は次第に尻すぼまりになり、笑顔が途中から消えてゆくのがわかった。貞光がまちがわれて刺されたことは、アンの懐胎と無関係なはずがない。いかなる事情が介在しているかは不明だが、単純に「おめでとう」と言える状態ではないということだ。

信吾はなんとか声には出さず、顔色も変えぬようにしていたが、思いは波乃とおなじであった。安易に祝いを述べていいのかどうかさえ、わからないのである。

それだけではない。

嘉平がアンにいつ打ち明けられたのか、そして今日になって明かす気になったのはなぜか。それすらわからないのである。瓦版が出る何日かまえかもしれないし、二月《ふたつき》も三《み》月《つき》もまえだったとも考えられた。だから嘉平が打ち明けるに至った過程を知らぬままに、迂闊なことを言う訳にはいかないということだ。

九寸五分でねらわれることになった理由は、さまざま考えられる。

子供ができたのに、嘉平がいっしょになることを拒んだから。それともアンはなんとしても産みたいのに、嘉平が堕胎を迫ったのだろうか。自分の子供だと認めなかったことすら、考えられぬことではない。

嘉平の話では、アンはかれが思い描いていた理想の女であったはずだ。であれば寝物語として嘉平はアンと結ばれた喜びを熱く語り、繰り返しささやき続けたにちがいない。

でありながら子供ができたと知って、掌を返したように嘉平がそんな態度を示したら、アンにとってそれほどの裏切りはないはずだ。たまたま知った兄が「とんでもない野郎だ、生かしちゃおけん」と、怒り狂ったことは十分に考えられる。

一瞬でそれらの思いが頭を駆け巡ったが、本人を目のまえにして穿鑿《せんさく》すべきことではないと思い直した。なによりも信吾と波乃には、嘉平がアンに懐妊を打ち明けられたことしかわかっていないのである。

アンの兄のことだけでなく、嘉平の家族についても二人はなに一つとして知らない。訊きたいことは山ほどあるが、ここは相談屋としてどんな些細《ささい》なことも逃さないよう、聞くことに集中すべきなのだ。

こと今回の相談に関しては、これまでのような遣り方では解決できないかもしれない。信吾は目顔で嘉平をうながした。

十三

「アンに子供ができたことを打ち明けられて、わたしはどれほどうれしかったか知れません。ですが喜びがおおきかった分だけ、戸惑いもそれとおなじくらい、いやそれにも増して重く伸《の》し掛かってきたのです」

嘉平が並べて言った喜びと戸惑いが、信吾には相容《あいい》れなく感じられた。嘉平が諸手《もろて》を挙げて歓喜したさまがありありと目に浮かんだだけに、なぜそれが戸惑いを招いたのか理解できなかったからだ。

「喜びと戸惑いが同時に、あるいはわずかな差で顔に出たのでしょうが、アンの目には戸惑いしか見えなかったのだと思います。それによってアンの喜びや夢などが、ひっくり返されて、つまりわたしがひっくり返してしまったとしか考えられないのです。わたしは自分がいかにうれしいかを、口を極めて言い募りましたが、一度ひっくり返ってしまったものは、もとにはもどりませんでした。まさに覆水盆に返らずです」

「でも、なぜ戸惑いが」

信吾は思わず訊いてしまったが、嘉平が語り始めたばかりだっただけに、相談屋としては褒められたことではない。嘉平の胸の裡には語りたいことが溢《あふ》れていて、口を切ったその出鼻を挫くに等しい行為だったのだ。

だが幸運なことに、なぜ自分が戸惑ったかを嘉平は語りたかったらしい。

「あまりにも早かったために、わたしの計画が完全に狂ってしまったのです」

「アンさんのことを、ご家族に話していなかったのですね」

波乃が思わずと言うふうに訊いてしまった。信吾とおなじく、相談屋としての禁を破ったのである。

いやちがう、と信吾はその思いを振り払った。相談客あっての相談屋なのだ。そして相談客は、だれ一人としておなじではない。

これまでかなりの相談を解決してきたので、類型化して見える部分があるのはたしかだ。だからつい忘れてしまうが、相談者はすべてがちがっている。似た悩みはあるかもしれないが、おなじ悩みはないのだ。

今回の相談は嘉平が悩みを語り、それを信吾と波乃が解消してゆくというこれまでの型に嵌まらぬものかもしれない。決め付けてはならないし断を下すべきではないだろうが、嘉平、信吾、波乃がおなじ比重で、それぞれの考えを打ち出して、三人で力をあわせて解決すべき新しい型の相談事なのだ。そんな気がした。

「そうなんですよ。わたしには自分なりに考えた手順がありましてね、それに添って運ばなければ、うまくいかないとわかっていました。なぜならわたしの両親はありふれた、というのは世間的な頑固さを、それも取り分け強く持ったという意味ですが、まさにその典型だからです」

世間的な頑固さは嘉平の思いなのだろうが、わかったようでわからぬ意味あいなので、黙って続きを聞くことにする。

そんな両親が、孤児で、しかも飲み屋で働いているアンを、嫁として受け容れるとは考えられなかった。だから嘉平は緻密に計画を練り、少しずつ認めさせてゆく方法を採ることにしたのである。

そして見極めが付いたら、アンを両親に会わせようと思っていたのだ。アンは素直でやさしく控え目なので、かならず気に入ってもらえるとの思いがあった。

ところが不意討ちのように懐妊を告げられたのだから、強い戸惑いに囚われて当然だろう。ならば計画を練り直して、なんとしても両親にアンを認めさせるしかない。だがあとにして思えば、嘉平のその一瞬の戸惑いを、アンは全否定と取ってしまったにちがいない。

だからあとはなにを言っても、アンは逆に解釈したのである。なぜわかってくれない、なぜちゃんと話を聞いてくれないのだと、あまりの頑迷さに嘉平は腹立ちを覚えずにいられなかった。

「だがなによりも強く二人を繋ぐはずの赤ん坊を、わたしが受け容れようとしないと感じたアンの衝撃が、わたしはわからなかったのです。両親を失って身寄りのないアンにとって、わたしが頼るべきすべてだったと気付けなかったのですね」

「ですが、兄さんが」

「はい。そのことは、これから話そうとしていたのですが」

嘉平は弱い笑いを浮かべた。信吾はつい、相撲で言うところの勇み足をやってしまったのである。

「子供ができたと言ったのに、わたしが喜ばないばかりか、困り切ったような顔をしたとしかアンには思えなかったのです。とんでもない。わたしはどれほどうれしかったことか。ただわたしにはさっき言ったような事情があって、それが戸惑いになったのですが、アンにわかる道理がありません」

アンの信じられぬほどの反応に呆れはしたものの、なぜそうなったかも少しずつわかるようになったので、嘉平は懸命に説得しようとした。ところが一度《ひとたび》全否定と取ってしまったアンにはそれが逆効果となり、わずかな亀裂があっという間に拡《ひろ》がってしまったのだ。そしてついには半狂乱になったのである。

「兄ちゃんに言い付けてやる」

嘉平にすれば寝耳に水であった。

「兄さんがいるなんて話、言ってなかったじゃないか」

「悪い人の仲間になって仕事もしていないから、話せば才さんといっしょになれないと思って黙ってたの。でも、こうなったら言い付けてやる。なにかあればアンはおれが守る、が兄ちゃんの口癖だからね。怖いよ、人を半殺しにしたことだってあるんだ。才さん、どうなったって知らないから」

二人は不忍池《しのばずのいけ》に面した出合茶屋にいたのだが、アンはそう叫んで茶屋を飛び出してしまった。アンは嘉平を才一郎と思いこんでいるから、才さんと呼んでいたのである。

「そのときは、悔し紛れに脅し文句を言ったのだろう、くらいに思っていまして」

アンの剣幕が尋常でなかったこともあり、嘉平は喜三治の見世に行くことができなかった。行けば喚《わめ》き散らすかもしれないし、喜三治も当然事情を聞いているだろうから、なんと責められるかわからない。

人から頼まれたアンを嘉平の人柄を信じて任せたのに、期待を裏切っただけでなく、才一郎という偽名を使っていたのだ。嘉平には弁解の余地もない。

アンの誤解はなんとしても解かねばならなかったが、どうしても足が喜三治の飲み屋に向かわなかったのである。

「その四日後に例の瓦版が出たのです。アンに本当に兄がいたのだとわかって、どれほど驚いたことか」

アンの両親は好きあっていたが、親が許してくれなかったので駆け落ちをして江戸で暮らすようになったと、嘉平は聞いたことがあったそうだ。となると両親の親戚とは、おそらく無縁になっていたと思われる。

もしかするとアンにとっての肉親は、兄だけなのかもしれない。

ヤクザな兄ゆえに、アンは嘉平に言えなかった。だが両親を失って兄と妹だけになったとすれば、兄は人一倍妹思いだったと考えられる。なにかあればアンはおれが守るが口癖だと言ったが、兄にすればそれくらいしかできないとの思いもあったのかもしれない。

妹の元気がないので心配して訊いたら、アンはつい洩らしてしまったのだろう。となると兄が黙っている訳がないではないか。

自分とまちがえられて若い絵師が刺されたことを知った嘉平は、その夜、思い切って信吾に相談した。だが一番の問題であるアンの兄のことはどうしても話せず、瓦版が出て初めて知ったことにしたのだ。

信吾と波乃は思わず顔を見あわせた。ようやくのこと、全容が見えた思いであった。しかも見えたときには難問山積で、どこから手を付けていいかわからない。

何日も心に鬱積していたもやもやした思いを吐き出したはずなのに、嘉平はすっきりするどころか、さらに沈んだようであった。それを受け止めた側の信吾と波乃も、ともに堪《たま》らない重苦しさに囚われるのをどうしようもない。

それぞれが思い思いに、腕を組み、天井を睨み、畳の一点を凝視するしかなかった。そうしながらも自分なりに考えを纏めたり、問題を掘りさげたり、疑問を洗い直したりしていたのだ。

口を切ったのは信吾だったが、相談屋のあるじとしてなんとかせねばとの思いが、そうさせたのだろう。

「嘉平さんにお聞きしますが」

「は、はい。なんでしょう」

「思いも掛けず困ったことになってしまいましたが、いっしょになるならアンしかいないとの気持に変わりはありませんか」

「もちろんです」

それを聞いて信吾と波乃は顔を見あわせ、おおきくうなずいた。であれば、ほかに方法は考えられない。

「だったら会うしかないですよ」

「でしたら会うしかありませんね」

信吾と波乃が同時に言ったので嘉平は驚いたが、言った二人もおなじくらい驚いた。三人は何度もそれぞれの顔を見あっていたが、いつの間にか信吾と嘉平の目が波乃の上で止まった。

まず波乃の考えを聞かせてほしいということで、本人も当然だと思っていたようだ。

「嘉平さんはアンさんに会うしかないと、あたしは思います。このまえはカッとなって、ひどいことを言って飛び出してしまいましたが、そのあとで瓦版が出ました。色恋沙汰の上での刃物三昧ですから、アンさんの働く飲み屋で話題にならない訳がありません。お客さんたちはなにも知りませんから言いたい放題、無責任なことを言うでしょうね。アンさんにすれば堪らないと思います。自分が兄にうっかり洩らしたために、人が刺されて大怪我を負いました。たまたま勘ちがいであったけれど、場合によっては自分がこの人しかいないと心に決めた、しかも腹の子供の父親である嘉平さんが刺されたかもしれないのですからね。そのことでアンさんは後悔して、自分を責めながら嘆き哀《かな》しんでいると思います。そんなアンさんを慰められるのは、嘉平さんしかいないではありませんか」

「そのとおりです。おっしゃることはよくわかりますが、そうは言われても」

「あのときはカッとなって聞く耳を持たなかったでしょうけど、今ならアンさんは聞いてくれます。すぐにはむりでもかならず親を説き伏せ、もしも親がどうしてもだめだと言えば、駆け落ちしていっしょになりたい。親と縁を切ってでも、アンさんと夫婦になりたいと言うべきなのですよ」と、間を取ってから波乃は続けた。「嘉平さんには、ご兄弟はいらっしゃいますか」

「姉と妹が一人ずついますが」

「すると一人息子ですね。だったら強いじゃないですか。嘉平さんがどうしてもと頑張りとおせば、親御さんも認めるしかないと思います。商家はなによりも家を、信用を大事にしますから。でもそれは切り札ですからね。アンさんには話しても、ご両親に言うのは最後の最後ですよ」

ふーッと、嘉平はおおきな溜息《ためいき》を吐《つ》いた。

「アンさんは嘉平さんがそう言ってくれるのを、今日か明日かと首を長くして待っているのです。あたしは女ですから、アンさんの気持が痛いほどわかります」

言い終えた波乃は、あとは任せましたよと言いたげに信吾を見た。

「波乃の言うとおりだと思いますね、嘉平さん。さすがわが女房だと惚《ほ》れ直しました、というのは冗談ですが」

「あら、冗談ですか」

困ったことに、波乃はときどき本筋から逸脱することがあった。

「掛けあいならいくらでも続けられるけれど、大事な話をしているから、ここは太夫《たゆう》と才蔵《さいぞう》は止めとこう」と、嘉平に向き直った。「わたしも嘉平さんになるべく早く会ってもらいたいのですが、その相手は波乃の言った人とはちがいます。わたしがなんとしても会ってもらいたいのは、アンの兄です」

「まさか」と言ったのは嘉平だった。

「なにをおっしゃるの。冗談だとすれば、いくらなんでもひどすぎますよ」と、これは波乃である。

むりもない。貞光を刺したのだから、そんな男に会えばどうされるかわかったものでないと、だれだって思うはずだ。

「冗談でもなんでもありません。わたしは大真面目ですし、それしか手はないと思っているのです。飛んで火に入る夏の虫だ、今度こそ心臓を一突きにですって。とんでもないですよ。そんなことをする訳がありません。このまえはたった一人の妹を孕《はら》ませておきながら、いっしょになる気はないと思ったから頭に血が上ったのです。でもそれはとんでもない勘ちがいで、なんとしてもアンといっしょになって幸せにしてやりたいというのが、嘉平さんの本音だとわかってもらえるはずです。そのために親を説得するときをくださいと、正面からそう言えば、一徹者でも妹が可愛くてならない兄です。是非ともよろしく願いますと、頭をさげるに決まっています」

「席亭さん、……ではなかった、信吾さんでしたね。わかりました。こうなれば、命を捨てるつもりでやってみます」

「馬鹿なことを言ってはいけない」

信吾は頭から打ち消した。

十四

「つもりだとしても、たった一つしかない命を簡単に捨てないでくださいよ。絶対にうまくいきますから、なにもそう悲痛になることはありません。これは今までに難問をいくつも解決してきた相談屋だから、わかることなのです。うまくいくに決まっています。

どうなさいました。あまりにもわたしが調子のいいことを言うものだから、却って不安になったのではありませんか」

「そんなことは」

「いいえ、わかります。不安になって当然ですよ。いくらなんでも調子がよすぎますもの。でもわたしには相談屋として積みあげてきた実績があります。そうですね、その例を一つお聞かせしましょう。なにがいいだろうか」と、考えを纏めようとして空中に目を泳がせた。「嘉平さんが相談に来られた最初の日、初めて入った飲み屋で、たまたまその日が仕事初めだったアンと知りあったと話してくれました。アンはまさに思い描いていた女で、橋銭を払って川風に吹かれて帰る嘉平さんの心は、踊らんばかりに浮き浮きしていたと話されましたが、憶えてらっしゃいますか」

信吾がなにを言いたいかわからないからだろう、嘉平は慎重に答えた。

「もちろんです、が」

「わたしは嘉平さんから、アンの働く喜三治の飲み屋がどこにあるか、教えてもらっておりませんね」

「ええ。隠していた訳ではないですが、言われてみると話していませんでした。それなのに、わかるのですか」

「はい。お家に近い蔵前でも柳橋でもありません。両国でもなければ向こう両国でもないし、浅草広小路近辺とは考えられない」

　地名を挙げるたびに嘉平が緊張するのがわかったが、信吾が次々と否定してゆくので、次第に落ち着かなくなったようだ。めぼしい所は挙げたので、残りはかぎられていた。喜三治の飲み屋は、信吾が挙げた以外の地にあるということである。

「なぜ、今おっしゃったところではないと」

「それは簡単にわかるではありませんか。嘉平さんのお住まいの御蔵前片町は大川の西側にありますから、橋銭を払って川風に吹かれながら帰ったとなれば、大川東岸の向島、本所、深川からとなるでしょう」

　嘉平も波乃も目を丸くしている。言われてみると当然すぎることなのに、それに気付きもしなかったからだろう。

「両国は大川の西ですが、向こう両国は東側にありますよ」

「それも含めて、これから話します」

「そうしますと、信吾さんは一体どこだと」

そう言った声は掠《かす》れていた。つまり信吾の読みはちがっていなかったということだ。

「残念ながら町名まではわかりません」

　嘉平はちいさな溜息を吐いた。

「ですが、次のうちのいずれかのはずです。吾妻橋東詰めにある中の郷の、瓦町か竹町、あるいは北本所表町、南本所番場町ですが、一番考えられるのは表町ですね」

町名まではわからないと言いながら表町の名を挙げたのは、信吾がゆっくりと町名を羅列したときに、北本所表町で嘉平の眼球が微かに動いたからだった。

「ちがいますか」

「いえ、おっしゃるとおりです。でも場所がわかるようなことは言った覚えがありませんが、信吾さんはどうしておわかりに」

「橋銭を払って川風に吹かれて、とおっしゃった。両国橋は御公儀が架ける橋なので無料ですが、民間普請の千住大橋、吾妻橋、新大橋、それに永代橋では、通行料の橋銭を徴収します。というところから始めて、嘉平さんのお住まいのある御蔵前片町からの距離、位置関係などから判断して割り出しました。両国橋を渡るのはタダなので、東岸であっても向こう両国ではありません」

なんのことはない。嘉平が最初に相談に来た日に、信吾が推理したことを言っただけである。

「それにしてもすごいです。相談屋さんはそのように、何事も理詰めで物事を突き詰めてゆくのですね」

相手が感心しきっているので、大見得を切っても文句を言わずに許してくれるだろう。

「そのわたしが言うのですから、ここはなんとしてもアンの兄に会っていただかねばなりません。アンと所帯を持てば、女房の兄ですから、嘉平さんにとっては義理の兄になるのですから」

「兄ですか。義理の兄ができるのですね」

と言ったものの嘉平はぼんやりしている。実感が湧く訳がないのだ。

「上手《うま》く説得してご両親も説き伏せ、アンと夫婦になれたらとの条件付きですけれど。嘉平さんは上下が女だそうですから、義理ではあっても初の男兄弟ができる訳です。わたしには弟がいますが、男兄弟はなかなかいいものですよ。だから正面からぶつかって、なんとしてもいっしょになりたい、幸せにしたい。兄さん、どうかよろしく願います、くらい言ってご覧なさい」

「いくらなんでも兄さんとは言えませんよ。だってまだ義兄弟にもなんにも」

「ですが、言われたほうは悪い気がしないと思います。おれを兄貴だって、となりゃ仲良くしなきゃな、となりますよ。兄でもないのに兄さんと言ったということは、それだけ兄弟になりたいと熱っぽく思っているということですからね。兄は嘉平さんの手を取って、妹をよろしくお願いしますと頭をさげるはずですから。弟よ、くらい言うかもしれません。あッ」

信吾はわざとおおきな声を出した。

「われながら、素晴らしいことを思い付きました。波乃は嘉平さんに、アンに会うように言いましたね。わたしはアンの兄に会うように言いました。だったら三人で会えばいいじゃありませんか。嘉平さんとアン、そしてアンの兄の三人で。そうすれば手っ取り早く一度でケリがつきますから」

嘉平はアンとのことで自分が何度も戸惑ったことを打ち明けたし、信吾や波乃と話していても戸惑う場面が何度もあった。だが信吾の提案には戸惑い程度ではすまず、すっかり困惑したふうである。その理由は信吾にはわからぬでもない。

「と言われても、どうすればいいかわからないのでしょう。若い絵師を刺した男と、『オさん、どうなったって知らないから』との捨て台詞を残して飛び出したアンですからね。どちらか一人と会うのでさえ大事なのに、そんな二人に同時に会うなんてことが、と、だれだってそう思いますよ」

「でしょう。それをやれと言われましても」

「簡単ではありませんが、できないことはありません。いや、かならずできます。だけど手順がありましてね。当たって砕けろでは、本当に砕け散ってしまいますから、まずは喜三治に会ってください」

「だってあの人には、顔に泥を塗ったと恨まれているんですよ、わたしは」

「喜三治の懐に飛びこむしかありません。なぜならあの人は、今回の出来事の要石《かなめいし》ですからね。知りあいにアンを預けられた人ですし、アンが働く飲み屋のあるじですから、その喜三治抜きでは話は纏められません。喜三治が臍《へそ》を曲げでもしたら、お手上げです。喜三治を攻略しないかぎり、この話は纏まりませんよ」

「攻略しないかぎりと言われたって」

「知りあいから頼まれたアンが身籠って、しかも当の相手、つまり嘉平さんとはうまくいっていない。喜三治は頭を抱えているはずです。そこへ張本人である嘉平さんがやって来たとなると、あッ、喜三治にとっては才一郎ですね。本気でアンを捨てる気なら来る訳がないのに、なんとこの男はやって来た。しかも嘉平さんは実は才一郎は偽名です、と正直に打ち明けるのです。あのときはまだどうなるかわからないし、喜三治さんが知りあいに頼まれたと言ったので、なにかあってはと思ってつい嘘《うそ》を吐いてしまったのですと。そしてアンとのあいだには誤解があったようですが、自分はなんとしても添い遂げたい。しかも子供がアンの腹に宿っている。その子を父《てて》なし子《ご》にするなんて考えることもできない。親はなんとしても説き伏せるので、アンと会わせてくださいと頼みます」

　願ってもないことなので喜三治が受けない訳がないが、「さんざん心配させやがって」との意地もあるから、簡単にはウンとは言わないだろう。だけどまちがいなく受けるに決まっている。なぜなら受けるしか、ほかに方法がないからだ。

「喜三治は内心ではホクホクでも、渋々と、しょうがねえから大目に見てやるしかねえか、という感じで受けるはずです」

先ほど波乃が言ったように、カッとなって池之端《いけのはた》の出合茶屋を飛び出したものの、その後事情がわかるにつれ、アンはどうしようもなく後悔しているはずだ。あのときは裏切られたと思って頭に血が上り、才一郎の言うことを聞こうともしなかった。裏切られたのでなく自分の勘ちがいだとわかれば、もともとこの人しかいないと思っていた、お腹《なか》に宿しているその子の父親と夫婦になれるのである。

「地獄から一気に極楽に、ですからね。ついこのまえ極楽から地獄に落ちたばかりですから、この喜びは二倍も三倍もおおきなはずです。と、ここまでくればわかりますね。まず喜三治を説得してアンと会わせてもらい、アンの誤解を解いて兄と会えるよう段取りを付けてもらう。そして大芝居を打ちます。あとは義兄弟になれるかどうかですよ」

じっと信吾を見てから、嘉平はきっぱりと言った。

「大丈夫です。だって、相手は待ってくれているのですから。自分が守り抜いてやらねばと思っていた、たった一人の血を分けた妹を孕ませておきながら、逃げる気だと思っていたがそうではなかった。不器用そうで口下手だが、根はまじめでいいやつじゃないか。となりゃ力になってやらねばなるまい、となるに決まっています」

波乃がクスリと笑ったのは、嘉平がまるで信吾が乗り移ったようになって、口調までそっくりになっていたからかもしれなかった。それに「不器用そうで口下手だが、根はまじめでいいやつじゃないか」が、嘉平が自覚しているから出た言葉だとわかったからである。
「嘉平さん、今度のような、というのは生涯に何度か巡って来る山場ですが、こういう
ときには真正面からぶつかるしかないと、わたしは檀那寺の和尚に教えられました。な
にが大事かだけを考えて、真正面からぶつかるしか道は拓《ひら》けない。それに変な細工なん
て効くものではないのだよ、とね」
「わかるような気がします。いえ、よくわかります」
「嘉平さんならできますよ。と言うより、なんとしてもやらねば。だって、その向こう
にはさらに高くて険しい山が、待っているのですから」
「両親ですね。正面から当たります」
「どうにもならなくなったら相談に来なさい、なんてことは言いません。ここは嘉平さ
んが一人で立ち向かい、突破するしかないのですから」
　嘉平は信吾の目を見詰めたまま何度もうなずき、信吾も力強くうなずき返した。
「一人で喜三治を説得するよう言ったとき、嘉平さんは尻込みしました。アンの兄に会
うように言ったときにもね。懐に九寸五分を呑んでいるかもしれないのだから、むりは
ありません。わたしは一瞬ですが、自分も立ち会おうかと思ったほどです。ですが嘉平
さん一人でなければ駄目なのです。わたしがいっしょだと、それだけの男かと見縊《みくび》られ

て、相手はまともに話そうとすらしないでしょう。だから、ここは男一匹」

「やりますよ。ここでやらなきゃ、男でないですから」

硬い表情で「夜分に恐れ入ります」とやって来たときとは、まるで別人の嘉平がそこにはいた。

勘ちがいではあったにしても貞光が刺されたと知ったとき、信吾は嘉平に付き添ってアンの兄に会わねばなるまいと思っていた。場合によっては嘉平に代わって、自分が兄に立ち向かわねばならないと覚悟していたのである。

となると久し振りに鎖双棍を使うことになるだろうが、できればそれは避けたかった。なぜなら相談屋の武器は言葉だから、なんとか言葉の勝負で収めたかったからだ。

しかし使わずにすみそうになったので、信吾は胸を撫でおろしたのであった。

状況が変わったのでその必要はないと思ったが、信吾は念のために御蔵前片町の家まで嘉平を送って行った。信吾がもどると波乃が頰に手を当てている。

「どうしました。顔が火照っているようだけど、まさかお多福風邪じゃないだろうね。ちいさな子供が罹《かか》りやすいそうだから、となると心配だ」

「ひどい。あたし、子供じゃありませんよ。今日、嘉平さんを説得しているところを見せてもらって、その迫力の凄《すさ》まじさで、相談屋としての旦那さまのすごさがよくわかりました。あたし顔だけじゃなくて、まだ体中がポッポとしています」

自分も要所では的確な助言を与えながら、波乃は信吾の話の進め方に驚いたようであった。信吾はポッポしているというその頰に、そっと手を触れた。

夫婦になってまる一年がすぎているので、信吾に波乃の言いたいことがわからぬ訳がない。程よく酒も入っていることでもあるし、と思いながら見ると、波乃は頰をさらに赤くして恥ずかしそうに俯《うつむ》いた。

十五

「あの人が来なくなると、と言うか、顔が見えないだけで妙に寂しいですな」

将棋会所に顔を出さなくなってそれほど経《た》っていないのに、時折だれかがそんなふうに言うことがある。嘉平ではなくて、髪結いの亭主の源八のことであった。

なにかが話題になるとすぐ話に加わるし、声もおおきいのでどうしても目立ってしまう。女房のスミに面倒を見てもらって遊び暮らしていながら、まるで悪びれたところがない。将棋は飛び抜けて強くはないが、上級の中くらいで頑張っていた。

根が明るいこともあって、源八は多くの人に好かれていたのである。常連の中では、飛び抜けて人気者であったのだ。

神か仏か知らないが、ときとしてとんでもない悪戯《いたずら》をすることがある。源八が三十歳になって、なんと三十五歳の姉さん女房のスミが懐妊したのであった。

源八は髪結いの亭主を返上して、生まれ来る子供のために働く決意をした。だが年齢や奉公の経験がないこともあって、どこも雇ってくれない。ところがそれまで事あるごとに源八に嫌味を言っていた平吉の尽力で、笠を商う実家の「清水屋」で働けることになった。

黒船町に将棋会所を開いてからの常連だった源八だけに、信吾にすれば寂しさ懐かしさは人一倍である。しかし生まれ来る子供のために働いているとなると、陰ながら声援を送るしかない。

源八の場合は例外としても、体調を崩したり田舎で祝い事があって出掛けたりで、数日姿を見せないだけでもだれかがそのことに触れる。常連とはそういうものだろう。

ところが十日、半月と姿を見せなくても、嘉平に関してはだれも話題にしなかった。もともと顔を見せるのが不定期ではあったが、いかに地味で目立たない客だったかということである。

信吾といっしょに嘉平の相談に乗った波乃は、気になってならないらしく、それとなく触れることがあった。

「簡単にはいかないさ、なにしろ解決するには、克服すべきことがたくさんあるからね」

喜三治を説得し、アンを納得させた上で、アンの兄にもわかってもらわねばならない。だがそれは前提にすぎず、難関が待ち受けていた。両親に認めさせないかぎり、アンとはいっしょになれないのである。信吾はなるべくわかりやすく、具体的に進め方を話したが、その一つ一つが嘉平にとってはとんでもない難問であることは承知していた。

波乃も理屈の上ではわかっているはずだが、それでもときどき口にすることがあった。黙ってはいても、嘉平のことを考えていると思えるときもある。

嘉平の両親が営む料理とお茶漬けの見世「桐屋」は、黒船町からは七町（七六〇メートル強）ぐらいしか離れていない。ようすを訊きに行くのは簡単だが、相談屋としてはすべきことではなかった。

これまでにも相談に来たものの、その後どうなったかわからない者もいる。かと思うと何ヶ月もすぎて、中には一年以上も経ってから報告に来た例もあった。「お蔭さまですっかり解決しました」とか、「相談した件がうまく運びましたので、手代から異例の出世で番頭になれました」などと、そういう場合の報告はどれも明るく、手土産付きであった。

相談屋としては力になれたのだから、うれしくて頬が緩んでしまう。

その日、浅草寺弁天山の時の鐘が八ツ（二時）を告げてほどなく、大黒柱の鈴が二度鳴った。

波乃と所帯を持ったとき、信吾は空家となっていた将棋会所の隣家を借りた。そちらを母屋とし、境の生垣に柴折戸を設けて行き来できるようにしたのである。しかし連絡が頻繁になると煩わしいこともあり、両家の大黒柱に鈴を取り付けて合図するように決めた。

二度鳴れば来客ありだが、信吾は「あるいは」と思った。ときに直感が働くことがあって、しかもけっこう的中する。

甚兵衛と常吉に断って、信吾は柴折戸を押して母屋の庭に入った。

黄八丈《きはちじょう》と島田の髷で、直感が外れたのがわかった。だが、すぐにそうではないと気付いたのは、横に嘉平の顔が見えたからである。となると黄八丈はアンということになる。

一体どういうことだと目を疑ったのは、嘉平だけならともかく、こんなに早く二人がそろって来るなど考えられなかったからだ。半年はかかるのではないだろうか。進め方にもよるだろうが、早くても三月は要するだろうと思っていたのである。

沓脱石《くつぬぎいし》からあがると、嘉平とアンがお辞儀をした。横に坐るのを待っていたように、波乃がお道化《どけ》気味に言った。

「大変なことになっちゃいました」

「どうやらそのようだね」

信吾がそう受けると、波乃が嘉平を目顔でうながした。

「その節は本当にお世話になりましたが、実はもう一つ」

「新しい相談じゃないだろうとは思うけど」

「の、ようなものですかね。いや、ちがいます。折り入ってのお願いが」

最初に母屋に来たとき、嘉平が将棋会所の客でもあるので、信吾は「まさか相談事ではないでしょうけど」と訊いた。その答が「の、ようなものですかね」であった。もっとも本人は憶えていないだろう。

波乃を見ると、今にも噴き出しそうな顔をしている。悪いことではなさそうだが、まるで見当も付かない。目を嘉平に転じた。

「信吾さんに、なんとしてもお願いしたいことがございまして」

「なんだか怖いですね。それにここは相談屋で、お願い屋さんではないのですが」

言いながら笑ったのは余裕があったからだが、それも一瞬でしかなかった。

「信吾さんと波乃さんに、是非ともわたしとアンの仲人をお願いいたしたく」

波乃が噴き出したのは、口を開いて目を真ん丸にした信吾の顔が、予想していたとおりだったからだろう。

「仲人だなんて」と、あわてて信吾は言い直した。「そのまえに、お祝いを言わなければなりませんね。おめでとうございます」

「ありがとうございます」

「それにしても早すぎませんか。まさか、というのが本心ですよ。だってあれからまだ」

「一ヶ月と二十日ですからね。自分でも信じられぬほどです」

「とすると、どんな秘策を使ったのですか」

「信吾さんと波乃さんの真似《まね》をしましてね。そしたら、まさかというほどうまく運んで」

「お聞きになったら、仲人を受けるしかなくなると思います。是非やらせてくださいと、信吾さんから頼みたくなるかもしれません」

先に話を聞いたらしく、波乃は一人でおもしろがっている。

「聞かないほうがよさそうだ」

「聞かずにいられますかしら」

「それより、わたしたちの真似というのがわからない。そのまえに、喜三治さん、アンさん、兄さんと手順を踏んで、それからご両親でしょう」

「それを全部やりました。今までのわたしの遣り方ではむりだと思ったので、信吾さんと波乃さんの遺り方で」

「それがわからない。それに、わたしたちの遺り方と言われても」

「このまえ、信吾さんだけでなく波乃さんにも加わってもらって、相談に乗っていただきました」

　世の中にはこんな人たちもいるのだと、驚かざるを得なかったとのことだ。

　嘉平はどうしても、失敗するのではないだろうかとか、うまく行かなかったときはどうしようとか、悪いほう悪いほうへと思いが行ってしまう。ところが信吾たちは、こうすれば絶対によくなるはずだとの思いで、ともかく動き始め、失敗など考えもしない。うまく行かなければべつの方法に切り替えるだけだと、まったく苦にしないで、ともかくまえへまえへと進む。

「それに明るい、それも底抜けに明るいでしょう。相談の途中でお二人が冗談を言いあって笑うのですからね。あれには驚くというより呆れてしまいました。こちらは深刻に悩んで相談に来たのにと、正直言って腹が立ったほどです」

　だが、腹を立てるほうがおかしいのではないかと、思い直したそうだ。

　相談屋は二年以上も続いているし、いろいろな難問を解決して、多くの人に感謝されていると評判もいい。将棋会所はここにきて各地に随分と増えたが、その中にあってかなりの水準とのことだ。ちがったことを二つやっていて、ともに成功している。

それは信吾と波乃が何事も良いほうに取り、常に明るさを失わず、まえを向いて生きているからこそ得られたのではないだろうか。それに比べ自分はいつも、二人とは逆を選んでいたことに嘉平は気付いたとのことである。

「そこでまず喜三治さんでしたが、信吾さんのおっしゃったとおりやってみたんです」

「簡単には行かなかったのではないですか」

「はい。わたしが才一郎という偽名を使ったことがあったからでしょうが、何度も跳ね返されました。ですが粘りに粘って、とうとうわかってもらうことができたのです。大変なのはアンでした」

「あたし、夢かと思うくらいうれしかったですけど、喜三治さんに言《い》い包《くる》められていましたから」

「簡単に受けては駄目だよ。せめて泣いた涙の分は取りもどさなくちゃね、くらいのことを言われたのかしら」

「なぜわかるのですか、波乃さん」

「相談屋をやっているとね、それくらいは自然とわかるの」

「波乃、調子に乗っちゃ駄目だよ。アンさんはすっかり信じてるじゃないか」

信吾がそう言うと、嘉平がそれまでからは考えられぬほど明るい声で笑った。

「そんなこととは知りもしないから、こちらは汗びっしょりになって訴え続けて、そこまで言うならと、やっとのことで。それからヘイさん、わたしもついこのまえ知ったばかりですが、アンの兄の名なんですがね。ヘイは平《たいら》でもなければ戦う兵でもなくて、アンとおなじ片仮名のヘイなんですけど、こちらもなんとか」

「実は兄さんも、やっぱりうれしかったんですって。いけない、これは内緒だぞって言われてました」

アンはぺろりと舌を出した。嘉平が初めて入った飲み屋での出来事を、信吾は思い出さずにいられなかった。喜三治に叱られたアンが、「ごめんなさい、あるじさん」と謝ってからぺろりと舌を出したのだ。なんとも言えぬ可愛らしさに、嘉平は見惚れてしまったと言っていた。

さもあらん、と思わざるを得ないほど、信吾が見てもアンは初々しかったのである。

「今まで黙っていましたけれど、アンがヘイさんのことを打ち明けたので、わたしも話さない訳にまいりませんね」と嘉平がアンをちらりと見てから、信吾と波乃に言った。

「そこまでおっしゃるならアンをお任せしますと頭をさげたあとで、ヘイさんはまじまじとわたしを見てこう言ったのです。おいらはこんな半端者になってしまったが、たった一人の妹のアンには、なんとしても幸せになってもらいたい。だから嘉平さんやご両親、たしか『桐屋』でしたね、御蔵前片町のお見世には絶対に迷惑を掛けるようなことはしません、と」

だれもが黙ったままであった。

十六

波乃が懐から手巾《しゅきん》を出して、そっとアンに手渡した。アンの両眼には涙が盛りあがり、頬を伝い落ちていた。アンは波乃に頭をさげて、手巾で涙を押さえた。

「しかし兄のヘイさんまではなんとかなっても、ご両親は簡単にいかなかったのではないですか」

信吾がそう言うと、嘉平はそうなんですよというふうにうなずいた。アンの涙を見たからだろうが、むりに明るく振る舞おうとしているふうに見えた。

「それまでのわたしだったら、とても説得できなかったと思います。ですからそこは、お二人から学んだことを活かして」

「一体どんな技をでしょう。見当も付きませんが」

「真正面からぶつかって、小技も使ったのですが」

信吾には、嘉平が自慢したくてたまらないのがわかった。二回の相談のときとはまったく別人のように余裕があるのは、すべてがうまく行ったので、信吾や波乃との会話が楽しくてならないからなのだ。

となると相談屋の信吾としては、調子をあわせるべきであった。だから嘉平が話しやすくなるように惚《とぼ》けたのである。

「あの不器用で口下手だった嘉平さんが、ご両親に対して小技を使うとはなあ。それにしても、一体どんな技を使ったのだろう」

「そのまえに大技を使いましてね」

「ますますわからなくなった」

嘉平はまず両親に、好きな娘ができたのでなんとしてもいっしょになりたいと話したのである。真正面からぶつかったのだ。であれば会いますから、連れて来なさいと父親が言った。親として当然のことだろう。

そこで嘉平は無邪気な笑顔になって、人の好《よ》い惣領《そうりよう》の甚六を演じた。

「連れて来れば、いっしょにしてくれるのですね」

「馬鹿を言ってはいけません。であれば会いますからと言ったでしょう。まずは本人に会って、嘉平の妻として、わが家の嫁としてふさわしいかどうかを見極めます」

「そう言われるのではないかと思ったので、ない知恵を絞りました」

「これ、なにを言い出すのだね。変なことを考えては困りますよ」

「息子のわたしが、変なことを考える訳がないじゃありませんか。父さん母さんに喜んでもらおうと、それだけを真剣に考えました。なにが一番喜んでもらえるだろうと考え抜き、お二人に内孫を、と」

目一杯無邪気を装う嘉平の言葉に、両親は顔を見あわせてなんとも複雑な顔をした。

両親のようすを信吾と波乃に話してから、嘉平は事情を説明した。

「初孫の内孫なら文句なかったのですがね、嫁いだ姉に子供ができていましたから、ただの内孫になったのですが」

「アンさんに赤さんができたと言われて、それを早速、ご両親攻略の武器に変えた訳ですか。思い切った大技を使ったとなると、嘉平さんも隅に置けませんね。なかなかの策謀家だ」

「いえいえ、わたしなんぞはとてもそのような。なんとか努力して、せめて師匠の足もとに額《ぬか》ずきたいものと」

「澄ました顔で、とんでもないことをおっしゃる。その師匠とは、もしかするとわたしのことではないでしょうか。だとすれば、それこそ出藍の誉れですよ」

波乃が思わずというふうに噴き出した。笑い上戸の波乃なら、以前はこういうときには箍《たが》が外れたものだ。それを抑えようとするために、繰り返し発作に襲われて、長いあいだ涙を流すほど笑い続けたのである。

医者の卵の高山望洋《たかやまぼうよう》と話していたときにもその発作に襲われたのだが、信吾はとても短時間では治まるまいと思っていた。ところが思ったより短い時間で抑えられたのである。

　理由を聞くと、それまではなんとか抑えようとして抑えきれずに、繰り返しの笑いに苦しめられたらしい。だから抑えずに笑いたいだけ笑ったら、思ったより早く治まったとのことだ。

　以来、箍の外れたような笑いに襲われることはなくなった。信吾はいい解決策に気付いたと安心したが、ときに箍の外れた笑いを懐かしく思うことがある。

「いけない、また横道に逸れてしまいました。で、赤さんを持ち出されて、ご両親の反応はいかがでしたか」

「そのまえに父はたしかめましたが、そういうところはさすがに商人だと感心しました」

　真剣な顔で父は息子に訊いたのである。

「内孫をと言ったって、まさか生まれた訳じゃないだろうね」

「もちろん生まれてはいません」

　嘉平がそう言うと、父と母は目をあわせたが、安堵の色がありありと出ていた。透かさず嘉平は言った。

「それに、まだ男の子か女の子かわかりませんから」

　父は顔を強張らせた。

「なにを言い出すのです。一体どういうことなのだ」

「おわかりなんでしょう。まだ相手の方のお腹の中、ということですよ」

わかってはいても自分の口からは言いたくなかったのだろう、母に言われて父は憮然《ぶぜん》となった。さあ勝負どころだと、嘉平は腹を括ったのである。それは父もおなじであったようだ。

「嘉平、わかっているだろうが、物事には順というものがある。その流れに添わねば、物事は進まないのだよ。婚礼をすませて正式の夫婦となってから、子供を授かるのが順というものです。だから腹の子のことは抜きにして、まずは嘉平がこの人だと決めた人に会います。連れて来なさい」

子供について深追いすれば父が意地になる危険性があったので、嘉平は取り敢えずはさらりと触れるだけにした。

「内孫ができたと知ったら、手放しで喜んでくれると思ったのですが、ちょっと当て外れでした。父さんにも事情はおありでしょうから、仕方ありませんね。わかりましたが、でも会うだけでいいのでしょうか」

「どういうことかね」

「その人がどんな人であるか。生まれや育ちや家柄とか」

「嘉平はその人が、自分が生涯をともにする人と見極めたのではないのか。生まれや育ちで選んだのではないだろう。その人がいいと思ったから選んだはずだが」

「もちろんです」

「であればその人を連れて来なさい。嘉平が選んだ人を、わたしと母さんは、見て、話して、おまえにふさわしいかどうかを見極めたいのです」

信吾も波乃も予想していなかっただけに、父親の言ったことを意外に思わずにいられなかった。世間の親であれば、特に嘉平がそれまでに話したことからして、両親が家柄、家業、商いの規模などを知りたがるはずだと思っていたからだ。

それはそうとして、人が人に対する上でなにが一番重要であるかを、ひと言で教えられた気がしたのであった。

「で、嘉平さんはアンさんをご両親に会わせたのですね」

「はい。わたしは両親の真剣さをひしひしと感じました。信吾さんは和尚さんに、なにが大事かだけを考えて真正面からぶつかれ、変な細工は効かないと教えられたそうですね。だからわたしはアンに言ったのです」

そう言って嘉平がアンを見たのは、それを本人の口から話してもらいたかったからだろう。嘉平、そして信吾と波乃に見られ、アンは深く息を吸いこみ、それを静かに押し出すように言った。

「父と母に会ってもらうけれど、なにを訊かれても自然にすなおに答えてほしい。アンの素顔を見てもらえば、両親は絶対にわかってくれるはずだ。それで駄目なら駆け落ちをしようって言われました。だからあたしは飾ったり、よく見せようとは思わず、ありのままの自分を正直に出せたのだと思います。ただあたしはちいさいときに両親《ふたおや》を流行病で亡くしましたから、家族がいかに大事か、いいものであるかは人の何倍もわかっています。ですから、家族をなによりも大事にしたいのですと言いました。訴えたと言ったほうがいいでしょうね。だって、嘉平さんのご両親ですもの」

幼くして両親を亡くし、肉親といえば乱暴者の兄一人と聞いていたので、信吾と波乃にはよくぞ嘉平の両親がアンを受け容れたものだとの、軽い驚きがあったのである。しかしアンの話し方に接して、この冷静さと落ち着いた話しぶりならと納得できたのであった。

こと婚儀となると、親のいないことや飲み屋で働いていることは決定的な不利となるはずだ。飲み屋で働いていることは嘉平が話したとのことなので、アンは両親のいないことを隠すことなく正直に話した。それが嘉平の両親に好印象を与えたらしい。

仲人を頼まれるに当たり、二人はのちになって嘉平とアンから事情を知らされたが、思いも掛けないことの連続であった。

アンの両親が駆け落ちをして江戸で生活を始めたことは聞いていたが、母親には十九歳も齢の離れた長姉がいた。どうやら亭主の事情で江戸に出たらしいが、多恵《たえ》という名のその伯母は、末の妹であるアンの母を子供のころとても可愛がっていた。それもあってほとんどの肉親とは縁が切れても、母は多恵とだけは連絡を取りあっていたのである。ところが多恵は夫に死なれてしまった。手に職もないため、縫物など頼まれ仕事をしながら口に糊《のり》するしかなかったのだ。

でありながらアンの両親が流行病で亡くなったとき、多恵はアンとヘイを引き取った。医者からも産婆からも子供を成せぬ体だと告げられていた多恵は、孫ほども齢の離れたヘイとアンを自分の子として育てようと思ったらしい。

喰うや喰わずの毎日であったが、多恵は兄妹に読み書きと礼儀作法、言葉遣いだけは厳しく躾《しつ》けた。アンはすなおに従ったが、兄はそのうちに寄り付かなくなって、悪い仲間と暮らすようになったのである。

十七

アンが十六歳になったとき、五十五歳になった多恵は決心をした。二人で生きていくだけの稼ぎが得られなくなったのだが、アンも自分とおなじように半端な仕事をしていては先が見通せない。そこで喜三治に託すことにしたのである。

喜三治は多恵の夫が田舎にいるころに知りあっていたが、互いに江戸に出ていたことがわかり、同郷の身と言うこともあって親しくしていた。というか、江戸では数少ない信頼できる一人であったのだ。

そんな喜三治が四十歳を少しすぎて、北本所表町に自分の見世を持ったという。飲み屋という点が気懸かりではあったが、喜三治が確かな人物だと見込んで頼みこんだのである。

嘉平の両親はさすがに驚いたようだが、飲み屋で働いているといっても、まだ半年にもならないなら、悪い色にも染まっていないだろうからと思ったようだ。

父親は念のため嘉平に聞いて、北本所表町の喜三治の見世を客を装って訪れたらしい。日頃から喜三治が厳しくしているからだろうが、客たちはアンには、飲み屋の女に対するような馴れ馴れしい接し方をしていなかった。アンもまたちゃんとけじめを付け、一定の距離を置いて客に対していたのである。

数日して嘉平がアンを家に連れて来た。

女としてはやや大柄でふっくらしているし、美人というほどではないが十人並の器量は具《そな》えている。礼儀作法も心得ているし、なによりも性格の素直なのがいい。

その腹に息子の子を宿しているなら、当然だが夫婦になるべきではないか、それも腹が目立つようになるまえに。そんなふうに、とんとん拍子に決まったとのことだ。

アンは喜三治の飲み屋を辞めて、多恵伯母のもとに身を寄せた。そして挙式までのあいだに、新妻としての心得とか、初めての夜にどういうことがおこなわれるかを、母の長姉に教わるのである。もっとも一番大事なことは、今さら教わるまでもなかったのであるが。

「ということですから信吾さんと波乃さんは、わたしたちの縁結びの神さまなんです」

「あら、縁結びの神さまだったら、ミーちゃんでしょ。人見知り猫の」

嘉平が改まった口調になったので、波乃は気持を解そうと思ったのかもしれない。

「ほかのお客さんからは逃げていたミーが、嘉平さんの膝に飛び乗ったのを見て、アンさんは惚れたんでしょう」

「びっくりしました、こんな人もいるんだって。でも惚れただなんて、会ったばかりなのに」

「びっくりした心の裏にはね、嘉平さんに対する恋心が芽生えていたと思うな」

「波乃さんにはそういうことがあったんですね、信吾さんにお会いしたとき」

「見事に一本取られたね」

信吾がそう言うと、波乃は声には出さずに「ギャフン、してやられた」と口の形で言って見せた。アンは細かいことに気が付くし、頭も良いようだ。

「実は父と母からも、是非お二人に仲人をお願いしてくれと言われまして」

思いもしないことを言われて、信吾と波乃は顔を見あわせた。

「ご両親からですって」

「腹に子がいるなら式は早いほうがいいということになったのですが、父がわたしの裏には諸葛亮《しょかつりょう》、孔明《こうめい》ですね、そんな参謀がいるのじゃないかと言いましてね」

「急に話が飛びましたが」

「今回の事の運びは際立っていて、とても嘉平一人の考えたこととは思えないと言うのですよ。親だけに、子供のことはよくわかるのですね」

他人事のように嘉平が言ったので、信吾は笑いを堪《こら》えるのに苦労した。

父と息子のあいだに、こんな遣り取りがあった。

「実はときどき通っている将棋会所の席亭さんの本職は、『めおと相談屋』のあるじさんでしてね。なんとしてもアンといっしょになりたいので、あるじの信吾さんと奥さまの波乃さんに相談に乗っていただきました」

「それで謎が解けました。よくよく考えてみると、今回の筋運びは実によくできていて、とても嘉平の頭で考え出せることではないと思っていたのです。となるとお礼はしたのでしょうね」

相談屋なので相談料をと思ったが、相場がわからないので「かくかくしかじかを」と答えると、ひどく叱られたそうだ。

「おまえは生涯の伴侶となる人のことで相談しながら、そんな端金《はしたがね》ですまそうと思ったのですか。それじゃ相談屋さんだけでなく、アンに対して失礼じゃないか」

相談がどういう話になるのか、その時点ではわからなかったので、取り敢えず手付金のつもりで払ったのだと言うと、父もそうであればと納得したようであった。

「ということで」と嘉平は懐から出した紙包みを、信吾と波乃のあいだに置いた。「父と母からのお礼ですが、相談料の名目でお受け取り願います」

信吾は包みを手に取ると、額のまえに掲げて一礼してから懐に収めた。あとで調べると十両包まれていた。

「相談屋の信吾さんと言えば、広小路に面した東仲町の宮戸屋さんの息子さんではないかと父が言いましてね。暦で調べると来月の十二日が大安吉日でお日柄もいいので、宮戸屋さんに予約して部屋を取ってもらいました。ということですので、ここはなんとしても信吾さんと波乃さんに、仲人をやっていただかねば」

嘉平とアンが、ほとんど同時に両手を突いて頭をさげた。すると、あろうことか波乃もおなじ動作をしたのである。

「波乃はお二人に仲人を頼まれたわたしの片割れだろう、どうして頭をさげるんだ」

「うふふふ、あたしね、一度は仲人をやってみたかったの」と、波乃は笑いを含みながら言った。「それにね、相談屋の仕事にいつか役立つことがあると思います。だからここで信吾さんには、なんとしても受けてもらわなければ」

そう言われれば苦笑するしかない。

「ところで嘉平さんは何歳になられます」

「二十一歳で、アンは十六歳になりますが」

「そうですか。二十一歳ですか」

「どうなさいました。ひどくがっかりなさっていますが」

「いえね、わたしは二十二ですから、花婿が自分より年上なら、それを理由に断ろうと思っていたのです」

「これで断れなくなりましたね」と、波乃がうれしそうに言った。「きっと、そういう定めなのですよ。嘉平さんがアンさんと夫婦になるのが定めなら、信吾さんとあたしがお二人の仲人を務めるのも定めだったのです」

波乃が断言すると、嘉平が真顔で言った。

「となると信吾さんは仲人であると同時に、わたしにとっては兄貴みたいなものですね」

「二人になりましたね、嘉平さん」と、アンがうれしそうに言った。「ヘイ兄さんと、信吾兄さんに」

「なるほど、男兄弟って持ってみるといいものですね」

まさか不器用で口下手なはずの嘉平にそう落とされるとは、信吾は思いもしていなかったのである。

そこで信吾がふと思ったのは、才一郎を名乗った嘉平と、サイイチロウとまちがわれて刺された歌川貞光を、いや嘉平とアンに貞光と菊を会わせたいなということであった。それに信吾と波乃が加われば、楽しい会話が弾むことだろう。

できればヘイも加えたいが、さすがに傷付けた張本人はむりである。待てよ、場合によっては可能かもしれないぞ。もっとも、すぐという訳にはいかないだろうが。

本来であれば、たとえ勘ちがいであろうとも、歌川貞光を傷つけたヘイをそのままにすることはできない。だが関わる人たちの幸と不幸を考慮すると、明らかにすれば不幸になる人のほうが遥かに多かった。

信吾は相談屋として、客のためを思って嘘を吐いたことがない訳ではない。人を困らせたり迷惑を掛けたり、さらには苦境に立たせるとか、追い落とすような嘘は、断じて許されるべきではないだろう。だが人を幸福にする、あるいは不幸にしないための嘘は方便として許容されていい。なにからなにまで四角四面に通すことはないのだ。

刺された貞光には申し訳ないが、怪我は思ったほどひどくないし、世話をしてくれた菊と、めでたく夫婦になることが決まっている。幸と不幸、関わる人たちを秤《はかり》に掛け、信吾は口を緘《かん》することにした。

「来月の十二日に、御蔵前片町の桐屋さんの席が入っていると思うんですけど」

宮戸屋の夜席は五ツ（八時）に客を送り出すので、四半刻ほどすぎたころに信吾は波乃といっしょに訪れた。坪庭を臨む離れ座敷に通され、すぐに茶が出される。祖母の咲江、父の正右衛門、母の繁、弟の正吾と全員が揃《そろ》うのは久し振りであった。

「桐屋さんによると、こぢんまりした婚礼にしたいとのことでね」

父が言わないということは、嘉平の親は信吾と波乃が仲人を務めることは話していないようだ。

「花婿の嘉平さんが将棋会所のお客さんなんですが、花嫁のアンさんが幼いころにご両親が流行病で亡くなられ、身内も少ないので、と言っていましたから」

花嫁側で出るのは兄のヘイ、伯母の多恵、そして喜三治だけであった。両親が亡くなっているとしても、親類縁者はいるだろうに、それにしても少なすぎるとだれもが思うだろう。だが嘉平の両親は、それには触れぬことにしたそうだ。そこで花婿側も親類に事情を話して、ごく親《ちか》しい者だけにしてもらうと言っていた。

信吾は嘉平とアンが結ばれるに至った経緯を、宮戸屋の家族に掻い摘まんで話した。もちろん瓦版に載ったような事件については伏せたし、信吾と波乃が相談に乗ったことも省いている。

「将棋会所のお客さんの嘉平さんに頼まれましたので、わたしと波乃が仲人をすることになったのですが」

「なんだって」と正右衛門。

「兄さんと義姉《ねえ》さん、その若さで仲人なんてすごいなあ」と正吾。

「それはいいとして、少し早かないですか」と繁。

「早いなんてことありませんよ。遅すぎるとは言いませんけど」と咲江。

などとすぐに賑《にぎ》やかな騒ぎになった。

しばらくして父が言った。

「わたしと母さんが花嫁側で参列しよう。勝手に出るのだから、お金の面も含め桐屋さんに迷惑は掛けません」

父が言うと母が首を傾げた。

「だって、変じゃありませんか。親類でも縁者でもないのに」

「変じゃありませんよ」と、咲江が考えながら言った。「ただ、ちゃんとできるか心配で、仲人に付き添っているみたいに思われるかもしれないわね」

祖母らしいからかいである。

「仲人をやろうって立派な大人なのに、子供扱いはしないでくださいよ」

「よし、こうしよう」と、父が言った。「花嫁の後見人。な、いいだろう。これだと、どこからも文句は出ないはずだ」

瓢簞《ひょうたん》から駒で、浅草きっての老舗料理屋「宮戸屋」のあるじ夫妻が、花嫁の後見人として参列することになった。日光街道を往来する旅人がおもな客である料理と茶漬けの「桐屋」の主人夫婦は、思いもしない申し出に大変な感激のしようだということである。

父の正右衛門としては、息子夫婦の初仲人に当たり、なんとしても「めおと相談屋」に箔《はく》を付けたかったのではないだろうか。

解説

ペリー荻野

「面白い話は向こうから飛び込んでくる。そこが大事です」

　時代劇研究家として駆け出しのころ、時代劇制作の大御所先生にそう言われたことがあります。確かに江戸の名岡っ引き「銭形平次《ぜにがたへいじ》」の長屋には、下っ引き八五郎《はちごろう》の「親分、てえへんだ！」の声とともに事件が飛び込んでくるし、「必殺シリーズ」では、依頼人がお金を払って晴らせぬ恨みを晴らしてほしいと悲しい事情を持ち込んでくる。「水戸《みと》黄門《こうもん》」も「悪い人はいませんか」と聞いて歩いているわけではないのに、毎回、旅先で出会った人々から悪人たちの悪行を知らされることになります。

　思わぬ話を聞かされた主人公たちが、どう対処するか。それがみどころになるわけですが、重要なのは、受け手である主人公に魅力があるかどうかです。

「めおと相談屋奮闘記」は、まさに「面白い話が向こうから飛び込んでくる」シリーズ。「相談屋」には、予想もできない話が持ち込まれます。もっとも相談している当人は、真剣に困っているのですが、読者としては「さあ、どうする？」と野次馬的な視線で楽しめる。そこがミソです。

話の受け手となるのが、相談屋の主《あるじ》・信吾と彼の妻・波乃です。もともとひとりで相談屋を始めた信吾が、波乃と結婚してふたりで相談に乗ることになりました。しかし、相談屋だけでは暮らしていけないので、信吾は将棋会所「駒形」も経営。二刀流のやり手経営者かといえば、そういうわけでもありません。若い信吾は、平次親分のような百発百中の投げ銭の技や、黄門様のようなみんながひれ伏す印籠も持っていない。将棋の腕と鍛錬した鎖《くさり》双棍《そうこん》（ヌンチャクを改良した護身具）の力、さらに「生き物の声を聞く」という特殊能力は役には立ちますが、人間的にはまだまだ未熟で、解決策がなかなか見つからないことも多い。そんなとき、波乃や将棋会所の常連たちが味方になってくれます。老舗料理屋の跡取りでありながら、跡を継がないと決めた信吾が、たくさんの人や生き物に助けられながら、他人のためによりよい道を探す。その行程にジーンとくるものがあるんですね。

第一話「見える女」は、亡くなる人が次第に透けていくのが見えるという若い娘サチからの相談です。彼女が幼いころ、三日三晩熱を出して生死をさまよった後に力を授かったと聞いた信吾は驚きます。自分が生き物の声を聞くことができるようになったのも、まったく同じような大病の後だったからです。しかし、猫や狸《たぬき》の声に助けられている信吾とは違って、親しい人の死が見えるサチの悩みは深刻です。せっかくの縁談も愛した相手の死を見ることになるかも……と素直に受けられないのです。

ファンタジーのような話ですが、ここには人間の避けては通れない「悩み」が包み込まれています。人はいつか死ぬ。親しい人ともいつか別れる時がくる。その動かしがたい事実を知りつつ、人は出会い、好きになったり嫌いになったりしながら、自分の生を全うするしかない。若い信吾やサチに実感はあまりないのかもしれませんが、自分の経験と重ね合わせ、しみじみとする読者は多いはずです。

この話には、もうひとつ興味深いエピソードが出てきます。

それは信吾が、日本橋本町三丁目の書肆《しょし》「耕人堂」の番頭・志吾郎から、将棋上達の本の執筆を頼まれたこと。夕食後、茶を喫すると机の前に座るようになった信吾は、浮かんだ案を反故紙《ほごがみ》の裏に書き留めます。ところが妙案が浮かぶのは、机の前にいるときではなくて、食事中や蒲団《ふとん》に横になってから、または木刀の素振りや鎖双棍をブン廻《まわ》ししているときや、対局中だったり。北宋の政治家・学者の欧陽脩《おうようしゅう》の言葉も応用しつつ、案やひらめきはいつどこで出てくるかわからない。そこで信吾はいつでも書き留められるように矢立と手控帳を懐に……あれ？　ひょっとしてこれは作者自身のことなのでは？　そんな気もしてきます。

なお、江戸時代は、健康、旅行、農業、商売から、恋文の書き方まで多種多様な指南書が出版されていました。信吾の将棋の指南書もきっと待っている人がたくさんいたはずです。

第二話「惚《ほ》れちゃったんだもん」も、現代に通じるお話。

女髪結のスミは、源八が十七歳のときからずっと面倒を見ています。源八は文字通りの「髪結の亭主」におさまり、「駒形」の常連としてのんきに暮らしていました。しかし、そこに「三十五歳のスミのおめでた」という一大事が。三十歳にして、初めて働き口を探す気になった源八ですが、世の中、そう甘くはない。さてさて信吾は助けられるのか。

男前でもないし、人望があるわけでもない。これといった取り柄もない男に、五つ年上で、女っぷりもよく稼ぎもあるスミが尽くす理由を、周囲はいろいろとウワサをしますが、結局はスミの「だって、惚れちゃったんだもん」の一言で決着がついてしまう。男と女の出会いの不思議は、今も昔も変わりませんが、周りのやっかみには江戸ならではの事情があったともいえます。江戸の人口比は、圧倒的に男が多く、結婚相手が見つからないことはよくあったのだとか。夫から三行半《みくだりはん》をもらった女性が再婚するのも自由で、引く手あまただったそうです。

そして、仕事探しには、年齢制限（求人は二十歳以下）、住居制限（通いは不可）、経済制限（修業中は給金が安い）など、さまざまな壁がありました。まじめに働くという源八は、本当に心を入れ替えたのか。信用されないという壁も。長年、商売をしてきた信吾の父は、「根性の曲がった、いや腐ったやつは、金輪際変わることなどできやしないのだ」と言い切ります。源八のために走り回る息子を、人が良すぎる、人を信じすぎると諫《いさ》めるのでした。

父の忠告を理解し、「これからは席亭と客の距離を、きちんと保つようにいたします」と言いつつも、信吾は源八を放り出す気にはなれません。ここで、彼は男として、相談屋として腹が据わってきたといえます。

第三話「あたし、うれしい」は、波乃の立腹から話が始まります。ご馳走《ちそう》を用意したのに、信吾は今日が初めての結婚記念日だということに気づかない。令和の世でもよく聞く話ですが、ほどなく笑顔になるのは、気の合うふたりだからこそ。めおと相談屋の一年を振り返って「相談事を解決できなかったことのほうが多かったですけど、悩みが消えたときのお客さんのうれしそうな顔を見せられたら、ああよかった、この仕事を続けようと思わずにいられないですもの」という言葉を聞けば、波乃の人柄もよくわかります。

この話で、重要な役割を果たすのが、龍之進と名乗る若者です。実は将棋の家元・大橋家の御曹司である彼は、武者修行のため、身分を隠して江戸中の将棋会所を廻《めぐ》り、席亭を打ち負かしてきましたが、唯一、信吾の「駒形」では勝てませんでした。信吾のこどもたちへの教え方や常連との接し方に感心した龍之進は、七のつく日に「駒形」へ通い始めます。そのうち、十一歳になる天才少女・ハツと対局することに。ところが、大橋家の家士が現れ、やむなく龍之進は家に帰りました。このエピソードは、このシリーズの『友の友は友だ　めおと相談屋奮闘記』の「新しい友」に綴《つづ》られています。

再び、ハツとの対局は実現できるのか。その勝負の行方は。さまざまな思いが交錯します。

大橋家は実在の家元です。その祖である初代・大橋宗桂《そうけい》は、弘治元年（一五五五）の生まれで、宗桂の名を織田信長《おだのぶなが》から与えられた人物。慶長十七年（一六一二）、徳川家康《とくがわいえやす》が囲碁と将棋を奨励する目的で、寺社奉行管轄の「碁所」と「将棋所」を設けた際には初代家元として五十石五人扶持《ぶち》を賜って、名人を襲名しました。以後、江戸時代の名人は大橋家、大橋家分家、伊藤家の「将棋三家」から輩出しています。こうした由緒のある家元の若様が、町家の女の子と真剣に対局する。それは誰にも言えない話ですが、痛快です。

第四話「とんとん拍子」の出だしは、サスペンスモード。山谷橋あたりを歩いていた若い男が、「兄さん、もしかしてサイイチロウさんじゃありませんか」と男から声をかけられ、いきなり白刃で胸を突かれるという事件が発生します。刺した男は、「妹を傷物にしやがって」と言い、恨みからの凶行だった様子です。後日、事件の当事者であり、「駒形」にも出入りしている嘉平が相談屋に現れ、信吾たちは、またまた難題と向き合うことになります。

たまたま人違いで刺された被害者が若い絵師だったため、信吾は刺した男の似顔絵を描いてもらうことにします。今でいえばモンタージュ写真。ところが、男にはこれといった特徴がなかった。あまり収穫はありませんでしたが、そこで若い絵師と相思相愛の美貌の娘との新しい幸せを知り、友だちになれそうだと感じた信吾。サイドストーリーにほんわかとします。

肝心の騒動は簡単にはおさまりません。理由のひとつが、嘉平が事情のすべてを話そうとしないから。すると、信吾は持ち前の推理力を発揮します。嘉平の眼球のわずかな動きと言葉から、重要な地名を割り出した信吾に嘉平は驚き、相談屋の提案に従う気持ちになるのでした。

すべてが解決した時、嘉平は信吾や波乃について、「世の中にはこんな人たちもいるのだと、驚かざるを得なかった」と言います。自分は失敗するのでは、うまくいかなかったらどうしようと悪いほう悪いほうへと思いがいってしまうのに、信吾たちはこうすれば絶対にうまくいくはずだとの思いで、ともかく動き始め、失敗など考えもしない。うまくいかなければべつの方法に切り替えるだけだと、まったく苦にしないで、ともかくまえへまえへと進む。

嘉平が感心したことは、そっくりそのままこのシリーズの読者である私たちが感じているこというえるでしょう。悪いほうへといく思いを転換するのは大変ですが、いつか悩みを抱えたら、「相談屋」に相談したつもりで、ちょっとだけまえへ進んでみる。そんな考え方を、たくさんの相談の受け手となってきた信吾や波乃に教わった気がします。

（ぺりー・おぎの　コラムニスト・時代劇研究家）

本書は、集英社文庫のために書き下ろされた作品です。

本文デザイン／亀谷哲也［PRESTO］

イラストレーション／中川 学

集英社文庫
野口卓の本

なんてやつだ
よろず相談屋繁盛記

動物と話せる不思議な能力をもつ青年・信吾。家業を弟に譲って独立し、相談屋を開業するが……。痛快爽快、青春時代小説、全てはここから始まった！

集英社文庫
野口卓の本

なんて嫁だ
めおと相談屋奮闘記

相談屋に来た三人の子供の相談に波乃が対応することに。その話を聞いた信吾が考えたことは。夫婦になって魅力倍増。青春時代小説、第二シーズン突入！

集英社文庫　目録（日本文学）

集英社文庫　目録（日本文学）

集英社文庫

とんとん拍子《びょうし》 めおと相談屋奮闘記《そうだんやふんとうき》

2022年9月25日　第1刷　　定価はカバーに表示してあります。

著　者　野口《のぐち》　卓《たく》

発行者　徳永　真

発行所　株式会社 集英社
東京都千代田区一ツ橋2-5-10　〒101-8050
電話　【編集部】03-3230-6095
【読者係】03-3230-6080
【販売部】03-3230-6393(書店専用)

印　刷　図書印刷株式会社

製　本　図書印刷株式会社

フォーマットデザイン　アリヤマデザインストア　　マークデザイン　居山浩二

ISBN978-4-08-744435-3 C0193